古典文獻研究輯刊

十一編

曾 永 義 主編

第25冊

莊子散文「三言」研究

陳 德 福 著

國家圖書館出版品預行編目資料

莊子散文「三言」研究／陳德福 著 -- 初版 -- 新北市：花木蘭
文化出版社，2015〔民 104〕
序 2+ 目 2+146 面；19×26 公分
（古典文學研究輯刊 十一編；第 25 冊）
ISBN 978-986-404-133-6（精裝）
1. 莊子 2. 研究考訂

820.8   103027559

ISBN-978-986-404-133-6

古典文學研究輯刊
十一編　第二五冊　　　　ISBN：978-986-404-133-6

莊子散文「三言」研究

作　　者　陳德福
主　　編　曾永義
總 編 輯　杜潔祥
副總編輯　楊嘉樂
編　　輯　許郁翎
出　　版　花木蘭文化出版社
社　　長　高小娟
聯絡地址　235 新北市中和區中安街七二號十三樓
　　　　　電話：02-2923-1455／傳真：02-2923-1452
網　　址　http://www.huamulan.tw 信箱 hml 810518@gmail.com
印　　刷　普羅文化出版廣告事業
初　　版　2015 年 3 月
定　　價　十一編 29 冊（精裝）台幣 52,000 元

莊子散文「三言」研究

陳德福　著

作者簡介

陳德福，福建省古田縣人，1962 年出生。畢業於福建師範大學中文系，1985 年獲學士學位；1993 年獲碩士學位。2008 年畢業於福建師範大學文學院，獲博士學位。曾當過中等師範學校教師；碩士畢業後到福建日報社任職，從事採訪報導，發表過許多新聞稿，被聘為主任記者；後轉行政崗位，從事文秘、綜合協調服務工作。現任福建日報社（報業集團）辦公室主任，發表過多篇學術論文。

提　　要

　　本文首先論述歷代、特別是新中國成立以來各個時期對《莊子》一書注釋校勘，以及對其哲學、文學和「三言」研究的情況。指出對《莊子》文體、特別是「三言」作全面系統深入的研究，迄今還是莊學研究領域的薄弱環節。本文以《莊子》整個文本為對象，對「三言」進行分類考察，從實際出發，努力還原其在文學史上的本來面目。

　　本文二、三、四章分別對《莊子》「寓言」、「重言」和「厄言」展開全面研究。論述「寓言」淵源、《莊子》「寓言」概況，並在全面分析《莊子》「寓言」具象性的基礎上，歸納其形態特徵，以及與其他諸子寓言的不同。對《莊子》「重言」、「厄言」研究，都分別考辨其概念，探討其淵源，並通過全面歸類分析，總結其話語形態特徵。

　　本文在結論中，概述《莊子》散文「三言」形態上的共性與差異性，表達上的靈活自由特點，進而論述「三言」體制的影響和「三言」文體對創作的影響。

序

　　此書是陳德福君的博士論文。德福君入學之後，確立博士論文的選題是「《莊子》散文文體研究」。這是一個有相當大的難度的選題。其所以有相當大的難度，一是有關《莊子》散文的研究已經有很多成果，要有創新不容易；二是就文體來說，涵蓋的面還是比較寬的，要下紮實的功夫。考慮再三，德福君還是迎難而上，確立了這個選題。

　　《莊子》散文中的「三言」，即「寓言」、「重言」和「卮言」。《莊子・寓言》篇說：「寓言十九，重言十七，卮言日出，和以天倪。」《天下》篇說：「以卮言爲曼衍，以重言爲眞，以寓言爲廣。」都可以說明《莊子》作者將「三言」當作全書文體的體例來看的。所以，王夫之以《寓言》篇與《天下》篇「爲全書之序例。」主要是就「三言」而言的。但是，正如德福君在緒論裏所列舉的，前人對於「三言」的研究成果，包括郭象、成玄英等人的解釋，總有未盡人意處。梳理前人「三言」研究的成果，並從文體學的角度進行進一步的探索，這正是陳德福論文所做的工作。

　　關於「寓言」，論文從「寓言」語義溯源入手，在對《莊子》「寓言」的概況和界定的基礎上，著重論析了「寓言」的具象性，認爲「寓言」的形象來源包括五個方面：一是對神話材料的改造利用，二是對畸人形象進行寫意性勾勒，三是對普通人的深情關注，四是對動物題材的創造性開拓，五是對抽象名詞進行擬人化處理。這比前人對於《莊子》寓言形象的構成溯源更深入了一步。作者還分析了「寓言」形態的差異，有萌芽式、發展式、成熟式，揭示了「寓言」的發生、發展和變化，亦爲言前人所未言者。

　　關於「重言」，論文也考辨了「重言」的語義，認爲「重」當讀如「眾」，

有尊重、藉重、倚重之義；「重言」爲藉重先哲時賢之言或托先哲時賢之言。並從先秦文化典籍中論證其說不誤。作者考辨了《莊子》之「重言」所藉重的人物，有傳說人物，歷代君臣；有道家人物，其中老子幾乎總是作爲正面的形象出現；有儒家人物，孔子或作爲道的權威、闡釋者，或作爲道的追求者、學習者，或作爲嘲笑的對象，或作爲儒家思想的闡釋者；還有虛擬的入道人物。這五個方面的歸納，甚爲全面。論文還對「重言」的形態特徵進行概括，提出「重言」或巧設語境以增強形象感染力，或開門見山，直起對話，且對話內容有體道傾向，辭藻優美富於文采。這些，亦不失爲一得之見。

關於「卮言」，論文同樣從「卮言」的語義界定考辨入手，提出「卮言」作爲一種話語方式，是對前人話語方式的繼承、改造和發展；《周易》中已有「卮言」源頭；《老子》中大量議論性的文字，帶有「卮言」性質。同時「卮言」還受到《論語》語錄體話語方式的影響。此不失爲新見。而《莊子》中的「卮言」，首先是《莊子》中的議論，長短不拘，不待安排，是莊子思想的自然流露；其次是有關莊子自身的故事，反映了莊子的哲學、政治思想。這些看法，較之前人，更深入一步。作者把「卮言」分爲「議論體」和「語錄體」，並分別論述其特徵，正是從前面的考證而得出的進行分類的合理依據。

在論文的結論部分，作者對「三言」的共性和差異性以及表達、體制方面的特點也進行了總結，亦言之有理，時有新見。論文作者對《莊子》及有關著作進行了全面的細讀，立論有紮實的文獻依據。既賡續前賢之成果，亦認眞深入剖析原著，披沙揀金，從中得出自己的結論來，是爲可貴。

德福君是一邊工作，一邊攻讀博士學位的。他是一位新聞工作者，又擔負著行政工作，職業性質使他一直處於繁忙之中。他能按時如期地完成博士論文，是付出了艱辛的勞動的。德福君爲人踏實敦厚，眞誠熱情。幾年來，其工作和學業都取得了可喜的成就，令人高興。

謹爲之序。

福建師範大學　　郭　丹
2014 年 9 月

目次

第一章 緒 論

1.1 《莊子》歷代注釋校勘情況

　　莊子生當戰國之世，其著作《莊子》一書，被後世推崇爲道家學派的集大成之作。然漢初承秦始皇「焚書坑儒」之後，文化處於艱難復蘇階段；武帝時起，「罷黜百家，獨尊儒術」，儒學成爲顯學，莊學相對沉寂。聞一多推論莊子「死後還埋沒了很長的時期。……兩漢竟沒有注《莊子》的。」〔註1〕但情況也不完全是這樣。當時少數學者，如漢初淮南士劉安及其門客等仍在執著地研習《莊子》。張壽恒在充分梳理資料的基礎上推斷：「《莊子》書一定經過劉安和他的門客們的編纂和整理」，〔註2〕這一觀點目前已被莊學界多數人接受。西漢末劉向也對《莊子》作了大量的整理工作。

　　魏晉以降，莊學始興，注莊解莊者代有其人。關鋒《莊子內篇譯解和批判》（中華書局，1961年版）附錄歷代「莊子注解書目」凡208種。其中，魏晉南北朝23種、隋唐23種、宋元金明68種、清代58種、近代44種；胡道靜主編《十家論莊》（上海人民出版社，2004年版），附錄「莊子研究專著書目」凡225種。這兩本書「附錄」所輯書目還遠非盡其所有，只是反映了大致情況。晉代郭象《莊子注》和唐代成玄英《莊子疏》、陸德明《莊子音義》，保存了魏晉到隋唐的各種注疏。宋代林希逸《莊子口義》、褚伯秀《南華眞經

〔註1〕聞一多：《周易與莊子研究》（聞一多學術文鈔），巴蜀書社，2003年1月第1
　　　版，第77頁。
〔註2〕張恒壽：《莊子新探》，湖北人民出版社，1983年9月第1版，第24頁。

義海纂微》，明代陸西星《南華眞經副墨》、焦竑《莊子翼》、釋德清《莊子內篇注》、方以智《藥地炮莊》，清代王夫之《莊子解》和《莊子通》、林雲銘《莊子因》、宣穎《南華經解》、胡文英《莊子獨見》、姚鼐《莊子章義》、俞樾《莊子平議》、劉鳳苞《南華雪心編》等莊學著作亦多有特色，其中不少注莊解莊意見爲今人所引用。

清末、民國時期，莊學研究在考證校勘方面出現了一些突出成果。郭慶藩《莊子集釋》，保存了郭象注、成玄英疏、陸德明音義的全文，引用清代學者王念孫、俞樾等人的考證，並附有其父郭嵩濤和他本人意見，是研究莊子的重要資料。馬敘倫《莊子義證》（上海商務印書館，1930 年版）著力於音義訓詁，書末附有《莊子年表》、《莊子宋人考》、《莊子佚文》，這對於瞭解莊子生平行事等頗有助益。王叔岷《莊子校釋》（國立中央研究院歷史語言研究所印，1947 年版）收集當時存世的絕大多數《莊子》不同版本，並詳加考訂校勘，校釋郭象本錯漏共 1569 條；又每一條注釋，都盡可能舉出全部資料，對校勘工作很有參考價值。劉文典《莊子補正》（商務印書館，1947 年版）爲著者歷時 15 年研究莊學之成果，考訂精詳，持論嚴謹，陳寅恪先生推崇備至，認爲「先生此書刊佈，蓋將一匡當世之學風，而示人以準則，豈僅供治《莊子》者之所必備而已哉！」〔註3〕

上世紀五十年代初至文革結束（1950～1976 年），據不完全統計，莊學研究領域共發表論文 160 多篇，專著 11 部（《十家論莊》附目）。關鋒《莊子內篇譯解和批判》以階級論立場和抑古揚今態度解讀《莊子》，帶著明顯左的時代特點。劉武《莊子集解內篇補正》（北京古籍出版社，1958 年版）對王先謙《莊子集解》作了大量勘誤補漏的工作；王孝魚點校郭慶藩《莊子集釋》，以王叔岷《莊子校釋》、劉文典《莊子補正》爲基礎，參照前人版本，提出不少新見。此書 1961 年由北京中華書局出版。劉、王二人的校勘成果，成爲本時期莊學研究較爲可觀的收穫。這一時期，境外、特別是臺港地區對於莊學整理取得了許多重要成果。較早有錢穆於上世紀五、六十年代先後刊行的《莊子纂箋》、《老莊通辯》，吳康《莊子衍義》，稍後則有陳鼓應的《莊子哲學》、《莊子哲學研究》等 20 多部莊學著作出現。《莊子纂箋》以清末馬其昶《莊子故》爲藍本，馬氏本既已「採摘最富，淘洗亦精，較之郭（慶藩）氏《集釋》、王（先謙）氏《集解》又見超出」（錢穆《莊子纂箋·序目》）。錢氏在

〔註 3〕劉文典：《莊子補正·陳寅恪序》，安徽大學出版社，1999 年 4 月第 1 版。

馬氏的基礎上「採摭成說，凡一百五十八家」，王叔岷先生贊許該書是「晚近注釋《莊子》，收輯資料最備者」（《莊子校詮・序論》）。嚴靈峰的《莊子集成初編》、《莊子集成續篇》，共編成 72 冊，彙集了《莊子》注本自郭象以來 138 種，並附錄未引書目 140 種、訪求書目 95 種，在文獻整理方面堪稱貢獻巨大。

　　從 1978 年至今，國內莊學領域先後已發表專著近百部，論文 1700 多篇。僅 1977～1999 年發表的專著就有 83 部，論文 1178 篇，平均每年發表專著 4 部、論文 50 篇以上，這表明《莊子》研究進入了穩定而繁榮的發展階段（《十家論莊》附目）。首先是在校注、譯釋方面有了新成果。陳鼓應《莊子今注今譯》（中華書局，1983 年版）和崔大華《莊子歧解》（中州古籍出版社，1988 年版）最受重視。《莊子今注今譯》以王孝魚點校郭慶藩《莊子集釋》為基礎，廣泛參考了 60 餘種版本，做了大量的校勘、注釋和考證工作，提出許多有見地的觀點，對學習研究莊子極有幫助。《莊子歧解》收羅參考重要的莊學研究著作至百多種，詳盡地列出各種版本在校勘、注釋方面持見的異同，並精於校注，成為不可多得的一種《莊子》校注版本。曹礎基的《莊子淺注》（中華書局，1982 年版）、鍾泰的《莊子發微》（上海古籍出版社，1988 年版）都有一定的影響。張恒壽的《莊子新探》（湖北人民出版社，1983 年 9 月版）、崔大華的《莊學研究》（人民出版社，1992 年版）、劉笑敢的《莊子哲學及其演變》（社會科學出版社，1993 年版）、張松輝的《莊子考辨》（嶽麓書社，1997年版），則以其在綜合性研究方面取得不同程度的突破，而受莊學界較高重視。

1.2　《莊子》哲學研究情況

　　對於《莊子》的研究，歷來偏重於哲學思想領域。郭象最早借注《莊》發揮其玄學思想，成玄英解《莊》具有濃厚的唐代道教色彩，林希逸援理入《莊》、莊禪並用，王夫之借《莊》闡發自己哲學思想。近代西學東漸，學者們紛紛運用西學釋《莊》，《莊子》哲學思想得到前所未有的闡發，章太炎、嚴復等都在這一方面開風氣之先。這在章氏《莊子解故》、《齊物論釋》，嚴氏《莊子評點》等論莊著作中表現得相當明顯。嚴氏西學深厚，最早用唯物論、唯心論劃分莊子思想。朗擎霄著《莊子學案》（上海商務印書館，1934 年版），第一個用西學方法系統地研究莊子哲學思想，從宇宙觀（又分為本體論、自然觀、進化論）、人生哲學、政治哲學等不同角度加以細緻地考察。

　　上世紀五十年代開始，學者們就莊子哲學的性質、框架等問題展開熱烈討論，並形成幾種有代表性的意見，相關爭論文章，多收入《莊子哲學討論集》（北京中華書局，1962 年版）。馮友蘭先生認爲莊子哲學是唯心主義；關鋒認爲《莊子》「內七篇的的確確是一個完整的產生於戰國中葉的哲學體系」，核心是主觀唯心主義；張岱年則主張莊子思想屬於客觀唯心主義；任繼愈堅持認爲《莊子》外、雜篇中不少文章代表了莊子哲學的唯物主義；湯一介認爲莊子思想是主客觀唯心論相混雜；張劍堅持莊子思想是唯心唯物相混雜。關鋒認爲莊子哲學有一個「有待—無己—無待」框架結構，馮友蘭認爲這一框架結構應是「有待—無己—無待—有待」，湯一介則堅持這一框架結構是「有待—無待—無己」〔註4〕，郭端祥提出「大宗師」—「齊物論」—「逍遙遊」所體現的是「有道—求道—得道」的過程。這些問題的討論，傾注了學者們滿腔熱情，有助於推動並深化新時期對莊子哲學體系的探索。

　　上世紀七、八十代後，在莊子哲學研究方面有代表性的論述，主要見於張壽恒《莊子新探》、劉笑敢《莊子的哲學及其演變》、崔大華《莊學研究》、崔宜明《生存與智慧——莊子哲學的現代闡釋》等專著之中。他們注重莊子哲學思想的系統考察和探求，從自然哲學、人生哲學、知識論等多個層面切入，顯示了不同的治學思路。劉書側重於莊子、莊子後學「三派」（述莊派、無君派、黃老派）之間思想差異及內在變遷的梳理，崔書致力於莊子思想與中國歷代思潮內在關聯的考察。劉、崔兩位學者的研究成果，反映出莊子思想的複雜性、系統性，又凸顯出各自獨特的學術見解。此時期莊學研究開關許多新的領域，關乎莊學的養生學、心理學、政治法律教育思想等方面，都湧現了不少專題論文，一些新的研究方法，如文化人類學（葉舒憲：《莊子的文學解析》，湖北人民出版社，1996 年版）等也在莊學研究中得到運用。

　　臺港地區莊學研究，偏重於純哲學意義、「形而上」部分的闡釋。《易傳》稱「形而上者謂之道，形而下者謂之器。」所謂「形而上」，是指概念層面上的哲學思辯，是抽象、超感覺的理論思維，主要內容是討論哲學本體論，即宇宙物質存在本原問題。總體上看來，蘇新鋈的《郭象莊子平議》（臺灣學生書局，1980 年 10 月版），羅治龍的《哲學的天籟——莊子》（時報文化出版事業公司，1980 年 3 月版），吳怡的《逍遙的莊子》（東大圖書公司，1984 年 10

〔註 4〕包兆會：《二十世紀〈莊子〉研究的回顧與反思》，文藝理論研究，2003 年第二期，第 31 頁。

月），李英豪的《莊子與香港生活》（香港博益公司，1987 年 10 月版），吳光明的《莊子》（東大圖書公司，1988 年 12 月版），陳耀森的《莊子管窺》（臺灣商務印書館，1988 年 6 月版），劉光義的《莊子中的禪趣》（臺灣商務印書館，1989 年版，）葉煙海的《莊子的生命哲學》（東大圖書公司，1990 年版）等，是這一時期湧現出的有代表性的著作。就港臺眾多學者在莊學領域不懈耕耘的收穫而論，嚴靈峰、錢穆、王叔岷諸先生可稱成果突出，影響最大。

1.3　《莊子》文學研究情況

　　顧頡剛說：「在戰國時代裏，莊子是最高的哲學代表，楚辭是最高的文學代表。」〔註5〕但是《莊子》在文學上的鮮明特色和巨大成就，從來就備受關注並發揮著深刻巨大的影響。司馬遷說「其言汪洋自恣以適己」（《史記·老子韓非列傳》）。晉代陶淵明、唐代李白、宋代蘇軾等大文學家的思想和藝術風格無不深受莊子影響。魯迅說「莊子一書，其言則汪洋闢闔，儀態萬方，晚周諸子之作，莫能先也。」〔註6〕郭沫若指魯迅受《莊子》影響，「愛用莊子所獨有的詞彙，愛引莊子的話，愛取莊子書中的故事為題材進行創作，在文辭上讚美過莊子，在思想上也不免多少受莊子影響的反映。」〔註7〕聞一多謂「古來談哲學以老、莊並稱，談文學以莊、屈並稱」〔註8〕，他體會讀莊子有多重的快樂，「你在驚異那思想的奇警，在那躊躇的當兒，忽然又發覺一件事，你問那精微奧妙的思想何以竟有那樣湊巧的，曲達圓妙的辭句來表現它，你更驚異；再定晴一看，又不知道哪是思想哪是文字了，也許什麼都不是，而是經過化合作用的第三種東西，於是你尤其驚異。」〔註9〕。郭沫若《莊子與魯迅》一文中推崇莊子「不僅是一位出類的思想家，而且是一位拔萃的文學家。」歷代有不少注莊、解莊者對《莊子》文學特色極為關注。如林希逸關於《莊子》的文字、筆法、意境就多所評析〔註10〕。又如明陸西星《南華

〔註 5〕《〈莊子〉和〈楚辭〉中關於崑崙和蓬萊兩個神話系統的融合》，《中華文史論叢》第二輯，上海古籍出版社，1979 年版。
〔註 6〕《魯迅全集》第九卷，人民文學出版社，1981 年第一版，第 364 頁。
〔註 7〕《中蘇文化》（半月刊），重慶，1941 年 4 月 20 日，第八卷第三、四期合刊。
〔註 8〕聞一多：《周易與莊子研究》（聞一多學術文鈔），巴蜀書社，2003 年 1 月第一版，第 78 頁。
〔註 9〕《周易與莊子研究》，同注〔2〕，第 83 頁。
〔註 10〕參考方勇：《危言錄·論林希逸的莊子口義》，中國社會科學出版社，2004 年

眞經副墨》，清林雲銘《莊子因》、宣穎《南華經解》、胡文英《莊子獨見》、劉風苞《南華雪心編》等對《莊子》文學都有許多精彩評點，但這些評點都散見在對《莊子》一書的疏解、注釋之中，而少有專門的論述。

三十多來，湧現出大量的莊學論文與專著，其中不少側重於《莊子》文學的研究。研究視野更爲寬廣，研究心態更寬容、平和、富有建設性。一是對《莊子》文藝思想的研究。朱大剛認爲在文學理論史上莊子是第一個給寓言以明確定位，是繼孔子之後第一個開拓了批評領域〔註 11〕；阮國華提出「《天下》篇不僅是最早的一篇中國學術史，而且對《莊子》自身的思想風貌和寫作特色也進行了總結，是《莊子》創作方法論的總綱。」〔註 12〕二是《莊子》浪漫主義文學風格的研究。陶白認爲莊子浪漫主義與現實主義互爲表裏，「與其說他是帶有浪漫主義的作家，不如說是帶有現實主義色彩的作家。」〔註 13〕曹礎基、陸永品則認爲是消極的浪漫主義，而張志嶽卻認爲「主要是積極的」浪漫主義〔註 14〕，劉紹瑾認爲是帶有中國特色的浪漫主義〔註 15〕。三是《莊子》美學的研究。新時期以來研究莊子美學的論文在百篇以上，還有多部專著，如劉紹瑾的《莊子與中國美學》（廣東教育出版社 1989年版）、陶東風的《從超邁到隨俗——莊子與中國美學》（首都師範大學出版社，1995 年版）、臺灣朱榮智的《莊子美學與文學》（明文書局，1992 年版）等。莊子美學作爲莊學研究的一個熱點方興未艾。劉生良的《鵬翔無疆——莊子文學研究》（人民出版社，2004 年 5 月第 1 版）則是一部有特色的新作，作者在《引言》中自述主旨，「在前賢論述的基礎上，對《莊子》的文學特色、成就及相關問題進行比較全面、系統而深入的研究和探討」，是近年來大陸莊學界出現的第一部完全跳出《莊子》哲學研究系統而專論文學的專著。該書論述《莊子》文學類型、文體形態、文本結構、辨對藝術、話語特色、美學與文學思想等，著實建立了一個宏大的框架，進而把《莊子》文學的方方面面都納入其中，可見著者立志之高遠和決心之宏大。該書體系固然

---

8 月第 1 版。

〔註 11〕朱大綱：《試論孟子和莊子文學思想的貢獻》，華師大學報，1998 年第 4 期。

〔註 12〕阮國華：《談我國浪漫主義創作方法的濫觴》，湖北師範學院學報，1985 年第 1 期。

〔註 13〕陶白：《略論莊子的文藝思想》，光明日報，1980 年 7 月 19 日。

〔註 14〕張志嶽：《文學上的莊子》，社會科學戰線，1980 年第 3 期，第 260、262 頁。

〔註 15〕劉紹瑾：《從〈莊子〉談中國特色的浪漫主義》，江漢論壇，1986 年第 8 期 43、44 頁。

完整，但不少問題仍有深化論述和探討的空間，特別是在《莊子》文體方面。

1.4　《莊子》散文「三言」研究

至今為止，還很少有文章或專著，對《莊子》文體進行過系統、深入、詳細的論述和研究。人們往往都只從一般意義上把握《莊子》散文的特點。如劉大杰稱莊文「創造一種特有的文體，富於浪漫主義的特徵」〔註16〕，游國恩等認為莊子散文的風格「在於大量採用虛構的寓言故事，作為論證的根據；因此想像奇幻，最富於浪漫主義色彩」〔註17〕，余冠英等簡要論及莊子散文「三言」，卻明顯使人感覺語焉未詳（《中國文學史》/中科院文學所編，人民文學出版社，1980年版）。趙敏俐、譚家健在《中國古代文學通論》中談到：「《莊子》的文學價值在先秦散文中最高，特別富於浪漫主義精神，這主要體現在眾多而奇特的寓言故事方面。」〔註18〕這幾部文學史，對於《莊子》散文的看法基本一致，或者說大同小異，都關注到了「寓言」和浪漫主義，卻都沒有把「三言」作為《莊子》文體的重要特色加以論述。

文體探索與研究，是中國古代一塊重要的學術領地，產生了許多有影響之作，劉勰的《文心雕龍》即為傑出成果之一。但古人所討論的文體，多側重於文章體裁，主要是無韻之「筆」；而有韻之「文」，則僅限於詩賦範圍。詩賦以外的文學，很少形成獨立的門類，因而也就很少有人論及。就無韻之「筆」和有韻之「文」的各種體裁來看，古人認為其源多出於五經以及《左傳》、《國語》、《戰國策》等少數幾部史傳著作。對這一問題，導師郭丹教授有過專門的梳理、論述〔註19〕。但就先秦文體萌芽的實際情況看，諸子著作也是一個重要的源頭，章學誠謂「蓋至戰國而文章之變盡，至戰國而著作之事專，至戰國而後世之文體備」。〔註20〕顯然，章氏視野更寬，是就先秦經、史、子、集的整體情況而立說。

〔註16〕劉大杰：《中國文學發展史》，上海古籍出版社，1982年版，第85頁。

〔註17〕游國恩等主編：《中國文學史》人民文學出版社，1981年版，第69頁。

〔註18〕傅璇琮、蔣寅總主編，趙敏俐、譚家健主編：《中國古代文學通論·先秦兩漢卷》遼寧人民出版社，2005年5月第1版，120頁。

〔註19〕郭丹：《先秦史傳文學作品中的文體萌芽與雛形》，《福建師範大學學報·哲學社會科學版》，2003年第4期，第14頁。

〔註20〕章學誠：《文史通義校注·詩教上》，葉瑛校注，中華書局，1985年5月版，第60頁。

　　《莊子》是先秦重要子書之一，其蘊含的文體因素多樣而豐富。但「三言」是《莊子》散文最突出的文體特徵。

　　《莊子·寓言》篇說「寓言十九，重言十七，巵言日出，和以天倪」（下文涉及《莊子》文章只稱篇名）。《天下》篇說「以巵言為曼衍，以重言為眞，以寓言為廣。」王夫之以《寓言》篇與《天下》篇「為全書之序例。」〔註21〕鍾泰肯定「即此篇（《寓言》）首節之大意，則全書序例之然有據依。」〔註22〕作為序例，《寓言》篇和《天下》篇以「三言」概括全書的文體特色，應該予以足夠的重視。張默生說「三言」就好比讀莊的一把鑰匙，「可以說是三位一體」。〔註23〕但這「三位一體」的構成形態又是怎樣呢？較為科學、合理的解釋，應該是「三言」並列，各有分工，各自發揮不同的文體功能。近年出版的袁行霈主編《中國文學史》也注意到這一觀點，認為「寓言即虛擬的寄寓於他人他物的言語……重言即藉重長者、尊者、名人的言語，為使自己的道理為他人接受，託己說於長者、尊者之言以自重。巵言即出於無心、自然流露之語言」，並認為「《莊子》一書，大都是用『三言』形式說理」。編者還特地注出此說「採用的是有關『三言』的傳統說法」。〔註24〕其實這種傳統的說法，也正是較為切合《莊子》全書實際的闡釋。因此，我們說「寓言」主要是指一些民間傳說或以擬人化手法描寫的故事，「重言」主要是指藉重、假託一些傳說或歷史人物身份以言說的故事或話語，「巵言」主要是指文章中自由發表的議論或莊子親身體悟式的故事。「三言」並立，作為《莊子》散文最突出的文體構成要素，既為作者所標舉，也具備較強的科學性、合理性。

　　《莊子》散文還同時蘊含賦體、小說體和詩體等方面的文體萌芽。這幾種處於萌芽狀態的文體要素被包容在《莊子》散文「三言」之中，曾被許多研究者提及或重視。如關於「三言」中含有賦體因素。劉向就曾指出，莊子「作人姓名，使相與語」；司馬貞也說莊子「皆立主客，使之相對語」。這種辯對的性質，已蘊含著賦體的特徵。再如關於小說體的因素。魯迅先生在《中國小說史略》中就曾指出小說之名最早見於《外物》篇，所謂「飾小說以干縣令」，「然案其實際，乃謂瑣屑之言，非道術所在，與後來所謂小說者固不

〔註21〕王夫之：《莊子解》，中華書局，1964 年版，第 246 頁。

〔註22〕鍾泰：《莊子發微》，上海古籍出版社，2002 年 4 月版，第 648 頁。

〔註23〕張默生：《莊子新釋》，成都古籍書店 1990 年 8 月版，第 10 頁。

〔註24〕袁行霈主編：《中國文學史·第一卷》，高等教育出版社，2003 年版，第 96、106 頁。

同。」〔註25〕但正是在「瑣屑之言」中，孕育著生動的胚芽，成爲後世小說的濫觴。又如關於詩性因素。突出之處在於《莊子》感情眞摯、濃鬱等方面。林雲銘指出莊子是「最近情的人」（《莊子因》卷一），方以智稱莊子是「最深情的人」（《藥地炮莊・略論》），聞一多更是贊許：「莊子是開闢以來最古怪最偉大的一個情種。若講莊子是詩人，還不僅是泛泛的一個詩人。」（《周易與莊子研究》）

對於《莊子》散文「三言」問題，學術界存在不同看法和爭論。但問題其實也很簡單。莊子是文學史上第一個提出「寓言」這一文體概念的人，而且是把「寓言」與「重言」、「厄言」並列。他對名實關係有清楚的認識和界定。他說：「名者，實之賓也」（《逍遙遊》）；又說「名止於實，義設於適，是謂條達而福持。」（《至樂》）其所以標舉「三言」，就是著眼於對《莊子》全書的散文文體特徵進行歸納，這是確切而可信的。

《莊子》中「寓言」較多，這是事實。但多到什麼程度？果眞達到了全書十分之九的比重嗎？我們認爲事實並非如此。在漢代，對「寓言」這一文體概念沒有形成一致的認識。劉向《別錄》提出過「偶言」。司馬遷指出莊子「著書十餘萬言，大抵率寓言也。」其所稱「寓言」，似乎也當作「偶言」理解。唐代司馬貞《史記・索隱》對司馬遷爲《莊子》所下這一斷語進行闡釋：「其書十餘萬言，率皆立主客，使之相對語，故云『偶言』。又音寓，寓寄也。故別錄云『作人姓名，使相與語，是寄辭於其人，故《莊子》有《寓言篇》。』」〔註26〕顯然，司馬貞的解釋，著眼點首先放在《莊子》書中的對話因素，這與劉向看法是一致的。也就是說，劉向和司馬貞都肯定了《莊子》書中有很多「作人姓名，使相與語」或「立主客，使之相對語」的對話成分。有了對話，當然不就等於是「寓言」。莊子所謂「寓言十九」，郭象注：「寄之他人，則十言而九見信也」；成玄英疏：「寓，寄也。世人愚迷，妄爲猜忌，聞道己說，則起嫌疑，寄之他人，則十言而信九矣」；陸德明釋文：「寓，寄也。以人不信己，故托之他人，十言而九見信也。」莊子所謂「重言十七」，郭象注：「世之所重，十言而七見信也」；成玄英疏：「重言，長老鄉閭尊重之言也。老人之言猶十信其七也」；陸德明釋文：「重言謂爲人所重者之言也。」〔註27〕

〔註25〕《魯迅全集》，人民文學出版社，第9冊，第5頁。
〔註26〕司馬遷：《史記・老子韓非列傳》，中華書局，1982年11月版，第2144頁。
〔註27〕郭慶藩撰、王孝魚點校：《莊子集釋》（新編諸子集成・全3冊），中華書局，

　　郭象、成玄英和陸德明的解釋，立足於聞言者，意思明白清楚，易於理解。由此可見，莊子稱「寓言十九，重言十七」，是就傳播效果立論，而非就「寓言」、「重言」的數量來立說。因此，本文著眼於「寓言」、「重言」同作為文體特徵而立論。至於把「寓言十九，重言十七」，解讀成《莊子》全書寓言十居其九，重言十居其七，那是後出之解，邏輯上顯得混淆矛盾，句意上也委實難以釐清。但後人也頗有持此說者，如宋代呂惠卿認為：「『寓言十九』，則非寓而言者十一；『重言十七』則非重而言者十三而已」〔註28〕；王夫之：「凡寓言重言與九七之外，微言間出，辯言曲折，皆巵言也」（《莊子解》中華書局，1964 年版）。林希逸《南華眞經口義》云：「十九者，言此書之中十居其九，謂寓言多也」〔註29〕；宣穎《南華眞經》云：「寄寓之言，十居其九」〔註30〕。郭慶藩疏：「寓者，寄也；世人愚迷，妄為猜忌，間道己說，則起嫌疑，寄之他人，則十言而九見信；鴻蒙雲將，肩吾連叔之類，皆寓言耳。」郭氏這裡所舉鴻蒙雲將，肩吾連叔之類，袁珂評：「嚴格說來二者都算不得是寓言，尤其是近、現代人所說的寓言。」〔註31〕

　　其實，就現代而言，人們對「寓言」的定義也不盡相同，甚至說差別甚大。《辭源》「寓言」條的解釋是：「有所寄託或比喻之言。莊子寓言：『寓言十九，重言十七。』釋文：『寓，寄也。以人不信己，故託之他人十而九見信也。』……後稱先秦諸子短篇諷喻故事為寓言，因為文體之名。」〔註32〕《辭海》「寓言」條的解釋是：「文學作品的一種體裁。是帶有勸喻或諷刺的故事。結構大多簡短，主人公可以是人，也可以是生物或無生物。主題都是藉此喻彼，借遠喻近，借古喻今，借小喻大，寓較深的道理於簡單的故事之中。」〔註33〕

　　還有的學者以為：「寓言必須具備兩條基本要素：第一條是故事情節；第二條是比喻寄託，言在此而意在彼。……只有完全具備這兩個條件，才能算作寓言，以免失之過寬；同時只要具備了這兩個條件，就可以算作寓言，以避免過窄。根據這兩條可以把寓言和其它文體基本上區分開：根據第一條，

　　　　2004 年版，下冊，第 947 頁。
〔註28〕　鍾泰：《莊子發微》，上海古籍出版社，2002 年 4 月第 1 版，第 649 頁。
〔註29〕　方勇、陸永品：《莊子詮評》，巴蜀書社，1998 年 9 月第 1 版，762 頁。
〔註30〕　陸永品：《莊子通釋》，中國社會科學出版社，2006 年 5 月版，450 頁。
〔註31〕　袁珂：《莊子的神話與寓言》，中華文化論壇，1995 年第 3 期，第 92 頁。
〔註32〕　《辭源》，商務印書館，1990 年版，第 2 冊，854 頁。
〔註33〕　《辭海·文學分冊》，上海辭書出版社，1981 年版，第 15 頁。

可以使寓言跟一般比喻相區別，跟託物言志的詠物詩、禽言詩以及其它寄託理想的詩文相區別；根據第二條可以使寓言跟一般故事相區別，一般的故事其意義中從情節本身中顯示出來的，沒有比喻義。……當然兩可的情況也是存在的。」〔註 34〕這種界定和論述，應該說是個人精心思考的成果。此外，如公木、嚴北溟等許多學者也各有見地，反映了學術界對這一問題的積極探索。

綜上所述，本文擬就《莊子》散文「寓言」、「重言」、「厄言」進行分類觀照，對「三言」的概念進行辨析，對「三言」體式進行溯源，對「三言」在《莊子》全書中的具體體現和特徵作較爲全面的歸類把握，進而對「三言」的影響進行深入的分析，以拋磚引玉，就教於專家、學者及同好。本文以郭慶藩《莊子集釋》（《諸子集成》三冊，1986 年上海書店影印本）和王孝魚點校《莊子集釋》（全三冊‧新編諸子集成，中華書局，2004 年第 2 版）爲主要版本，同時參考劉文典《莊子補正》、鍾泰《莊子發微》、陳鼓應《莊子今注今譯》、楊柳橋《莊子譯注》、曹礎基《莊子淺注》等文獻。筆者對「三言」的歸類，努力從實際出發，實事求是地還原其在文學史上的本來面目。

關於莊子生平事迹，傳世資料很少，一些珍貴的片斷，主要見於《莊子》散文「厄言」故事中。這些故事，本文將多所涉及。關於《莊子》33 篇中許多篇章之作者歸屬問題，不少學者提出了頗有見地的看法，並在考證上做了大量努力，但由於第一手資料的不足，其結論在眞實性、準確性和科學性方面，還留有較大的、可供繼續探索的空間。因此，本文研究以《莊子》整個文本爲研究對象。

〔註34〕陳蒲清：《中國古代寓言史》，湖南教育出版社，1983 年版，第 2 頁。

第二章 《莊子》散文「寓言」研究

2.1 先秦寓言溯源

「寓言」一詞最早見於《莊子》。但寓言作為一種文學樣式，卻要早得多。至於寓言確切產生於何時，學術界有不同看法。有學者認為《周易》中就有「寓言」了，高亨、嚴北溟等學者就持這一觀點。高亨在《周易雜說——周易卦爻辭的文學價值》一文中列舉出：《睽·六三》，爻辭有「見輿曳，其牛掣，其人天且劓」；《困·六三》，爻辭有「困於石，據於蒺藜，入於其宮，不見其妻」；《井》卦辭有：「往來井井，汔至，亦未繘井，羸其瓶」，認為「以上三則爻辭雖然簡短，然而都有人物和故事情節，都有主題思想，都能說明一種道理，把它們看作小小的寓言，不算太過。」嚴北溟《中國古代寓言故事選》（上海人民出版社，1980 年版），把《周易》爻辭「羝羊觸藩」、「困石據蒺」等五則收為「寓言」。對《周易》中的這些爻辭，嚴先生在該書序言中說：「將它們看作古代哲學寓言故事的權輿，不算過份。可以說，我國古代哲學寓言故事初具雛形的時期，是在三千多年前，較公元前六世紀古希臘伊索寓言產生的年代，還要早過五百多年。」有學者認為，《周易》中有更多的寓言，其數量達百幾十則〔註1〕；有的甚至認為《周易》是一部以寓言為主的書。而爻辭產生的年代，一般認為是西周初，相當於公元前 11 世紀。另有學者認為，這些爻辭只是一種比喻，沒有情節，在《周易》中並不罕見，把它們作為寓言是不夠恰當的〔註2〕。

〔註 1〕朱俊芳：《說〈周易〉寓言》，瀋陽師院學報，1982 年第 2 期。
〔註 2〕陳蒲清：《中國古代寓言史》，湖南教育出版社，1983 年版，第 9 頁。

　　《論語》中有些故事，帶有一定的寓言色彩。如《陽貨》篇中：「割雞焉用牛刀」故事：

> 「子之武城，聞絃歌之聲。夫子莞爾而笑，曰：「割雞焉用牛刀？」
> 子游對曰：「昔者偃也聞諸夫子曰：『君子學道則愛人，小人學道則
> 易使也。』」子曰：「二三子！偃之言是也。前言戲之耳。」〔註3〕

這裡，「割雞焉用牛刀」沒有展開情節，但卻形象生動，寓意清楚，明白易懂。再如《先進》篇中「聞斯行諸」的故事：

> 子路問：「聞斯行諸？」子曰：「有父兄在，如之何其聞斯行諸？」
> 冉有問：「聞斯行諸？」子曰：「聞斯行之。」公西華曰：「由也問聞
> 斯行諸，子曰有父兄在；求也問聞斯行諸，子曰聞斯行之。赤也惑，
> 敢問。」子曰：「求也退，故進之，由也兼人，故退之。」

這個故事饒有趣味，有簡單的情節，生動地反映孔子視弟子的個性特徵予以分類指導，體現了因材施教的科學態度。但卻不見得有寓意，故不能算是很出色的「寓言」。這類的故事，《論語》中很少見。

　　有學者認為古籍中出現「寓言」當以《墨子》為最早。胡懷琛的《中國寓言研究》（商務印書館，1930年版）是我國第一部寓言研究專著。胡氏在該書中認為《墨子》中的「寓言」是中國最早出現的，相當於公元前五世紀到公元前四世紀。《墨子·魯問》：

> 「譬有人於此，其子強梁不材，故其父笞之。其鄰家之父舉木
> 而擊之曰：『吾擊之也，順於其父之志。』則豈不悖哉？」〔註4〕

又：

> 「公輸子削竹木以為鵲，成而飛之，三是不下。公輸子自以為
> 巧。子墨子謂公輸子曰：『子為鵲也，不如匠之為車轄，須臾劉三寸
> 之木而任五十石之重。』故所為，功利於人謂之巧，不利於人謂之
> 拙。」〔註5〕

我們可以看出，前一個「擊鄰家子」故事，比喻找藉口以便堂而皇之地加害於人；後一個「匠為車轄」故事，反映墨子巧拙觀。但兩者情節都很簡單，

〔註3〕楊伯峻：《論語譯注·陽貨篇第十七》，中華書局，1980年12月第2版，第181頁。
〔註4〕孫詒讓：《墨子閒詁·魯問第四十九》（《諸子集成》），上海書店，第4冊，第284頁。
〔註5〕《墨子閒詁·公輸第五十》，同注〔1〕，第292頁。

只能算是「寓言」的胚芽。

《左傳》莊公十四年（公元前 680 年）記載「內蛇與外蛇相鬥」故事：

> 初內蛇與外蛇鬥於鄭南中，內蛇死。六年而屬公入。公聞之，問於申繻曰：「猶有妖乎？對曰：「人之所忌，其氣焰以取之。妖由人興也。人無釁焉，妖不自作。人棄常，則妖興，故有妖。」〔註6〕

《左傳》宣公十一年（公元前 608 年）記載「牽牛蹊田」故事：

> 抑人亦有言曰「牽牛以蹊人之田，而奪之牛。」牽牛以蹊者，信有罪矣，而奪之牛，罰亦重矣。〔註7〕

《左傳》昭公二十二年（公元前 541 年）記載「雄雞斷尾」故事：

> 賓孟適郊，見雄雞自斷其尾。問之，侍者曰：「自憚其犧也。」遽歸告王，且曰：「雞其憚為人用乎……」〔註8〕

《國語卷一‧周語上》記載「川壅必潰」故事：

> 厲王虐，國人謗王。邵公告曰：「民不堪命矣！」王怒，得衛巫，使監謗者，以告，則殺之。國人莫敢言，道路以目。王喜，告邵公曰：「吾能弭謗矣，乃不敢言。」邵公曰：「是障之也。防民之口，甚於防川。川壅而潰，傷人必多；民亦如之。是幫為川者決之使導，為民者宣之使言……」〔註9〕

這類的故事在春秋典籍中極少出現，而且以「寓言」視之，也並不成熟，所以多數古代寓言選本中沒有選入，如《先秦寓言選釋》（朱靖華選注，中國青年出版社，1959 年 12 月第 1 版），《中國古代寓言選》（北京大學中文系古典文獻專業編選，人民文學出版社，1981 年 5 月第 1 版），《先秦寓言選》（藍開祥、胡大濬選注，人民文學出版社，1983 年 10 月第 1 版），《寓言折枝——中國歷代寓言注》（劉國正、馬達、戴青山選注，人民文學出版社，1981 年 5 月第 1 版）等選本多從戰國時代選起。陳蒲清認為中國古代寓言產生於春秋末期，《左傳》中的「蹊牛奪田」、「不從亂命」、「雄雞斷尾」都是公元前六世紀的具有寓言雛型的作品；公木在《先秦寓言概論》中推斷：「中國寓言文學，就有文字紀錄而言，當起源於春秋末年，形成於戰國初期，大發展於整個戰

〔註6〕杜預等注：《春秋三傳》，上海古籍出版社，1987 年 3 月第 1 版，第 115 頁。
〔註7〕杜預等注：《春秋三傳》，同注〔3〕，第 273 頁。
〔註8〕杜預等注：《春秋三傳》，同注〔3〕，第 464 頁。
〔註9〕《國語》（全 2 冊），上海古籍出版社，1978 年 8 月版，第 9 頁。

國時代。」

其實，《周易》中爻辭使用比喻或象徵的手法，暗示某一將要發生的事情，這與「寓言」的寓意有某種相似性，可以看作「寓言」的最早萌芽。春秋典籍中的一些故事，吸收了民間故事、歷史傳說的營養，成為「寓言」的雛形。

戰國時期，「寓言」的創作出現了繁榮的局面。當時周室衰微，諸侯蜂起，戰火四處燃燒，社會動蕩不安，給人民生活帶來極大的痛苦。許多思想家為了發表見解，游說諸侯，紛紛著書立說，提出變革改造社會的理想和主張，出現了百家爭鳴的局面。為了增強理論學說的吸引力、感染力和說服力，諸子爭相運用「寓言」這一手段，這使得「寓言」創作名家輩出，數量巨大，而且各具特色，異彩紛呈。有學者統計，除莊子外，《孟子》有「寓言」近 10則，《列子》有「寓言」近百則，《韓非子》有「寓言」超過 300 則，《呂氏春秋》有「寓言」約 280 則，《戰國策》有「寓言」近 50 則。加上《晏子春秋》、《管子》、《荀子》、《尹文子》、《慎子》等子書中的「寓言」，總數在千篇以上，有學者甚至認為「可能接近兩千則」，可謂洋洋大觀。

2.2 《莊子》散文「寓言」概況

關於《莊子》散文「寓言」總量，目前學術界的看法很不一致。陳蒲清《中國古代寓言史》共列目 181 則；但馬達《莊子寓言選》（重慶出版社，1981年 10 月第 1 版）只選了 68 則，馬亞中、吳小平主編《中國寓言全集》（新世界出版社，2007 年 12 月版）只收 61 則。在以上三個本子中，後兩種數量上比較接近，比較與陳蒲清所列之目，我們可以發現，陳蒲清所列選 181 則「寓言」中，相當一部分屬於「重言」。陳蒲清強調的「寓言」標準，既要有故事情節，又要有寓意，按這一標準考察，其所選入的一些莊子「寓言」其實很難「達標」。事實上，莊子創作「寓言」、運用「寓言」，只是將它作為體道、悟道和闡述道境及道論的手段，而非出於純粹的「寓言」文體的自覺，因而它的「寓言」有「寄生性」。換言之，「寓言」在《莊子》中沒有完全發展成獨立的文體，屬於莊子散文的有機組成部分，這就涉及莊子「寓言」的形態，後面將專門論及。另一方面，由於《莊子》散文「寓言」只是作為體道、悟道和闡述道境道論的手段，這就決定了這些「寓言」的文學審美只是附帶價值，而其真正的功用，在於推廣、闡發所謂的道，即莊子哲學思想。在《寓

言》篇，其所稱「寓言十九」，郭象、陸德明、成玄英都疏解「十九」為「寄之他人，十言而九見信」，郭慶藩、王先謙等都持此說。又謂「寓言十九，藉外論之」。郭注：「言出於己，俗多不受，故借外耳。肩吾連叔之類，皆所借者也。」成玄英疏：「藉，假也。所以寄之他人十言九見信者，為假託外人論說之也。」這些學者的解讀，正是揭示了《莊子》散文「寓言」對於道的傳播重要功用，無疑是正確的。

在當時，「寓言」的可信度高。作為言說方式，其特點是「藉外論之」。為了闡述這一觀點，《寓言》篇中用事實作比喻申論：「親父不為其子媒。親父譽之，不若非其父者也」。郭注：「父之譽子，誠多不信，然時有信者，輒以常嫌見疑，故借外論也。」成玄英疏：「父談其子，人多不信，別人譽之信者多矣。」這就說得更為直白。《天下》篇中，又談到「以天下為沈濁，不可以莊語，故以巵言為曼衍，以重言為真，以寓言為廣。」「以寓言為廣」，用寄託寓意的話，來廣泛闡發事理，謂「廣其志，使不拘於虛，篤於時，束於教也。」〔註10〕作者「以寓言為廣」，注重的還是「寓言」作為道之載體和媒介的社會功效。所以重要的是莊子「寓言」在整個《莊子》文本中的客觀存在，其占全書比重的多大，這並不影響其功能的發揮。

2.3 《莊子》散文「寓言」的具象性

《莊子》散文「寓言」主旨是用於說理的。但與《老子》不同。《老子》一書抽象思維的色彩較為濃厚，概念的闡釋較為深入，邏輯的演繹較為嚴密；同時，句式多整齊、押韻，語言的詩性美更為突出。《莊子》主要繼承和發展了老子「無為無不為」的道家思想，並加以發揚光大。但在道家思想的表述上，明顯走著與老子不同的路徑。其突出特點之一，就是具象性思維的突出而廣泛運用。借助一系列具體形象的故事，引人入勝地表達寓意，把深奧的哲學道理，闡述得淺易明白、妙趣橫生，令人想像無窮，印象深刻。這種具象思維的傑出成果，造就了《莊子》一書作為中國古典哲學與文學的「雙料」豐碑。

2.3.1 對神話材料的改造利用

神話是先民口耳相傳的故事之一，在民間有著深厚的土壤，莊子信手拈

〔註10〕鍾泰：《莊子發微》，上海古籍出版社，2002 年版，第 792 頁。

來，加以改造利用，作爲體道悟道的載體之一。內篇《逍遙遊》開篇寫鯤鵬的故事：

> 北冥有魚，其名爲鯤，鯤之大不知其幾千里也；化而爲鳥，其名爲鵬，鵬之背不知其幾千里也。怒而飛，其翼若垂天之雲。是鳥也，海運則將徙於南冥。南冥者，天池也。《齊諧》者，志怪者也；《諧》之言曰：鵬之徙於南冥也，水擊三千里，摶扶搖而上者九萬里，去以六月息者也。

這個故事，顯然是對舊有神話的改造。袁珂在《山海經校注・海外北經》篇中爲「北方禺彊，人面鳥身」這則神話記載作注，文後引《逍遙遊》「北冥有魚」這段文字，並推論說：「似乎非僅寓言，實有神話之背景存焉。此背景維何？陸德明《音義》引崔巽云『鯤當爲鯨。』是也。《爾雅・釋魚》：『鯤，魚子』，大無以致千里。莊生詼詭，以小名大，齊物之意也，鯤實當爲鯨。而北海海神適名禺京，又字玄冥，此與莊周寓言中北冥之鯤（鯨）豈非有一定關聯乎？」〔註11〕我們注意到山海經中相關的神話，只是一些痕迹、碎片，一鱗半爪，但是莊子發揮了天才的想像力，對這些有限的材料進行揉合、重組和改造，使之成爲一個情節優美，形象突出、生動有趣的寓言故事。《逍遙遊》又寫姑射山之「仙人」：

> 藐姑射之山，有神人居焉。肌膚若冰雪，綽約若處子。不食五穀，吸風飲露。乘雲氣，御飛龍，而遊乎四海之外。其神凝，使物不疵癘，而年穀熟。

這個寓言的原始材料也是來自神話傳說。據《山海經第四・東山經》載：「又南三百八十里，曰姑射之山，無草木，多水」；又《山海經第十二・海內北經》載：「列姑射在海河州中。射姑國在海中，屬列姑射，西南，山環之。」〔註12〕作者把人物設置在悠遠虛幻的神話境界，即所謂「姑射之山」；寫她的肌膚像冰雪一樣潔淨，外貌像處子一樣柔和；再寫她生活方式，吸風飲露、乘雲御龍，極言其與眾不同，既是比喻又是誇張。袁珂認爲：「這裡所謂的『神人』，實際上就是仙人，亦即最早見諸記載的仙話，雖然只是仙話的片斷，給我們塑造了一個皎潔、崇高的仙人形象」〔註13〕。

〔註11〕 袁珂：《山海經校注》，上海古籍出版社，1980年7月版，248頁。
〔註12〕 《山海經校注》，同注〔1〕，第108頁、323頁。
〔註13〕 袁珂：《〈莊子〉的神話與寓言》，中華文化論壇，1995年第3期，第91頁。

內篇《應帝王》講儵忽鑿渾沌的故事：

> 南海之帝爲儵，北海之帝爲忽，中央之帝爲渾沌。儵與忽時相
> 與遇於渾沌之地，渾沌待之甚善。儵與忽謀報渾沌之德，曰：「人皆
> 有七竅，以視聽食息，此獨無有。嘗試鑿之。」日鑿一竅，七日而
> 渾沌死。

這則「寓言」也有神話的原始影子。《山海經第二·西山經》云：「又西三百
五十里，曰天山，多金玉，有青雄黃。英水出焉，而西南流注於湯谷，有神
焉，其狀如黃囊，赤如丹火，六足四翼，渾敦無面目，是識歌舞，實爲帝江
也。」〔註14〕又《淮南子·精神篇》云：「古未有天地之時，惟像無形，窈窈
冥冥。……有二神混生，經天營地。」〔註15〕這裡，我們可以看出，《山海經·
西山經》中的「帝江」只具粗糙的形象，給人的印象尚嫌模糊；《淮南子》記
載的「二神」還不具備形象。而莊子筆下的渾沌，形象雖也十分簡括，但作
者對儵與忽感恩報答的情節描寫，雖著墨不多，卻把渾沌烘託的栩栩如生。
對照《山海經》神話記載「帝江」的形象和《莊子》中渾沌的形象，我們不
能不對莊子從事形象加工的天才創造力稱奇。

外篇《天地》寫「象罔得珠」故事：

> 黃帝遊乎赤水之北，登乎崑崙之丘而南望。還歸，遺其玄珠。
> 使知索之而不得，使離朱索之而不得，使喫詬索之而不得也。乃使
> 象罔，象罔得之。黃帝曰：「異哉！象罔乃可以得之乎？」

這個故事裏，莊子也是巧妙地運用崑崙神話故事作背景。在神話中，崑崙是
「帝都神所」，《山海經》中相關的記載很多。顧頡剛在《莊子和楚辭中崑崙
和蓬萊兩個神話系統的融合》一文中提出，崑崙是一個有特殊地位的神話中
心，是很多古代神話的源頭。朱任飛根據《山海經》記載，描述崑崙神境的
概貌：「崑崙山是天帝在人間的宮殿，是眾神的居所。山高萬仞，禾長五尋，
有以玉爲檻的九井，有開明獸把守的九門，珍禽異獸奇木怪樹，不一而足，
在其西北均有鳳凰、鸞鳥，載舞載翔，而鳳凰、鸞鳥在《山海經》中都與安
寧和樂密切相關」。〔註16〕莊子沒有展開對崑崙妙境的描述，也不是很崇拜地

〔註14〕袁珂：《山海經校注·西山經》，上海古籍出版社，1980年7月第1版，第55
　　　　頁。
〔註15〕劉安著、高誘注：《淮南子注》（《諸子集成》），上海書店，第7冊，第99頁。
〔註16〕朱任飛：《崑崙、黃帝神話傳說與〈莊子〉寓言》，學術交流，1996年第6期，
　　　　第100頁。

把它當成神都帝鄉，而是藉以悟道。只一句「黃帝遊乎赤水之北，登乎崑崙之丘而南望」，將神話背景輕鬆帶出，筆底就頓然有山川海嶽的崢嶸氣象，是一片悠渺超然的美妙境界，收到以少勝多的藝術效果。進而以珠寓道，借珠談道，寫如何失而復得。這裡的珠即道的化身，司馬彪謂：「玄珠，道眞也。」《莊子》中還多處提到崑崙，如《至樂》篇：「支離疏與滑介叔觀於冥伯之丘、崑崙之虛，黃帝之所休」；又《大宗師》篇：「夫道……堪壞得之，以襲崑崙；馮夷得之，以遊大川；肩吾得之，以處大山」，成玄英疏：「堪壞，崑崙山神名也。」但對崑崙始終是點到爲止，這與屈原《離騷》的風格很不相同。《離騷》寫神仙境界：

> 朝發軔於蒼梧兮，夕余至乎縣圃。欲少留此靈瑣兮，日忽忽其
> 將暮。吾令羲和弭節兮，望崦嵫而勿迫。路曼曼其修遠兮，吾將上
> 下而求索。飲余馬於咸池兮，總余轡乎扶桑。折若木以拂日兮，聊
> 逍遙以相羊。前望舒使先驅兮，後飛廉使奔屬。鸞皇爲余先戒兮，
> 雷師告余以未具。吾令鳳鳥飛騰兮，繼之以日夜……。

屈原筆下的仙境是：眾神仙樂於駕車、爭當先導、勤爲引路等等，極盡鋪張、誇飾之能事，以完整細膩之筆致，令人美不勝收。但莊子裏的情況完全不同。茅盾在《神話研究·神話雜論》（百花文藝出版社，1981 年版）中說過：「《莊子》裏現在沒有嚴格的神話材料；鯤化爲鵬之說，混沌鑿七竅之談，河泊海若的對話，黃帝廣成子的論道，雖均奇詭有趣，然而嚴格說來，究竟不是神話材料。」袁珂說：「莊子的神話常有古神話的依憑，是古神話的改裝，並非純屬虛構。」〔註 17〕確實，莊子筆下都不見完整的神話材料，但他以神話爲背景和土壤，藉以產生靈感，激活具象思維的興奮點，再經過巧思妙構和神來之筆的勾勒、點染、暗示，使一個個神氣活現、富於感性特徵的形象呈現到讀者的面前。

2.3.2 對「畸人」形象進行寫意性勾勒

所謂「畸人」，就是人的形貌醜陋，大異常人。但形有所缺，智有所長。正是這種形體上的缺失與智慧上的圓通過人，構成人物內在的強烈對比和反差，使之成爲《莊子》散文「寓言」中極具看點和審美韻味的有機組成部分。

內篇《人間世》中寫「支離疏」：

〔註 17〕袁珂：《中國神話通論》，巴蜀書社，1993 年版，第 127 頁。

> 支離疏者，頤隱於臍，肩高於頂，會撮指天，五管在上，兩髀
> 爲脅。挫針治繲，足以糊口；鼓筴播精，足以食十人。上徵武士，
> 則支離攘臂而遊於其間；上有大役，則支離以有常疾不受功；上與
> 病者粟，則受三鍾與十束薪。夫支離其形者，猶足以養其身，終其
> 天年，又況支離其德者乎！

作者先是總提所寫人物之畸形：「支離」，即形體不全（疏爲其名，依司馬彪說）。然後拈出幾個有代表性的特徵：「頤隱於臍」，兩腮貼近肚臍；「肩高於頂」，肩膀比頭頂還高；「會撮指天」，髮髻向上指著天；「五管在上」，有五節脊椎骨高出頭頂；「兩髀爲肋」，兩條大腳緊靠著肋骨。雖然僅寥寥數語，作者卻活生生地把一個畸形者的形體怪異之處很誇張地勾勒出來。然後進一步寫其生存之怪。本來靠做針線活和給人卜卦算命謀生，無甚怪異處。但國王徵兵的時候他卻在人群中捋著胳膊，搖來晃去；國王大肆強迫勞役時，他卻因殘疾，不接受任何工作；國王賑濟病人時他卻可以得三鍾米、十捆柴禾。這樣，畸形人之怪，不僅通過形體顯現出來，還通過其生存方式顯現出來，使人覺得離奇而有趣，化醜爲美，具體強烈的形象感染力，令人過目難忘。〔註18〕

內篇《德充符》寫哀駘它：

> 衛有惡人焉，曰哀駘它。丈夫與之處者，思而不能去也；婦人
> 見之，請於父母曰「與爲人妻，寧爲夫子妾」者，十數而未止也。
> 未嘗有聞其唱者也，常和人而已矣。無君人之位以濟乎人之死，無
> 聚祿以望人之腹，又以惡駭天下，和而不唱，知不出乎四域，且而
> 雌雄合乎前，是必有異乎人者也。寡人召而觀之，果以惡駭天下。
> 與寡人處，不至以月數，而寡人有意乎其爲人也；不至乎期年，而
> 寡人信之。國無宰，寡人傳國焉。悶然而後應，氾而若辭。寡人醜
> 乎，卒授之國。無幾何也，去寡人而行。寡人卹焉若有亡也，若無
> 與樂是國也。是何人者也！

對於這一形貌醜陋之人，作者沒有作正面刻畫，而是抓兩個側面細節進行烘托：男子與他相處的，就都伴守著他不肯離去；女子見到他，就跟父母說，與其當別人的妻子，不如當他的小妾。通過寫旁人的反映和好感，凸顯出這

〔註18〕本文引《莊子》文本中「三言」文字，現代文句譯，主要參考陳鼓應《莊子今注今譯》，兼參考楊柳橋《莊子譯注》等。

貌陋之人非凡的親和力與魅力。這在普通人都難做到，而一個貌醜之人卻能如此，就顯得十分凸兀而怪異，因而極具形象感染力。

《德充符》又寫「甕㼜大癭」等：

> 闉跂支離無脈說衛靈公，靈公說之，而視全人：其脰肩肩。甕㼜大癭說齊桓公，桓公說之，而視全人：其脰肩肩。故德有所長而形有所忘。人不忘其所忘而忘其所不忘，此謂誠忘。故聖人有所遊，而知爲孽，約爲膠，德爲接，工爲商。聖人不謀，惡用知？不斲，惡用膠？無喪，惡有德？不貨，惡用商？四者，天鬻也。天鬻者，天食也。既受食於天，又惡用人！有人之形，無人之情。有人之形，故群於人；無人之情，故是非不得於身。眇乎小哉，所以屬於人也；謷乎大哉，獨成其天。

拐腳、駝背又沒有嘴唇的畸人游說衛靈公，衛靈公被說服，感到很喜歡、很爽，反而看到正常人，覺得脖子太長了。大瘤子長得象瓦甕子一樣的畸人游說齊桓公，齊桓公被說服，感到很喜歡、很爽，而反過來看正常的人，覺得脖子太長了。或拐腳、駝背、無唇，或瘤大如甕，由於取悅於王侯，身體上的缺陷就被忽略了。相形之下倒是正常人這時在王侯眼裏顯得不正常起來。通過對比、反襯、誇張和審美錯覺，使畸人的醜得到放大，得到昇華，獲得美感，極度強化了形象給人的視覺印象。

2.3.3 對普通人的深情關注

在莊子散文「寓言」中，出現較多的還是普通人形象。形形色色的普通人，其愛好、技藝和特長，都在《莊子》作者的視域之中，受到深情關注，得到藝術再現，以生動活潑的形象，負載著莊子之道的精神。這些活躍在《莊子》中的普通人物，大體上有以下幾種類型。

（1）在這些人物中，有技藝精湛的石匠、木匠、鐵匠、畫師等。各類工匠身懷一技之長，在民間走街串巷，莊子的筆下關注了他們。雜篇《徐无鬼》寫石匠：

> 郢人堊慢其鼻端，若蠅翼，使匠石斲之。匠石運斤成風，聽而斲之，盡堊而鼻不傷，郢人立不失容。宋元君聞之，召匠石曰：「嘗試爲寡人爲之。」匠石曰：「臣則嘗能斲之。雖然，臣之質死久矣。」

這裡，匠石技藝精湛可以說是無與倫比。郢人捏白堊土，不慎沾了一丁點兒

在鼻尖上,像蒼蠅的翅膀,只一點點,而匠人卻要以斧子來削它,這不免令人心驚膽寒。進而揮起斧子呼呼作響,更讓人捏一把汗。但郢人是「聽而斲之」,任由他去砍,結果是鼻尖上的丁點兒白堊土被削去,鼻子卻毫髮無傷,動作之驚險、誇張不能不令人驚訝。而郢人卻能「立不失容」,若無其事。一個是動,一個是不動,動與不動之間,傳達出一種相知、信任和高度的配合與默契,刻畫得極為傳神,入木三分。

外篇《天道》寫木匠:

> 桓公讀書於堂上,輪扁斲輪於堂下,釋椎鑿而上,問桓公曰:「敢問,公之所讀者何言邪?」公曰:「聖人之言也。」曰:「聖人在乎?」公曰:「已死矣。」曰:「然則君之所讀者,古人之糟魄已夫!」桓公曰:「寡人讀書,輪人安得議乎!有說則可,無說則死!」輪扁曰:「臣也以臣之事觀之。斲輪,徐則甘而不固,疾則苦而不入。不徐不疾,得之於手而應於心,口不能言,有數存乎其間。臣不能以喻臣之子,臣之子亦不能受之於臣,是以行年七十而老斲輪。古之人與其不可傳也死矣,然則君之所讀者,古人之糟魄已夫!」

作者設置一個桓公讀書的語境,引出輪扁斲輪的體會:我就拿我所幹的活來談吧。在砍造車輪時,榫子做得鬆了,就會滑溜地打進去,但不牢固;榫子做得緊了,就會感到滯澀,而打不進去。既不鬆,又不緊,技巧把在手裏,感應卻在心裏,嘴裏說不出,其中卻有一定的分寸。我不能把它明明白白地告訴我的兒子,我兒子也不能明明白白地學到我的做法;因此,我年七十歲了,將來只好老死在砍造車輪的手藝上。這裡,我們並不見作者從正面刻畫人物,但從其對經驗的講述中,儼然可以想像得出一個精勤於斫輪技藝的能工巧匠。這是通過側面描寫,使形象躍然紙上。

外篇《達生》寫為鐻的木匠:

> 梓慶削木為鐻,鐻成,見者驚猶鬼神。魯侯見而問焉,曰:「子何術以為焉?」對曰:「臣工人,何術之有?雖然,有一焉。臣將為鐻,未嘗敢以耗氣也,必齋以靜心。齋三日,而不敢懷慶賞爵祿;齋五日,不敢懷非譽巧拙;齋七日,輒然忘吾有四枝形體也。當是時也,無公朝。其巧專而外骨消,然後入山林,觀天性形軀,至矣,然後成見鐻,然後加手焉,不然則已。則以天合天,器之所以疑神者,其是與!」

梓慶善於做一種稱爲「鐻」的懸鐘鼓之具，刻木而成，有鳥形、獸形等各種圖案，極其精巧美觀。在寫法上，作者避實就虛，並不介紹鐻之爲物，尺寸構造如何，而是先進行側面烘託，「鐻成，見者驚猶鬼神」。然後在對話的語境中引出木匠談製作經過：七日齋戒，使功名、毀譽以至四肢形體等雜念皆忘，精神專注於一，從而入山尋找木性、木形皆適用者取而爲之，達到所謂的「以天合天」的境界。作者把這過程寫得神乎其神，令人產生強烈的好奇感，從而強化了梓慶這一木工給人的印象。

外篇《知北遊》寫捶鉤的鐵匠：

> 大馬之捶鉤者，年八十矣，而不失豪芒。大馬曰：「子巧與，有道與？」曰：「臣有守也。臣之年二十而好捶鉤，於物無視也，非鉤無察也。」是用之者，假不用者也，以長得其用，而況乎無不用者乎！物孰不資焉！

楚國大司馬家的傭人，善於捶製腰帶狀的「鉤」。作者把他的工藝水平一筆帶過：八十歲了，捶製鉤帶還絲毫沒有差錯。然後通過對話，透露出奧妙所在，即其人年輕時就好習此手藝，對於其它東西看都不看，不是鉤帶就不去關心。一個人一生執著於一門技藝，看是平凡卻不簡單，給人留下極深印象。

外篇《田子方》寫宋國的畫師：

> 宋元君將畫圖，眾史皆至，受揖而立；舐筆和墨，在外者凌半。
> 有一史後至者，儃儃然不趨，受揖不立，因之舍。公使人視之，則解衣般礴臝。君曰：「可矣，是眞畫者也。」

這個故事，作者從兩方面烘託描寫，營造氛圍。一是寫旁人：許多文書都來了，受到召命都站立等候著，又舐筆，又和墨，濟濟一堂，躍躍欲試，站到門外的還有一半。這裡用筆不多，把大家爭相表現、急不可耐地想一展身手的神情表現得淋漓盡致。另一是寫畫師：獨自一人後至，安閒而從容，受到召命並不站立等候就進入室內。宋元君派人觀察他的行動，他正解開衣服，交叉雙腳坐著，敞胸露背的樣子。引得宋元君稱讚：「好啊，這才是眞正的畫師！」作者不寫他如何作畫，而寫他的架勢和作派非同一般，不得不讓人側目而視，肅然起敬。

（2）在這些人物中，有養雞者，有牧羊者、屠羊者，有養馬者、相馬者和精於馬術者。外篇《達生》寫養雞者：

> 紀渻子爲王養鬥雞。十日而問：「雞已乎？」曰：「未也，方虛

憍而恃氣。」十日又問，曰：「未也，猶應向景。」十日又問，曰：
「未也，猶疾視而盛氣。」十日又問，曰：「幾矣。雞雖有鳴者，已
無變矣，望之似木雞矣，其德全矣。異雞無敢應者，反走矣。」

經過紀渻子一段時間訓練，君王的鬥雞排除驕傲自滿、盛氣凌人的秉性，淨
化好鬥的欲念，達到木雞一樣的境界，這就有了不戰而勝的本領。紀氏作為
一個雞教練，對雞習性的瞭解，對雞克敵制勝之本領的熟練掌握，都是很精
到、很專業的，不能不讓人折服。

外篇《胼拇》寫牧羊者：

臧與穀，二人相與牧羊而俱亡其羊。問臧奚事，則挾筴讀書；
問穀奚事，則博塞以遊。二人者，事業不同，其於亡羊均也。

臧與谷兩人一起牧羊，卻心不在焉，或讀書，或玩骰子，結果把羊弄丟了。
作者用這個故事作為論述「殘生傷性」的例證，那是體道的問題；但淺層的
寓意是指，行事的方式不同，可能造成的傷害卻是一樣的。這個故事記錄的
也是普通人生活的一幕，生動而有趣。

雜篇《讓王》寫屠羊者：

楚昭王失國，屠羊說走而從於昭王。昭王反國，將賞從者，及
屠羊說。屠羊說曰：「大王失國，說失屠羊；大王反國，說亦反屠羊。
臣之爵祿已復矣，又何賞之有。」王曰：「強之。」屠羊說曰：「大
王失國，非臣之罪，故不敢伏其誅；大王反國，非臣之功，故不敢
當其賞。」王曰：「見之。」屠羊說曰：「楚國之法，必有重賞大功
而後得見。今臣之知不足以存國而勇不足以死寇。吳軍入郢，說畏
難而避寇，非故隨大王也。今大王欲廢法毀約而見說，此非臣之所
以聞於天下也。」王謂司馬子綦曰：「屠羊說居處卑賤而陳義甚高，
子綦為我延之以三旌之位。」屠羊說曰：「夫三旌之位，吾知其貴於
屠羊之肆也；萬鍾之祿，吾知其富於屠羊之利也；然豈可以貪爵祿
而使吾君有妄施之名乎？說不敢當，願復反吾屠羊之肆。」遂不受
也。

當楚都郢為吳軍所破，一個名說的普通屠羊人在逃難中與楚昭王走到了一
塊。復國後，昭王因屠羊人一路跟隨也要對他行賞，屠羊人堅拒不受，理由
很簡單：國家光復了，重操舊業，有何值得獎賞呢？昭王命令要強行給他封
賞。屠羊人推辭：作為一介平民，國家被難，論罪與我無關；國家光復，論

功與我無關，因此也就不敢受賞。昭王下令要引見他，他也拒之，認爲自己不智不勇，不能捐軀衛國，只是受難避亂，而非隨王護駕，要是無功受引見，則亂了國家法度。昭王仍不肯罷休，下令要封他卿之高位，他更是不受：卿之尊貴要超過市井中的屠羊者，其俸祿也高過屠羊所得，但不能因貪享爵祿而使國君背上妄施的名聲，還是讓我到市井中屠羊吧。從故事中，我們看到作爲一個普通屠戶，身份再平凡、再卑微不過，但卻是非分明，安於貧賤，不爲利益所動，寫出了小人物的磊落胸襟與高尚境界，很有感人力量。

內篇《人間世》寫愛馬者：

> 夫愛馬者，以筐盛矢，以蜄盛溺。適有蚊虻僕緣，而拊之不時，
> 則缺銜毀首碎胸。意有所至而愛有所亡，可不愼邪！」

那愛馬的人用竹筐給它盛糞，用漆器給它盛尿。恰好有蚊子或牛虻趴在它身上，愛馬人就上前撲打，但不是時候，馬受驚嚇毀斷籠頭，跑了，把頭撞傷，把胸口撞破了。作者寫愛馬者愛得無微不至，做出了一連串超常規舉動，結果卻害了馬。抓住關鍵細節，寫得要言不繁，極形象生動。

外篇《馬蹄》寫治馬者：

> 馬，蹄可以踐霜雪，毛可以御風寒。齕草飲水，翹足而陸，此
> 馬之眞性也。雖有義臺路寢，無所用之。及至伯樂，曰：「我善治馬。」
> 燒之，剔之，刻之，雒之。連之以羈馽，編之以皁棧，馬之死者十
> 二三矣。饑之，渴之，馳之，驟之，整之，齊之。前有橛飾之患，
> 而後有鞭筴之威，而馬之死者已過半矣！

作者先交代馬的眞性：蹄子可以踏霜雪，毛可以擋風寒，吃草，喝水，撒開腿就跑。再對比伯樂治馬的招數：燙平它們身上的毛，剪齊它們的鬃，修理它們的蹄子，在它們身上烙火印，用籠頭和絆索把它們拴起來，用牢圈和柵欄把它們圍起來。治之不順其性，結果馬因之而死的有二、三成之多。在這裡，作者評點式地對馬之習性、對治馬招數進行了介紹，捕捉住了特徵，突出了關鍵，寫得簡潔明快，又生動有趣。

外篇《達生》寫精於馬術者：

> 東野稷以御見莊公，進退中繩，左右旋中規。莊公以爲文弗過
> 也。使之鉤百而反。顏闔遇之，入見曰：「稷之馬將敗。」公密而不
> 應。少焉，果敗而反。公曰：「子何以知之？」曰：「其馬力竭矣，
> 而猶求焉，故曰敗。」

東野稷以善於馭馬在莊公門下表演。前進、後退的軌迹，就如同墨線打的一般；左轉、右轉的路徑，就如同圓規畫的一般；莊公以爲馬術高超的造父也不能夠超過他，於是又要他打一百個轉。技精也如此，但美中不足，顏闔看出了問題：對莊公說：東野稷的馬疲困了。莊公後來問顏闔如何會看出問題，顏說他發現馬力竭盡，還要奔走，就會疲困。顏的眼力不凡，但東野稷的騎技確實高超，所以得到了莊公極高的評價。這故事雖短，但卻寫得十分精彩。

（3）在這些人物中，有商人、盜賊、流放者、逃難者。《逍遙遊》寫宋之商人：

> 宋人資章甫而適諸越，越人斷髮文身，無所用之。

商人圖利，販運帽子到越國銷售，可是越人斷髮紋身，哪用得上帽子？宋人盲目經商，販而不得其所，自然是做不成生意，也白賠了盤纏。故事簡短，卻有代表性，很典型。

雜篇《外物》寫盜墓者：

> 儒以《詩》、《禮》發冢，大儒臚傳曰：「東方作矣，事之何若？」
> 小儒曰：「未解裙襦，口中有珠。《詩》固有之曰：「『青青之麥，生
> 于陵陂。生不布施，死何含珠爲？』」接其鬢，壓其顪，而以金椎控
> 其頤，徐別其頰，無傷口中珠！」

莊子筆下的的盜者竟然是有文化的儒士。儒士依據《詩經》、《尚書》去發掘墳墓。大儒士從上面傳下話來說，東方的太陽升起來了，發掘進展得如何？小儒士回話說，還沒有解開屍體上的衣裙，死人的嘴裏還含著寶珠呢。大儒士說，古詩有這樣的話：「青青的麥苗，生長在山坡上；活著不肯賑濟窮人，死後爲什麼還在嘴裏含著寶珠呢？」你要撮他的鬢髮，按著他的口腔，要用金屬的槌頭撬開他的下巴，慢慢地分開他的兩腮，不要損壞了嘴裏的寶珠！寫人物的言行，極俏其身份，刻畫人物極爲傳神。

雜篇《徐无鬼》寫越之流亡者：

> 子不聞夫越之流人乎？去國數日，見其所知而喜；去國旬月，
> 見所嘗見於國中者喜；及期年也，見似人者而喜矣。不亦去人滋久
> 思人滋深乎？夫逃虛空者，藜藋柱乎鼪鼬之徑，踉位其空，聞人足
> 音跫然而喜矣，又況乎昆弟親戚之謦欬其側者乎！

作者很能寫出流放之人的特殊體會：離開國內幾天，見到所認識的人就高興；離開國內十天半月，見到曾在故國見過的人就高興；離開國內一週年，見到

像故國的人就高興：離開國人越久，思念國人越深。流落在空谷裏的人，所見是野草塞滿了鼠類路徑的荒涼，長久住在曠野，一聽到人的腳步聲就高興，又何況是他的兄弟親戚在身旁說笑呢？這裡，體悟之深切，可謂是道出了流放者的心聲。

外篇《山木》寫殷人林回逃難棄千金之璧：

> 子獨不聞假人之亡與？林回棄千金之璧，負赤子而趨。或曰：「爲其布與？赤子之布寡矣；爲其累與？赤子之累多矣。棄千金之璧，負赤子而趨，何也？」林回曰：「彼以利合，此以天屬也。」夫以利合者，迫窮禍患害相棄也；以天屬者，迫窮禍患害相收也。夫相收之與相棄亦遠矣，且君子之交淡若水，小人之交甘若醴。君子淡以親，小人甘以絕。彼無故以合者，則無故以離。

逃亡中的殷人林回，拋棄了價值千金的玉璧，卻背著自己嬰兒走。有人問他是爲了值錢的嗎，那背小孩比背錢帛差多了；爲了少受勞累嗎，那背嬰兒比背錢帛累多了。拋棄了千金之玉璧而背著嬰兒走，是爲了什麼呢？林回說他與玉璧是財利的結合，與嬰兒是天性相連。靠財利的結合，迫近貧窮、災禍、憂患、傷害之時，就互相遺棄了；靠天性相連，迫近貧窮、災禍、憂患、傷害之時，就互相結合。這種互相遺棄和結合，兩者的差別也太大了。況且『君子之間的交情，淡薄如清水；小人之間的交情，甜密如醇酒。君子淡泊而親切，小人甜蜜而疏遠。』那無故結合起來的，必定要無故離散。作者的筆下，林回顯然是小人物，但卻深知患難見親情的道理，十分不易，十分感人。

（4）在這些人物中，還有老人和婦女、學步少年。外篇《天地》寫抱甕老人：

> 子貢南遊於楚，反於晉，過漢陰，見一丈人方將爲圃畦，鑿隧而入井，抱甕而出灌，搰搰然用力甚多而見功寡。子貢曰：「有械於此，一日浸百畦，用力甚寡而見功多，夫子不欲乎？」爲圃者仰而視之曰：「奈何？」曰：「鑿木爲機，後重前輕，挈水若抽。數如泆湯，其名爲橰。」爲圃者忿然作色而笑曰：「吾聞之吾師，有機械者必有機事，有機事者必有機心。機心存於胸中，則純白不備；純白不備，則神生不定；神生不定者，道之所不載也。吾非不知，羞而不爲也。」子貢瞞然而慚，俯而不對。有閒，爲圃者曰：「子奚爲者邪？」曰：「孔丘之徒也。」爲圃者曰：「子非夫博學以擬聖，於於

以蓋眾，獨弦哀歌以賣名聲於天下者乎？汝方將忘汝神氣，墮汝形
骸，而庶幾乎！而身之不能治，而何暇治天下乎？子往矣，無乏吾
事！」

子貢看見一老人正在菜園子裏勞作，挖地道至井中，抱著甕子取水澆灌，用
力甚多而見效少。子貢便對老人說，有一種機器，一天可澆一百畦，用力少
而見效大，問他何不試試。老人問那該怎麼弄？子貢給老人介紹了效率很高
的抽水工具叫桔槔。老人發怒而又轉笑說，他聽他老師說過一番機械與機心
會影響修道的道理，並說不是不知道桔槔，只是不能去做。接著，老人知道
對方是孔子的學生，又把他教訓了一番。漢陰老人的論道有作者假託的一面，
但首先寫他是一個灌園叟，樸實、勤勉、執著、可愛。

外篇《天運》寫醜女效顰：

故西施病心而顰其裏，其裏之醜人見之而美之，歸亦捧心而顰
其裏。其裏之富人見之，堅閉門而不出；貧人見之，挈妻子而去走。
彼知顰美而不知顰之所以美。

美女西施患心痛病，在村子裏經常皺著眉頭。而村裏一個相貌醜陋的女孩，
看到西施皺眉，覺得很好看，就也學皺著眉頭。結果村裏富人見了她關緊門
不出來，窮人見了領著妻兒避開。姿質不同，美醜有別，醜女孩誤把病態當
時尚，結果卻令人越發噁心，躲之唯恐不及。這故事也是夠上「典型」，後人
就把它概括爲「東施效顰」而流傳不絕。

外篇《山木》寫逆旅二妾：

陽子之宋，宿於逆旅。逆旅人有妾二人，其一人美，其一人惡，
惡者貴而美者賤。陽子問其故，逆旅小子對曰：「其美者自美，吾不
知其美也；其惡者自惡，吾不知其惡也。」

店主的兩個小老婆美醜有別，長相好的卻不受人尊重，長相醜的卻受人尊重。
原因是美的自以爲美，自視甚高，別人卻不把她當回事，醜的自以爲醜，別
人並不因此嫌棄、冷落她。相比之下，說明謙卑而不炫耀，才受人尊重。

內篇《齊物論》寫麗之姬：

麗之姬，艾封人之子也。晉國之始得之也，涕泣沾襟。及其至
於王所，與王同筐床，食芻豢，而後悔其泣也。

麗之姬原是艾地守封疆人的女孩，當晉國剛迎娶她的時候哭得把衣服都濕透
了；等她到了晉王的宮裏，和國王同睡一床，同吃美味的魚肉，這才後悔當

初出嫁時不該哭泣。通過麗之姬嫁前之哭與嫁後之悔的比較，生動地反映人的主觀情感、態度，會隨環境的改變而改變。

外篇《秋水》寫學步少年：

> 且子獨不聞夫壽陵餘子之學行於邯鄲與？未得國能，又失其故
> 行矣，直匐匍而歸耳。

故事嘲諷的筆墨簡要介紹說，燕國少陵少年到趙國邯鄲學習走路，沒有學到外國的技能，反而把自己原有的技能丟了，只也爬回來。少年盲目模仿別人，不但未學成新本領，反而連舊有的本領也丟失了。這故事很典型，後世被概括為成語，廣為人知。

2.3.4 對動物題材的創造性開拓

在《莊子》散文「寓言」中，最有創新意義、最能顯示創造天才的是把「寓言」題材拓展到動物世界，其視野之寬，涉及面之廣在先秦諸子中是絕無僅有的。如內篇《逍遙遊》中寫狸狌與犛牛：

> 子獨不見狸狌乎？卑身而伏，以候敖者；東西跳梁，不闢高下；
> 中於機闢，死於罔罟。今夫犛牛，其大若垂天之雲。此能為大矣，
> 而不能執鼠。

又寫鷦鷯與偃鼠：

> 鷦鷯巢於深林，不過一枝；偃鼠飲河，不過滿腹。

作者抓住狸狌、犛牛、鷦鷯、偃鼠等日常生活中最有特點之處給予畫像，發揮比喻或象徵的作用，藉以寓託自己的思想觀點。

外篇《至樂》寫魯侯養鳥：

> 昔者海鳥止於魯郊，魯侯御而觴之於廟，奏九韶以為樂，具太
> 牢以為膳。鳥乃眩視憂悲，不敢食一臠，不敢飲一杯，三日而死。
> 此以己養養鳥也，非以鳥養養鳥也。

這個故事說明養鳥要根據鳥的習性，而不能根據養鳥人自以為是的方法去養。做事情方法不對，結果只會適得其反。

但是作者以這種方式運用動物題材，更多的是給予擬人化的處理。如內篇《人間世》寫螳螂：

> 汝不知夫螳螂乎？怒其臂以當車轍，不知其不勝任也，是其才
> 之美者也。

作者只提「怒以其臂以當車轍」的動作，就活畫出螳螂不自量力，自以為是的形象。外篇《天地》也用了這一故事：「若夫子之言，於帝王之德猶螳螂之怒臂以當車軼，則必不勝任矣。」在這裡，作者把寓意直接點明出來。

內篇《大宗師》寫涸澤之魚：

> 泉涸，魚相與處於陸，相呴以濕，相濡以沫，不如相忘於江湖。

水源枯竭了，魚都居住到陸地上，用濕氣相吹噓，用唾沫互相滋潤，與其這樣相依為命，還不如它們在江湖中互相忘卻的好。故事說明，遭生存威脅時同類之間會更加團結，互相支持，但這違反了常性；還不如常態下，互忘彼此，自然而然的好。

外篇《天運》寫芻狗的故事：

> 夫芻狗之未陳也，盛以篋衍，巾以文繡，尸祝齊戒以將之。及其已陳也，行者踐其首脊，蘇者取而爨之而已；將復取而盛以篋衍，巾以文繡，遊居寢臥其下，彼不得夢，必且數眯焉。

雜草紮成的芻狗還沒有用來擺祭享神時，被人用竹筐盛著，用綿巾蓋著，巫師齋戒而迎送。等到供神之後，過路人踐踏其頭部和脊背，樵夫揀去燒火做飯罷了；如再拿去把它供起來，那夜間不做惡夢，也會受到魔鬼困擾。故事說明把沒有價值的事情當作神聖的事來做，帶來的不會是益處而只有害處。

雜篇《徐无鬼》寫豕蝨：

> 濡需者，豕蝨是也，擇疏鬣自以為廣宮大囿，奎蹄曲隈，乳間股腳，自以為安室利處，不知屠者之一旦鼓臂布草操煙火，而己與豕俱焦也。

苟且偷安於豬身上的蝨子，選擇鬃毛稀少的地方，自以為是寬宮大苑；選擇豬胯、豬蹄、豬乳、豬股等彎曲隱蔽的地方，以為是安棲的處所；卻不料一旦殺豬人挽起胳膊，放好柴草，點起火來，而蝨子和豬一同被燒焦了。作者把豬蝨子只圖眼前苟安逸樂而不顧潛在的危險，寫得栩栩如生。

2.3.5 對抽象名詞進行擬人化處理

在莊子的筆下，表示無生命物質的抽象名詞，經過擬人化處理，被賦與生命特徵和靈性，成為體道悟道的載體，進一步擴大了寓言的題材領域。內篇《齊物論》寫影子與影子外圍的影子對話：

> 罔兩問景曰：「曩子行，今子止；曩子坐，今子起。何其無特操

與？」景曰：「吾有待而然者邪？吾所待又有待而然者邪？吾待蛇蚹
蜩翼邪？惡識所以然？惡識所以不然？」

影子外面淡薄的陰影問影子說，時動時停，時坐時起，為什麼沒有獨特的節
操呢，影子回答說，它是有所依賴啊，它所依賴的又有所依賴啊。它依賴別
的東西，就像蛇行走依賴腹下的鱗片，蟬飛行依賴翅膀，它怎麼知道為啥一
會兒這樣，一會兒又不這樣呢。這個故事，作者所要寓託的意思，物有所待，
尚未達到真正逍遙的境界。但對話卻組織的空靈、美妙，饒有趣味。在雜篇
《寓言》中還寫到眾影子對話：

眾罔兩問於景曰：「若向也俯而今也仰，向也括撮而今也被髮，向
也坐而今也起，向也行而今也止，何也？」景曰：「搜搜也，奚稍問
也！予有而不知其所以。予，蜩甲也，蛇蛻也，似之而非也。火與
日，吾屯也；陰與夜，吾代也。彼吾所以有待邪？而況乎以無有待
者乎！彼來則我與之來，彼往則我與之往，彼強陽則我與之強陽。
強陽者又何以有問乎？」

幾個影外陰影問影子，如何低下去又仰起來，束髮後又披髮，坐著又起來，
走動又停下來，這是為什麼呢？影子回答說，這小小的一點事何必問呢？它
做這一切卻不知為什麼做。它像蟬脫殼、蛇脫皮，像從前樣子又不像從前的
樣子，有火和太陽，它就聚結起來，在陰天和黑暗，它就消失。形體是它所
依賴的嗎，何況形體又有所依賴呢？形體來跟著來，形體往它跟著往，形體
動它跟著動，動就是動，還問什麼呢。作者的筆下對影子動態和動因拷問極
為細膩生動，除了寓託了一種順任自然的思想外形象感極強。這則寓言還與
前舉《齊物論》中「罔兩問景」構成補充，連起來讀審意更豐富，充滿了思
辯色彩。

內篇《大宗師》寫「大冶鑄金」，外篇《在宥》寫「雲將東遊」，外篇《天
地》寫「諄芒遇苑風」等都是這一類的故事。

2.4 《莊子》散文「寓言」形態差異性

《莊子》散文中的「寓言」，在形態上多種多樣，富於變化，並非定於一
種模式、一種套路。大體說來可以歸納成萌芽式、發展式和成熟式。

2.4.1 萌芽式

　　《莊子》散文中的「寓言」，用今天的眼光來看，很多是粗糙、簡陋的，不能以是否寓意明顯、故事完整來要求它。如果說「寓言是比喻的高級階段」，那麼《莊子》中有的「寓言」還更接近初始的比喻或就是比喻，尚未達到高級階段。對於這一類，我們可稱之為萌芽型「寓言」。

　　內篇《養生主》寫澤雉覓食：

> 澤雉十步一啄，百步一飲，不蘄畜乎樊中。神雖王，不善也。

作者只單純描述了水澤邊上野雞的活動特點：走十步啄一次食，走百步飲一口水。體現其生活十分自在，無拘無束，並不希望被人圈養在籠子裏。作者推想：關在籠子裏飲食無憂，精神雖然飽滿，可是並不舒適啊。這與其說是個寓言故事，不如說就是一個比喻。作者用澤雉故事比喻：生活順其自然，精神才自由飽滿。

　　雜篇《讓王》寫以隋侯之珠彈雀：

> 今且有人於此，以隋侯之珠彈千仞之雀，世必笑之。是何也？
> 則其所用者重而所要者輕也。夫生者，豈特隋侯之重哉！

作者寫了一個假設狀況：如果有人用寶貴的隋珠去彈擊高空中的一隻麻雀，那麼世人必然會嘲笑他。這是為什麼呢？因為他用昂貴的代價去獲取些微的成果。這個故事也沒有情節。另一角度看，喻體為「隋侯之珠彈千仞之雀」，本體為「所用者重而所要者輕」，兩者十分明顯。

　　外篇《天運》寫桔槔抽水：

> 子獨不見夫桔槔者乎？引之則俯，舍之則仰。彼，人之所引，
> 非引人也，故俯仰而不得罪於人。

作者描述抽水用的「桔槔」特點：牽引它，它就低下來；放鬆它，它就仰上去。接著進行了評論：它是被人所牽引，而不是牽引人，所以它低下來或仰上去，並不得罪人。很明顯，「桔槔」的俯仰是個比喻，而要說明的道理是，隨人俯仰就不得罪人。

　　外篇《天運》寫推舟於陸的現象：

> 夫水行莫如用舟，而陸行莫如用車。以舟之可行於水也而求推
> 之於陸，則沒世不行尋常。古今非水陸與？周魯非舟車與？今蘄行
> 周於魯，是猶推舟於陸也，勞而無功，身必有殃。彼未知夫無方之
> 傳，應物而不窮者也。

作者從船與車的功用出發進行假設：在水上通行的沒有比船更好，在陸上通

行的沒有比車更好。如果把可行於水的船,放在陸上推著走,那一輩子也走
不了幾尺遠。這是以船爲喻的一個假設情況,很能夠說明,再好的工俱如用
錯了地方,是不會有成效的。所以接下去作者又借船車之喻論述「行周於魯」
的不得法,必將「勞而無功,身必有殃」。

　　這種故事或類似於故事的假設情況,在《莊子》中還有許多。就以上幾
則文字論,不少「寓言」選本都把將其選入,似是放寬了寓言之所以是「寓
言」的標準。充其量,我們只能把它視作萌芽、胚胎式的「寓言」,是寓言雛
形。

2.4.2 發展式

　　《莊子》中有些寓言,故事簡單,情節簡短。儘管如此,但故事的要素
已經顯得比較充分,故事的情節多多少少有所展開,故事中的主角讓讀者感
受到有一個簡短的活動過程。雖然這些故事還是作爲作者闡述觀點的例證而
存在,但獨立性有所增強。

　　內篇《齊物論》寫朝三暮四的故事:

　　　　狙公賦芧曰:「朝三而暮四。」眾狙皆怒。曰:「然則朝四而暮
　　三。」眾狙皆悅。名實未虧而喜怒爲用,亦因是也。

養猴人分發橡實給群猴吃,說早上給三個,晚上給四個,群猴都發怒。養猴
人又說,那麼早上給四個,晚上給三個,群猴都高興。這只是說法不同,果
子數量沒有增減,但群猴一喜一怒,就是由於沒有明白實際是一樣的道理。
故事簡短,猴子有喜有怒,受了愚弄還高興,顯得活潑有趣。

　　內篇《大宗師》寫「大冶鑄金」故事:

　　　　今之大冶鑄金,金踴躍曰「我且必爲鏌鎁」,大冶必以爲不祥之
　　金。

鐵匠鑄造金屬器件,正在熔煉的金屬跳起來說,它將一定要鑄成莫邪一樣的
寶劍,鐵匠一定認爲這是不祥的金屬。這故事有場景、有人物,有活動,具
備了簡單的情節因素,也有淺近的寓意,那就是任物隨化,否則將被視爲異
端。

　　雜篇《陽則》寫長梧封人:

　　　　長梧封人問子牢曰:「君爲政焉勿鹵莽,治民焉勿滅裂。昔予爲
　　禾,耕而鹵莽之,則其實亦鹵莽而報予;芸而滅裂之,其實亦滅裂

而報予。予來年變齊，深其耕而熟耰之，其禾蘩以滋，予終年厭飧。」

長梧那個地方駐守邊疆的人，先告訴子牢自己對為政之道的看法：治理政事不要粗心大意，管理人民不要輕率馬虎。接著寫他這種為政觀是從農耕實踐中總結出來的：從前種莊稼，耕地時很粗心，鋤草時很馬虎，莊稼的收成就不好，就好像回報他的粗心和馬虎一樣。第二年他改變了方法，精耕細作，莊稼就茂盛滋長，所產食糧一年到頭都足夠吃。這裡有簡單的故事，但倒不完全是有所謂的「寓意」，作者把故事的經驗總結出來，並先於故事給介紹了。

雜篇《列禦寇》寫犧牛：

> 子見夫犧牛乎？衣以文繡，食以芻菽，及其牽而入於大廟，雖欲為孤犢，其可得乎！

犧牛被穿上繡有花紋的衣服，吃著乾草、豆類等好料。等它被人牽到太廟就要被殺了用來當祭品的時候，它想做一隻普通、孤獨的牛犢都辦不到了。故事通過擬人化的手段，把犧牛的處境寫得頗為生動，也暗示著不能為眼前利效益所引誘，以免落入別人設好的陷阱而後悔莫及。這類有基本情節元素，故事簡單卻不失生動的「寓言」，在《莊子》中為數不少。前舉的許多例子可列入這一類。

2.4.3 成熟式

這類寓言情節完整，寓意明顯。不管是以人物為核心的故事，還是擬人化的故事，篇幅加長，容量加大，情節往往更為曲折，主人公在對活或活動中，個性更加鮮明、突出，有些故事，人物刻畫細膩，直似現代意義上的短篇小說。外篇《天地》寫諄芒遇苑風：

> 諄芒將東之大壑，適遇苑風於東海之濱。苑風曰：「子將奚之？」曰：「將之大壑。」曰：「奚為焉？」曰：「夫大壑之為物也，注焉而不滿，酌焉而不竭，吾將遊焉。」苑風曰：「夫子無意於橫目之民乎？願聞聖治。」諄芒曰：「聖治乎？官施而不失其宜，拔舉而不失其能，畢見其情事而行其所為，行言自為而天下化，手撓顧指，四方之民莫不俱至，此之謂聖治。」「願聞德人。」曰：「德人者，居無思，行無慮，不藏是非美惡。四海之內共利之之謂悅，共給之之謂安；怊乎若嬰兒之失其母也，儻乎若行而失其道也。財用有餘而不知其所自來，飲食取足而不知其所從，此謂德人之容。」「願聞神人。」

　　曰：「上神乘光，與形滅亡，此謂照曠。致命盡情，天地樂而萬事銷
　　亡，萬物復情，此之謂混冥。」

諄芒、苑風在東海外的大谷相遇。諄芒說要到大谷那邊去，那地方往裏注水
而不滿，往外泄水而不乾，要去游歷一番。應苑風要求，諄芒談了所謂聖人
政治、所謂有德之人，以及所謂神人。這裡的諄芒、苑風都是假設之名，原
意為霧氣和風，屬自然現象的名詞，擬人化為寓言主體；又把大壑，指廣闊
的東海，設置為對話語境。十分巧妙的是，作者勾勒東海的特色：「注焉而不
滿，酌焉而不竭」，準確、形象而生動，而這正是道的境界或化身。接下去談
論的所謂聖治、德人和神人，正是合道的觀點，即無為無欲，順任天地萬物
的自然變化。講的道理高妙，對話語境的安排也十分高妙。

　　外篇《秋水》寫夔、蚿、蛇、風：

　　　　夔憐蚿，蚿憐蛇，蛇憐風，風憐目，目憐心。夔謂蚿曰：「吾以
　　一足趻踔而行，予無如矣。今子之使萬足，獨奈何？」蚿曰：「不然。
　　子不見乎唾者乎？噴則大者如珠，小者如霧，雜而下者不可勝數也。
　　今予動吾天機，而不知其所以然。」

　　　　蚿謂蛇曰：「吾以眾足行而不及子之無足，何也？」蛇曰：「夫
　　天機之所動，何可易邪？吾安用足哉！」

　　　　蛇謂風曰：「予動吾脊脅而行，則有似也。今子蓬蓬然起於北海，
　　蓬蓬然入於南海，而似無有，何也？」風曰：「然。予蓬蓬然起於北
　　海而入於南海也，然而指我則勝我，鰌我亦勝我。雖然，夫折大木，
　　蜚大屋者，唯我能也，故以眾小不勝為大勝也。為大勝者，唯聖人
　　能之。」

這裡，作者以擬人化手法塑造了可愛的小動物群像，獨腳獸夔羨慕多足蟲蚿，
蚿羨慕蛇，蛇羨慕風。它們都有非常個性化的語言。獨腳獸夔對多足蟲蚿說，
它用一支腳跳著走，都沒能帶得動，現在多足蟲用這麼多的腳，自己覺得怎
麼樣。多足蟲蚿回應說，比方唾沫噴出來時，大的像珍珠，小的像霧氣，錯
雜而下，數也數不清；現在它自己用天然機能，而不知道其中的所以然。多
足蟲夔又對蛇說它自己用這麼多的腳走路，可是趕不上蛇沒有腳的走得快，
不懂這是什麼原因。蛇回應說，自己這是天然機能要這樣動作，不能夠變更
它，用不著腳。蛇又對風說，自己動用著脊椎骨和肋骨來走路，還有點走路
的樣子；現在風呼呼地從北海吹起，呼呼地向南海吹去，就像什麼也沒有一

樣，問這是怎麼回事呢。風回應說，它自己呼呼地從北海吹起，向南海吹去，可是人們用手指揮它，就能夠勝過它，用腳蹴踏也能勝過它；雖然如此，那折斷大樹、刮走大屋的只有它能夠。這是不求小勝而求大勝。做到大的勝，只有聖人能夠。

通過擬人化，構造了一個獨腳獸、多足蟲、蛇和風依次對話的故事情節。而對話的內容都切合各自的身份特點，極俏其神。特別引人注目的是，這裡不僅有生命動物的擬人化，也有無生命物質的擬人化，打通了生命與無生命的界限。通過對話展開情節，托出寓意：萬物的本能都出自天然，羨慕他人或想勝過別人，都是沒有必要，而且也是不可能的。

內篇《人間世》寫散木：

> 匠石之齊，至於曲轅，見櫟社樹。其大蔽數千牛，絜之百圍，其高臨山，十仞而後有枝，其可以為舟者旁十數。觀者如市，匠伯不顧，遂行不輟。弟子厭觀之，走及匠石，曰：「自吾執斧斤以隨夫子，未嘗見材如此其美也。先生不肯視，行不輟，何邪？」曰：「已矣，勿言之矣！散木也，以為舟則沈，以為棺槨則速腐，以為器則速毀，以為門戶則液樠，以為柱則蠹。是不材之木也，無所可用，故能若是之壽。」

> 匠石歸，櫟社見夢曰：「女將惡乎比予哉？若將比予於文木邪？夫柤梨橘柚，果蓏之屬，實熟則剝，剝則辱；大枝折，小枝泄。此以其能苦其生者也，故不終其天年而中道夭，自掊擊於世俗者也。物莫不若是。且予求無所可用久矣，幾死，乃今得之，為予大用。使予也而有用，且得有此大也邪？且也若與予也皆物也，奈何哉其相物也？而幾死之散人，又惡知散木！」

> 匠石覺而診其夢。弟子曰：「趣取無用，則為社何邪？」曰：「密！若無言！彼亦直寄焉，以為不知己者詬厲也。不為社者，且幾有翦乎！且也彼其所保與眾異，而以義喻之，不亦遠乎！」

作者先寫木匠學生在曲轅這地方看到奇異的櫟樹：長在社廟旁，樹蔭可遮蔽幾千條牛，樹幹粗到要百人才能合抱，樹高八十尺才長枝丫，樹的枝幹可做船的很多，來此看樹的人多得像趕集一樣。這裡有正面描寫，有側面烘託，突出櫟樹的高大和神秘感。接著寫木匠過樹下不屑一顧，徑直沿路走去。這就平添一股怪異的色彩，同時為下文的展開作了很好的鋪墊。接下去寫學生

飽賞了一番巨樹構成的風景後趕上木匠，追問其所以不看上木的原因，並且說他自拿著斧頭從師學藝以來，從未見過這麼好的木材，這又是以學生的感受爲視角作進一步的烘托。至此，才引出木匠不看的原因，是此樹不材，沒有利用價值。作者不是作一般的評價，而是結合一個資深木匠的經驗來談：用它做船會沉沒，用它做棺材會爛得快，用它做傢具會壞得早，用它做門會流樹脂，用它做柱子會蛀蟲。這是很鋪張的描述，與前頭極言樹之高大美材構成了強烈的反差，陡然增加了故事情節的波瀾起伏之勢。故事進而寫櫟樹託夢，虛構夢境，手法上由實轉虛。說山楂樹、梨樹、橘子樹、柚子樹所謂有用，只不過的遭至殘身傷性的禍根，並說自己求的是無用之用，無用乃是大用等等。最後寫木匠夢覺，通過與學生的對話，顯示出對櫟樹生存的理解。

這個故事的寓意，就是所謂的無用之用，情節安排卻顯得生動曲折，趣味性極強。這類的寓言在《莊子》中也不是個別。如內篇《齊物論》中的「庖丁解牛」、雜篇《說劍》、《盜跖》等都是膾炙人口的名篇。

2.5 《莊子》散文「寓言」與諸子寓言的比較

《莊子》散文「寓言」與諸子散文寓言相比，具有以下三方面的特色：

2.5.1 數量的突破性

與諸子比較起來，《莊子》「寓言」之多，是先秦「寓言」發展史上一座耀眼的里程碑。在諸子中，孔子生卒年爲公元前 551 年～前 479 年，孔子曾向老子問道，孔、老生活年代大約相近或同時；孟子約公元前 372 年～前 289 年，莊子約前 369 年～前 286 年。〔註19〕孔子、老子與孟子、莊子，隔世時間超過一百年。孟子與莊子生活時代相同，但學術史上沒有資料顯示他們之間有過交往，或理論上有過爭鳴。不同的是，一個繼孔子之後，成爲儒家思想的代表；一個繼老子之後，成爲道家思想的集大成者。反映在寓言創作的貢獻上，明顯孟不如莊。《孟子》書中有寓言性質的故事爲數不多，可以舉出的，如「五十步笑百步」（《梁惠王上》/1·3）、「揠苗助長」（《公孫丑上》/3·3）、「王良與嬖奚」（《滕文公下》/6·1）、「楚人學齊語」（《滕文公下》/6·6）、

〔註19〕關於孔子、孟子、莊子之生卒年，學術界有不同看法，這裡採用《辭海》說法。見《辭海·哲學分冊》，上海辭書出版社，1980 年 7 月第 1 版，第 162、168、169 頁。

「攘雞」(《滕文公下》/6‧8)、「於陵仲子」(《滕文公下》/6‧10)「孺子歌」(《離婁上》/7‧8)、「逢蒙殺羿」(《離婁下》/8‧24)、「乞食墦間」(《離婁下》/8‧33)、「校人欺子產」(《萬章上》/9‧2)、「學奕」(《告子上》/11‧9)、「馮婦」(《盡心下》/14‧23)〔註20〕。《孟子》全書較為人知而有寓言性質的故事，大概也就是以上這些。荀子生卒年約為前 313 年～前 238 年(《辭海》)，其時正當戰國末期，與莊子生年相隔約晚半個世紀。他是孟子之後儒家思想的重要代表，又被稱為先秦諸子的集大成者。其所著《孫卿子》，《漢書‧藝文志》著錄 33 篇。唐人楊倞作注後始名《荀子》，今存 32 篇。《荀子》散文觀點鮮明，說理透闢，結構嚴謹，風格典重渾厚，體現先秦議論文走向成熟。但《荀子》散文中只有「蒙鳩為巢」(《勸學》)、「曾子食魚」(《大略》)、「欹器」(《宥坐》)、「涓蜀梁」(《解蔽》)等少數幾則寓言。《莊子》寓言，認真加以斟別挑選，「重言」與「卮言」另列，則大約近 70 篇，這個數目確乎稱得上蔚為大觀。

2.5.2 題材的全面化

就前文所述，舉凡神話傳說類、歷史故事類、現實生活類、動植物或抽象名詞擬人化類的題材，林林總總，五花八門，齊聚《莊子》書中，構成絢麗多姿、生動活潑的大觀園，構成《莊子》散文「寓言」最為鮮明的特色和最亮麗的風景線。

首先是動植物類題材的開發，具有非同凡響的創新意義。在前文「寓言溯源」一節，曾論及《周易》中有不少卦爻辭運用動物進行比喻、象徵，但大量以動植物作為「寓言」題材的卻是從莊子開始。古希臘《伊索寓言》也是大量運用動植物作為題材。莊子所處年代與伊索所處的年代大致相同。也許是偉大的巧合，兩位寓言大師在進行「寓言」創作時，都把大量的動植題材納入了自己的視野中。究其原因，德國著名文藝理論家萊辛在《論寓言中採用動物》一文中的論述可能不無道理。萊辛認為寓言詩人優先採用動物，「其實真正的原因乃是動物所具有的眾所周知的亙古不變的性格。……要是這些動物的特性是人盡皆知的，那麼它們就值得用於寓言之中，不管自然學者是否證實它們確有這些特性」；萊辛還認為：「寓言的目的在於使我們清楚生動

〔註20〕 楊伯峻：《孟子譯注》，中華書局，1960 年 1 月第 1 版。以上引《孟子》諸故事之題後所附數字，為該故事在書中章節之序目。

地認識一項道德教訓。再沒有比激情更能模糊我們的認識了，因而寓言詩人必須盡可能避免引起激情衝動。」〔註21〕不同動物，習性各異，特點多樣，只要稍加擬人化處理，既可略去累贅繁瑣的性格描寫，又能突出某種人和事的類型化特徵。我們看到莊子「寓言」中如「朝三暮四」、「螳臂當車」、「坎井之蛙」等很多寓言正是這一方面的傑作。但是東方同時代人中，這種創造性智慧的光芒，幾乎只在《莊子》散文「寓言」中閃耀。

　　《列子》與《莊子》是兩部關係密切的書，其中不少「寓言」有著複雜的關係。《列子》中也有不少寓言。陳蒲清先生列目總共有 99 則，但他認爲這些寓言「大體可分兩種類型。一類是從別的古籍上抄襲來的，如《黃帝》篇中的十多則寓言便基本上是照抄《莊子》一書。」〔註22〕《列子》寓言是否分兩類在此不予論及，但說《黃帝》篇中十多則基本照抄《莊子》，似乎倒也未必。列子大約是戰國時人，錢穆先生考證，其生卒年約爲前 450 年～前 386 年〔註23〕，與莊子在世相隔約 17 年。《莊子》書中有許多關於列子的故事。《呂氏春秋・不仁》、《尸子・廣澤》都說「列子貴虛」，劉向《列子・新書目錄》稱「其學本於黃帝老子，號曰道家」。《列子》全書共分《天瑞》、《黃帝》、《周穆王》、《仲尼》、《湯問》、《力命》、《楊朱》、《說符》等八篇。書中摻入後代史實、佛教思想等內容，唐代柳宗元以後多有學者懷疑是僞作。但就《列子》、《莊子》書中較多相同或大同小異之處，香港學者鄭樹良專門作了比較。鄭先生列出《列子》、《莊子》中行文「完全重複」共 13 例，並作語境分析，認爲「本組文字當《莊》抄襲《列》，《列》前、《莊》後」；又列出經「摘錄改寫」的共 4 例，分析後也認爲「本組文字應是《列》前、《莊》後，《莊》摘錄了《列》文」。鄭先生言之有據，可備一說。他在書中還詳細比較、分析了《列子・湯問》中「殷湯問於夏革」、《莊子・逍遙遊》中「楚之南」及「湯問棘」兩段文字的特點後，提及的一個現象：這個故事「二書皆各自有出處。《列》說此番例證『禹大行而見之，伯益知而名之，夷堅聞而誌之』，見於夷堅志的記錄；而《莊》則明言出自『齊諧』」。〔註24〕其實這是一個很重要的情況。既然各自說有出處，那就說明彼此都非故事的原創者，先於《列》、《莊》

〔註21〕古典文藝理論譯叢》第七輯，人民文學出版社，1964 年，第 156～159 頁。

〔註22〕陳蒲清：《中國古代寓言史》，湖南教育出版社，1983 年版，第 44 頁。

〔註23〕錢穆：《先秦諸子繫年》，商務印書館，2001 年 8 月第 1 版。

〔註24〕鄭樹良：《諸子著作年代考》，北京圖書出版社，2001 年 9 月版，第 106 頁。

兩書，這一故事已在民間流傳之中。但不管是自己原創或是另有其他來源，
莊子以哲學家的智慧與藝術家的聰明，借動物爲體道、悟道的手段，在其著
作中加工、改造，保留了大量動物類題材的「寓言」。而《列子》「寓言」中
這一類題材，除「朝三暮四」、「養鬥雞」（《黃帝》）、「鯤鵬」（《湯問》）與《莊
子》共有外，餘下的就只有「鷗鳥」（《黃帝》）一則。

　　《韓非子》一書，或以爲有「寓言」322 則，或以爲有 340 則。統計標準
不同，數值也不一樣。但《韓非子》寓言的數量在諸子書中爲最多，這是可
以肯定的事實。韓非《儲說》六篇是個巨大的「寓言群」，集納著兩百多個故
事。每篇又是一個中群，中群下分小群。韓非子之前，在墨子、孟子等書中
的寓言尚未獨立，依附於論說之中，數量也少。到了莊子，許多文章以幾個
寓言故事來說明主旨，具有了寓言群的雛型。韓非子《儲說》受莊子啓發，
更將寓言群的構造形式發揚而光大之。在《韓非子》如此之多的寓言故事中，
主要是歷史故事，採用動物擬人化的故事，總共只有「涸澤之蛇」（《說林上》）
與「三虱相訟」（《說林下》）兩則。〔註 25〕因此我們可以說，《莊子》大量運
用動物甚至抽象名詞創造「寓言」故事，這不但可與《伊索寓言》比美，在
諸子中也是絕無僅有的。

2.5.3 題材的民間化

　　前述在構成《莊子》散文「寓言」的具象性中，舉凡木匠、石匠、鐵匠，
廚師、商人、畸形人，牧羊、喂馬、伺虎、屠牛、捕蟬者，各色人等，應有
盡有。這說明作者的生活體驗很豐富，深深地紮根在人民群眾之中，是普通
群眾的一分子。有關莊子的史料奇缺，《莊子》書中很多故事反映莊子一生確
實很貧困，維持其日常之衣食住行，每每都出問題；又不與統治者合作，窮
愁潦倒，與民爲伍，應是他生活的寫照。這也決定了他對現實生活中的形形
色色的人和事，有更多機會接近、琢磨、體察、領悟。同時，「寓言」是《莊
子》體道之言，《莊子》一書正是以「寓言爲廣」，把「寓言」當作推廣、傳
播所謂的道工具之一。這就從可能性和必要性兩方面決定了《莊子》散文「寓
言」的大量題材取之於生活，貼近生活、貼近實際、貼近群眾。相比之下，《韓

〔註 25〕公木認爲《韓非子》一書在 340 則寓言中改造加工神話、歷史故事的有 265
　　　則，占 78%；引述民間故事和把諺語格言故事化的 75 則，占 22%，屬於韓非
　　　子自己創造的只有諺語格言一則（見《先秦寓言概論》濟南齊魯書社，1984
　　　年版，第 136 頁）。

非子》寓言的民間題材、生活氣息就明顯不足。韓非（約前280～前233）出生於莊子謝世後不久。韓非身為戰國後期韓國的貴族，與李斯同為大儒荀子的學生，卻成了法家思想的集大成者。他著書以說服世主、改革政治為目的，據說秦始皇看了《韓非子》曾歎惜：「嗟乎！寡人得見此人，與之遊，死不恨矣！」〔註26〕這說明韓非子的著述是很成功的，但他在利用民間題材進行寓言創作方面也遠比不上莊子。

〔註26〕轉引《中國古代寓言史》，湖南教育出版社，1983年版，第51頁。

第三章　《莊子》散文「重言」研究

3.1　《莊子》散文「重言」考辨

　　「重言」（「重」讀如「眾」），是《莊子》散文的另一個文體特徵。雜篇《寓言》提出「重言十七」，接著闡述：「重言十七，所以已言也，是爲耆艾。年先矣，而無經緯本末以期年耆者，是非先也。人而無以先人，無人道也；人而無人道，是之謂陳人。」

　　首先要辨明「重言」的含義。「重言十七」，郭象注：「世之所重，則十言而七見信也」〔註1〕；成玄英疏：「重言，長老鄉閭尊重者也。老人之言，猶十信其七也」〔註2〕；陸德明釋：「重言，謂爲人所重者之言也」〔註3〕；宋林希逸云：「重言者，借古人之名以自重，如黃帝、神農、孔子是也」〔註4〕；宣穎云「引重之言」〔註5〕；明陸西星《讀南華經雜說》指出「重言所稱引黃帝、堯舜、仲尼、顏子之類」；〔註6〕清姚鼐謂重言「託爲神農、黃帝、堯、舜、孔子、顏之類，言足以爲世重者」〔註7〕；王叔岷：「重言者，藉重人物以明事理

〔註1〕郭慶藩撰、王孝魚點校：《莊子集釋》（《新編諸子集成・全3冊》），第3冊，第947頁。
〔註2〕《莊子集釋》，同〔注1〕，第947頁。
〔註3〕《莊子集釋》，同〔注2〕。
〔註4〕方勇、陸永品：《莊子詮評》，巴蜀書社，1998年9月版，第762頁。
〔註5〕王先謙：《莊子集解》（《新編諸子集成》），中華書局，1987年10月版，第245頁。
〔註6〕熊良智：《莊子「三言」考辨》，四川大學學報，1989年第4期，第117頁。
〔註7〕王叔岷：《莊子校詮》（全3冊），中華書局，2007年6月版，第1088頁。

之言也。《淮南子‧修務》篇：『世俗之人多尊古而卑今，故爲道者，必託之神農、黃帝，而後能入說。』所謂託古是也」〔註8〕；鍾泰：「重言者，考諸古聖而不悖，質諸耆碩而無疑，是則可信今傳後者，故曰以重言爲眞」〔註9〕；陳鼓應：「藉重先哲時賢的言論」。綜上所述，「重言」之「重」，有尊重、藉重、倚重之義，釋「重言」爲先哲時賢之言或詫爲先哲時賢之言，是歷代主流釋義，較爲準確。

那麼「重言十七，所以已言也，是爲耆艾」，可分前後兩層意思來理解。前一層意思，講的是重言的功用，即重言可信度高，十言而七見信；同時還可以彌合歧見，用來止息爭議。後一層意思，是說重言的類屬，即「耆艾」之言，是年長者的話。六十歲爲耆，五十歲爲艾。但並不是五、六十歲以上的人都有資格稱得上「耆艾」。在《莊子》作者看來，所謂「耆艾」，是有條件的，「年先矣，而無經緯本末以期年耆者，是非先也。人而無以先人，無人道也；人而無人道，是之謂陳人」（《寓言》）。要有見識、有才德，並爲世之所重者才稱得上是「耆艾」，他們的話才是「耆艾」之言。後之學者傾向於對耆艾作這樣解釋的很多。《荀子‧致士》篇解釋：「耆艾而信，可以爲師。」〔註10〕郭象說：「以其耆艾，故俗共重之，雖使言不借外，猶十信其七」；成玄英說：「耆艾，壽考者之稱也。已自言之，不藉於外，爲是長老，故重而信之，流俗之人，有斯迷妄者。」〔註11〕林希逸云：「藉重於耆艾之人，則聞者不敢以爲非，可以止塞其議論也。」〔註12〕劉文典也說：「耆艾之言，體多眞實。」〔註13〕總之，「重言」是年歲相對較大，又有見識、名望和地位的尊者、長者之言，是可信度較高之言。

但是對「重言」的釋義另求新解者頗多。一種觀點是：「重」當讀如「崇」，乃重複、重述之義。王夫之在《莊子解》中闡釋說：「夫見獨者古今無偶，而不能以喻人。乃我所言者，亦重述古人而非已自立一宗，則雖不喻者無可相詰矣。」郭慶藩引其父郭嵩燾說：「重，當爲『直容』切。《廣韻》：『重，復

〔註8〕《莊子校詮》，同〔註7〕。
〔註9〕鍾泰：《莊子發微》，上海古籍出版社，2002年4月版，第649頁。
〔註10〕王先謙：《荀子集解‧致士》（《諸子集成》，上海書店，第2冊，第175頁。
〔註11〕郭慶藩撰、王孝魚點校：《莊子集釋》（《新編諸子集成‧全3冊》），第3冊，第949頁。
〔註12〕方勇、陸永品：《莊子詮評》，巴蜀書社，1998年9月版，第762頁。
〔註13〕劉文典：《莊子補正》，安徽大學出版社/雲南大學出版社，1999年4月版，第886頁。

也。』莊生之文，『注焉而不窮，引焉而不竭』者是也。」〔註14〕馬敘倫說：「重，爲緟省。《說文》：『緟，增益也。』緟即『重複』之重本字。重言者，重說耆艾之言也。〔註15〕崔宜明認爲：「『重言』就是重複地說」，「重複地說，就是先肯定，再否定的言說方式。」〔註16〕這一見解與「重複說」又似同而實不同，他注重的不是重複的內容，而是重複的形式。

還有一種觀點是，「重言」應是莊重之言。曹礎基注：「重言，莊重之言，亦即莊語，是直接論述作者的基本觀點的話。」〔註17〕還有的學者把「重言」理解爲疊音詞，羅列出「弊弊」、「閒閒」、「間間」、「炎炎」、「詹詹」、「縵縵」、「役役」等大量疊音詞，對其詞意的確解提出自己的看法。〔註18〕「重言」名稱也是莊子第一次提出，作爲散文體式也是他的獨創，並且後不見來者。對「重言」的理解存在分歧，應該說是很正常的。許多學者提出不同看法，反映了可貴的學術探索精神，對於推進莊學研究或多或少都有啓發意義。但由於論述上不夠充分，並且多停留在概念上徘徊，特別是考察《莊子》全書，並不符合實際情況。所以，郭象、成玄英、陸德明以來對「重言」的主流觀點，還很難被顛覆，實際上也不可能被顛覆。

3.2 《莊子》散文「重言」溯源

「重言」，實際上可以溯源於先秦文化典籍中的尊古、稽古傳統。古人在著述中爲了增強言說的說服力和可信度，往往借先賢往行來支持自己的觀點。這在先秦乃至整個上古時期，是一種相當常見的言說方式和文化現象。正是這種傳統，深刻影響了《莊子》散文創作，直接浸漬、催生了《莊子》散文「重言」體特徵。爲了說明《莊子》散文「重言」體特徵這種其源有自的現象，我們先對《周易》、《論語》、《老子》、《孟子》諸書的崇古尊賢之風尚作簡要的考察。

《周易·乾卦·象辭》：「天行健，君子以自強不息。」針對這句話，晉

〔註14〕《莊子集釋》，同注〔2〕，第 947 頁。
〔註15〕楊柳橋：《莊子譯注》，上海古籍出版社，2006 年 11 月版，第 467 頁。
〔註16〕崔宜明：《論莊子的言說方式——重釋「卮言、寓言、重言」》，江蘇社會科學，1994 年 3 期，66 頁。
〔註17〕曹礎基：《莊子淺注》（修訂本），中華書局，2000 年 6 月版，第 417 頁。
〔註18〕朱廣祁、孫明：《莊子「重言」試釋》，青海民族學院學報·社會科學版，1986 年第 4 期，第 100 頁。

人王弼作了如下的疏解：

> 「天行健」者，謂天體之行晝夜不息，周而復始，無時虧退，
> 故曰「天行健」。此之謂天之自然之象。「君子以自強不息」，此以人
> 事法天所行，言君子之人用此卦象自強勉力不有止息。言君子者，
> 謂君臨上位子愛下民，通天子、諸侯，兼公卿、大夫有地者。凡言
> 君子義皆然也。但位尊者象卦之義多也。位卑者象卦之義少也。但
> 須量力而行，各法其卦也。所以諸卦並稱君子。若卦體之義，唯施
> 於天子不兼包在下者則言先王也。若《比卦》稱先王建萬國，《豫卦》
> 稱先王以作樂崇德，《觀卦》稱先王以省方觀民設教，《噬嗑》稱先
> 王以明罰敕稱法，《復卦》稱先王以至日閉關，《無妄》稱先王以茂
> 對時育萬物，《渙卦》稱先王以享於帝、立廟，《泰卦》稱后以財成
> 天地之道，《姤卦》稱后以施命誥四方，稱「后」兼諸侯也，自外卦
> 並稱君子。〔註19〕

這裡，王弼闡釋了「君子」一詞的含義，辨釋「君子」與「先王」的不同，列
舉少數卦之「象辭」稱「先王」外，指出其它「諸卦並稱君子」。王弼這一考察
無疑是很認真、很嚴謹的。六十四卦之「象辭」中除少數稱「先王」外，其餘
的幾乎都稱「君子」。如「地勢坤。君子以厚德載物。」〔註20〕「洊雷，《震》。
君子以恐懼修省」（《震卦·象辭》）。「隨風，《巽》。君子以申命行時」（《巽卦·
象辭》）。「水洊至，《習坎》。君子以常德行，習教事」（《坎卦·象辭》）。「明兩
作，《離》。大人以繼明照於四方」（《離卦·象辭》）。「兼山，《艮》。君子以思不
出其位」（《艮卦·象辭》）。「麗澤，《兌》。君子以朋友講習」（《兌卦·象辭》）。

其實，王弼只是指出了「象辭」闡釋話語上的特色。除「象辭」之外，「卦
辭」、「彖辭」和「爻辭」中也多有稱「君子」、「聖人」、「先王」或直接點到先
王名號的現象。如「君子有攸往，先迷後得主。利西南得朋，東北喪朋。安貞
吉」（《坤卦·卦辭》）；「康侯用錫馬蕃庶，晝夜三接」（《晉卦·卦辭》）；「揚於
王庭，孚號，有厲，告自邑。不利即戎，有利攸往」（《夬卦·卦辭》）；「聖人
以順制動，則刑罰清而民服」（《豫卦·彖辭》）；「聖人以神道設教，而天下服」

〔註19〕 阮元校刻：《十三經注疏·周易正義·卷一》（全2冊），中華書局，1980年9
月第1版，上冊，第14頁。

〔註20〕 轉引周振甫：《周易譯注》，中華書局，1991年4月第1版。此節論述所引「象
辭」同出自《周易譯注》。

（《觀卦・象辭》）；「王用出征，有嘉折首，獲匪其醜，無咎」（《離卦・爻辭・上九》）；「公用射隼於高墉之上，獲之無不利」（《解卦・爻辭・上六》）；「王用享於岐山，吉，無咎」（《升卦・爻辭・六四》）。在中國文化史可以考查的古籍中，《易經》著作年代最早。關於《周易》的產生時代，《繫辭傳》說：「古者包犧氏之王天下也，仰則觀象於天，俯則觀法於地，觀鳥獸之文與地之宜，近取諸身，遠取諸物，於是始作八卦，以通神明之德，以類萬物之情。」「《易》之興也，其當殷世之末，周之盛德耶？當文王與紂之事耶？」又說「《易》之興也，其於中古乎？作《易》者其有憂患乎？」關於《周易》的作者，司馬遷說：「自伏羲作八卦，周文王演三百八十四爻而天下治」〔註21〕又說：「孔子晚而喜《易》，序《彖》、《系》、《象》、《說卦》、《文言》。」〔註22〕從伏羲、文王，到孔子，班固稱《周易》創作過程是「人更三世，世歷三古」。〔註23〕這些資料反映了《易經》的著作時代和作者情況，可以認定《易經》是中國古代文化典籍的源頭。而《易經》中大量指稱「君子」、「先王」的言說方式，確實是開了我國先秦時期散文著述之崇古尊古風氣的先河。

　　《論語》是孔子及其弟子、門人言說的記錄。全書共二十一篇，稱引「君子」共有 55 處之多。如「子曰：『學而時習之，不亦說乎？有朋自遠方來，不亦樂乎？人不知而不慍，不亦君子乎」（《學而》/1・1）〔註24〕；「子曰：『君子食無求飽，居無求安，敏於事而慎於言，就有道而正焉，可謂好學而已』」（《學而》/1・14）；「子貢問君子。子曰：『先行其言而後從之。……君子周而不比，小人比而不周」（《爲政》/2・14）；「子曰：『君子無所爭。必也射乎！揖讓而升，下而飲。其爭也君子』」（《八佾》/3・17）；「子曰：『君子欲訥於言而敏於行』」（《里仁》/4・24）；「子曰：『君子博學於文，約之以禮，亦可以弗畔矣夫』」（《雍也》/6・27）；「司馬牛問君子。子曰：『君子不憂不懼』」（《顏淵》/12・4）；「子曰：『君子病無能焉，不病人之不知也』」（《衛靈公》/15・19）。這些所引《論語》的例子中，都稱引「君子」。這些所謂的「君子」，楊伯峻注：「有時指『有德者』，有時指『有位者』」〔註25〕。但不論有德者也好，

〔註21〕司馬遷：《史記・日者列傳》，中華書局，1982 年版，第 10 冊，第 3218 頁。
〔註22〕司馬遷：《史記・孔子世家》，中華書局，1982 年版，第 6 冊，第 1937 頁。
〔註23〕班固：《漢書・藝文志》，中華書局，1992 年 12 月版，第 6 冊，第 1704 頁。
〔註24〕楊伯峻：《論語譯注》，中華書局，1980 年 12 月第 2 版。本節論述所引《論語》
　　　　文字同出自《論語譯注》。
〔註25〕楊伯峻：《論語譯注》，中華書局，1980 年 12 月第 2 版，第 2 頁。

有位者也罷，都屬於有影響的、受世人尊重的人物。總之，從《論語》頻頻稱引「君子」的情況，可以看出孔子及其弟子心目中對時賢往哲的尊敬，也反映出當時著述中的尚古尊古之風的濃厚。值得注意的是，《論語》很少稱「聖人」。聖人在儒家是「具有最高道德標準的人」（楊伯峻語）。也許是標準太高，一般人很難入「聖」，所以孔子喟歎：「聖人，吾不得而見矣；得見君子者，斯可矣」（《論語·述而》）。事實上，《論語》一書只 4 次稱引「聖人」。

　　《老子》中稱引「君子」的只有兩處，但稱引「聖人」多達 25 次。如《二章》：「是以聖人處無為之事，行不言之教；萬物作而不為治，生而不有，為而不恃，功成而弗居。夫唯弗居，是以不去」；〔註26〕第 3 章：「是以聖人之治，虛其心，實其腹，弱其志，強其骨。常使民無知無欲。使夫智者不敢為也。為無為，則無不治」；第 57 章：「故聖人云：『我無為，而民自化；我好靜，而民自正；我無事，而民自富；我無欲，而民自樸』；第 77 章：「聖人不積，既以為人已愈有，既以與人已愈多」；第 81 章：「是以聖人為而不恃，功成而不處，其不欲見賢。」《老子》多稱「聖人」，這與《論語》成了鮮明的對比。錢鍾書先生認為：「老子所謂『聖』者，盡人之能事以傚天地之行所無事耳。」〔註27〕對儒、道兩家所指「聖人」的不同含義，陳鼓應作過闡釋，認為聖人「是道家最高的理想人物，其人格形態不同於儒家。儒家的聖人是人倫范化的道德人；道家的聖人則體任自然，拓展內在的生命世界，揚棄一切影響身心自由活動的束縛。道家的聖人和儒家的聖人，無論對政治、人生、宇宙的觀點均不相同，兩者不可混同看待。」〔註28〕另一方面，與《論語》不同，《老子》只偶而提及「君子」，如「是以君子終日行不離輜重。雖有榮觀，燕處超然。奈何萬乘之主，而以身輕天下？」奚侗說：「君子謂卿大夫也。」〔註29〕《論語》與《老子》對尊者認同標準不同，稱引各有側重，但對時賢往哲的崇尚卻是一致的。

　　《孟子》散文的話語方式最能顯示崇古尊古風尚。《孟子》稱引「君子」82 次、「先王」10 次、「聖人」7 次；還稱引「堯」58 次、「舜」97 次、「禹」30 次、「文王」35 次、「武王」10 次、「周公」18 次、「管仲」12 次、「伊尹」

〔註26〕 陳鼓應：《老子今注今譯》，商務印書館出版，2003 年 12 月，80 頁。本節論述所引《老子》文字同自《老子今注今譯》。
〔註27〕 錢鍾書：《管錐篇》（全五冊·第 2 冊），中華書局，1982 年版，第 421 頁。
〔註28〕 《老子今譯今注》，同注〔2〕，第 82 頁。
〔註29〕 轉引《老子今譯今注》，同注〔2〕，第 176 頁。

19 次〔註30〕。《孟子》對於孔子及儒家經典十分重視，稱引「孔子」81 次、《詩經》43 次、《尚書》12 次、《禮》64 次、《春秋》8 次。我們可以看出，「孔子」、「君子」在《孟子》中出現的次數幾乎相等。「君子」一詞的含義，在《孟子》、《論語》中也完全一致，稱「在位之人或有德之人」，這反映了儒家學說的一脈相承。因此，《論語》多稱「君子」，《孟子》也多稱「君子」。如「無傷也，是乃仁術也，見牛未見羊也。君子之於禽獸也，見其生，不忍見其死；聞其聲，不忍食其肉。是以君子遠庖廚也」（《梁惠王章句》/1‧7）；「孟子曰：『君子有三樂，而王天下不與焉。父母俱存，兄弟無故，一樂也；仰不愧於天，俯不怍於人，二樂也；得天下英才而教育之，三樂也。君子有此樂，而王天下不與存焉』」（《盡心章句上》/13‧20）；「孟子曰：『不孝有三，無後為大。舜不告而娶，為無後也，君子以為猶告也』」（《離婁章上》/7‧26）；「孟子曰：『君子深造之以道，欲其自得之也。自得之，則居之安；居之安，則資之深；資之深，則取之左右逢其原，故君子欲其自得之也』」（《離婁章句下》/8‧14）。從以上分析中，我們還可以看出，《孟子》稱引「先王」的次數與《易經》相近。如：「昔者齊景公問於晏子曰：『吾欲觀於轉附朝，遵海而南，放於琅邪，吾何修而可以比於先王觀也……晏子曰「方命虐民，飲食弗息。流連荒亡，為諸侯憂。從流下而忘反謂之流，從流上而忘反謂之連，從獸無厭謂之荒，樂酒無厭謂之亡。先王無流連之樂，荒亡之行。惟君所行也」（《梁惠王章句下》/2‧4）。

　　《孟子》繼承了《論語》喜好稱引「君子」的風尚，並加以發揚光大。書中不但稱引「君子」的頻率更高，還大量指名或不指名地稱引先王，也大量地稱引「孔子」和儒家經典，這使他的文章更有說服力，說理更為可信。不僅如此，孟子在言說中更注重謀篇布局，講究論證方式，使文章具有很強的論辯色彩和邏輯力量。如孟子與梁惠王「論賢者之樂」：
　　　　孟子見梁惠王。王立於沼上，顧鴻雁麋鹿，曰：「賢者亦樂此乎？」
　　孟子對曰：「賢者而後樂此，不賢者雖有此，不樂也。《詩》云：『經始靈臺，經之營之，庶民攻之，不日成之。經始勿亟，庶民子來。王在靈囿，麀鹿攸伏，麀鹿濯濯，白鳥鶴鶴。王在靈沼，於牣魚躍。』文王以民力為臺為沼，而民歡樂之，謂其臺曰靈臺，謂其沼曰靈沼，

〔註30〕楊伯峻：《孟子今譯今注‧孟子詞典》，中華書局，1960 年第 1 版。本節論述所引《孟子》文字同出自《孟子今譯今注》。

樂其有麋鹿魚鱉。古之人與民偕樂，故能樂也。湯誓曰：『時日害喪，
予及女偕亡。』民欲與之偕亡，雖有臺池鳥獸，豈能獨樂哉？」（《梁
惠王章句上》/1‧2）

這裡，孟子在言說中不僅引《詩經》、文王事迹進行論證，還引用《尚書‧湯
誓》作反證，使文章說服力大大增強。又如：

孟子曰：「以力假仁者霸，霸必有國；以德行仁者王，王不待大
──湯以七十里，文王以百里。以力服人者，非心服也，力不贍也；
以德服人者，中心悅而誠服也，如七十子之服孔子也。《詩》云：『自
東自西，自南自北，無思不服。』此之謂也。」（《公孫丑章句》/3‧
3）

這段文字，前面先比較「以力假仁者」與「以德行仁者」的區別，並正面舉
出湯與文王為例證。又進一步揭示「以力服人」的弱點在於很難使人心服；
而與此形成對照的是，「以德服人」會使人「心悅誠服」，並信筆帶出孔子弟
子與孔子的關係為例。至此，說理已很充分，但作者意猶未盡，又舉了《詩
經》為例，使文章有不可辯駁的力量。再如：

孟子曰：「規矩，方員之至也；聖人，人倫之至也。欲為君，盡
君道；欲為臣，盡臣道。二者皆法堯舜而已矣。不以舜之所以事堯
事君，不敬其君者也；不以堯之所以治民治民，賊其民者也。孔子
曰：『道仁，仁與不仁而已矣。』暴其民甚，則身弒國亡；不甚，則
身危國削，名之曰『幽』『厲』，雖孝子慈孫，百世不能改也。《詩》
云：『殷鑒不遠，在夏之後世』，此之謂也。」（《離婁章句上》/7‧2）

這段文字開頭，孟子先闡明為君的規範，應該如規矩、如聖人，然後正面提
出為君為臣應如堯舜，因為堯舜就是規範；又反面論述不效法堯舜就不符規
範。進而引孔子言說和詩經章句強化論證，以達到以理服人的效果。

總之，從《周易》開始，到《論語》、《老子》、《孟子》，我們從這些有代
表性的典籍中，看到歷來著述崇尚稱引先賢往聖的傳統。特別是《孟子》散
文，話語中處處引經據史，言之鑿鑿，議論滔滔，這一方面反映出《孟子》
散文形成了高超的論辯技巧，另一方面也折射出當時著述的話語風尚。莊子
與孟子同時。就傳世的文獻資料而言，雖然在孟、莊之間沒有留下兩人曾有
過往來或曾進行過辯難的痕迹，但同樣受到時代風氣的薰淘和沾灌，這是無
庸置疑的。這就使得《莊子》中同樣也籠罩著濃厚的尊古尚賢的氣息。擡出

先賢往哲以自重，帶有時代的普遍性。所不同的是，《莊子》一方面由虛入實，書中較少提稱抽象、籠統的「聖人」、「君子」或「先王」，而是點到了孔子、老子、列子、顏回、惠施等許許多多具體的人名；另一方面又由實入虛，並不著重去發掘與這些人物有關的史實並稱引其眞實的觀點，而只是藉重這些名字，把一些虛構的情節和自己的觀點附託於所稱引人物，使之成爲代言人，爲莊子說話。這就構成了莊子重言的特點。這一物色也充分顯示了莊子的創造天才。

3.3 《莊子》散文「重言」概況

《莊子》散文「重言」，名義上是尊老長者之言，但實際上重在借尊老長者的身份，而不重在其所言。在這些尊老長者身份的背後，其實是莊子在言說。作爲莊子代言人或言說陪襯的，大體可分爲幾類。

3.3.1 傳說中人物

主要是傳說中的古帝，有黃帝、堯、舜、禹等。這些古帝歷史上是否確實存在？莊子時代也許能夠得到證實。傳說中他們所處的時代，距戰國時期大約已有兩千多年。《莊子》成書至今又過了兩千年多年，由於時代的遙遠，史料的湮滅，對於這些古帝身份的眞實性，學術界頗有爭議。這裡把他們列爲傳說中的一類人物加以考察。雜篇《徐无鬼》寫黃帝問道：

> 黃帝將見大隗乎具茨之山，方明爲御，昌寓驂乘，張若、謵朋前馬，昆閽、滑稽後車；至於襄城之野，七聖皆迷，無所問塗。適遇牧馬童子，問塗焉，曰：「若知具茨之山乎？」曰：「然。」「若知大隗之所存乎？」曰：「然。」黃帝曰：「異哉小童！非徒知具茨之山，又知大隗之所存。請問爲天下。」小童曰：「夫爲天下者，亦若此而已矣，又奚事焉！予少而自遊於六合之內，予適有瞀病，有長者教予曰：『若乘日之車而遊於襄城之野。』今予病少痊，予又且復遊於六合之外。夫爲天下亦若此而已。予又奚事焉！」黃帝曰：「夫爲天下者，則誠非吾子之事。雖然，請問爲天下。」小童辭。黃帝又問。小童曰：「夫爲天下者，亦奚以異乎牧馬者哉！亦去其害馬者而已矣！」黃帝再拜稽首，稱天師而退。

作者描述黃帝到具茨山訪大隗，六個聖人同往，或陪乘，或前導，或殿後，

八面威風，卻迷失了方向，只好向牧童問路。問其所要訪之山、之人，牧童都能回答，認為是一神異的童子，於是就問他該如何治理天下。牧童說治天下也就是這樣，不要生事罷了。黃帝意猶未盡，再行追問。牧童又回答治天下像放馬一樣，去掉害馬的，而又不要失掉馬的本性就行了。這裡，作為傳說中的古帝，與其說是一個受人尊重的偶像，不如說是個好學的小學生。牧童倒反而成了大智者，用牧馬的體驗，概括治天下的道理，這道理正是莊子的任隨自然之性、無為而治之說。

外篇《在宥》寫「黃帝立為天子十九年，令行天下，聞廣成子在於空同之山，故往見之」，請教至道。廣成子認為黃帝的所為還不足以求至道，於是「黃帝退，捐天下，築特室，席白茅，間居三月，復往邀之。……廣成子南首而臥，黃帝順下風，膝行而進，再拜稽首而問」，廣成子終於為黃帝的至誠之心所感動，就告訴他：「至道之精，窈窈冥冥；至道之極，昏昏默默。無視無聽，抱神以靜，行將至正。必靜必清，無勞女形，無搖女精，乃可以長生……我守其一以處其和，故我修身千二百歲矣，吾形未常衰。」黃帝為廣成子的修道之說深深地折服，稱「廣成子之謂天矣！」在這故事裏，黃帝仍然是以好學求道者的面目出現。

外篇《天地》寫黃帝遊赤水之北，登崑崙而遺其玄珠的故事，但卻不見借題發揮，展開道的言說。只有在外篇《天運》中寫黃帝答北門成之問，黃帝才談樂論道。北門成問黃帝：「帝張咸池之樂於洞庭之野，吾始聞之懼，復聞之怠，卒聞之而惑，蕩蕩默默，乃不自得。」黃帝在廣漠的原野上演奏「咸池」樂章，北門成初聽感到驚懼，再聽時便覺鬆馳，最後聽得迷惑了；心神恍惚，把握不住自己。黃帝從樂章內容、旋律組成等方面進行深刻精妙的闡述，依次解釋所以使人驚懼、鬆馳、迷惑的原因。然後總結說：

> 樂也者，始於懼，懼故祟。吾又次之以怠，怠故遁；卒之以惑，
> 惑故愚；愚故道，道可載而與之俱也。

黃帝解釋，這種樂章，開始時使人感到驚懼，驚懼便以為是禍患。他又演奏讓人心情鬆馳的聲調，使驚懼之情消失而迷惑之感生成，迷惑才淳和無識、合於大道。達到這種境界，可與道會通為一，融合無間。在這個故事中，黃帝不僅深諳樂理，更能精於悟道，成為莊子代言人。

堯作為傳說中的古代聖君，也多次在《莊子》中出現。上述內篇《逍遙遊》寫堯讓天下於許由，與外篇《天地》寫堯與華封人論福祿壽與德的兩個

故事中，堯都是以求道者的面目出現。《天地》還寫堯問許由齧缺是否配天的事：

> 堯之師曰許由，許由之師曰齧缺，齧缺之師曰王倪，王倪之師曰被衣。堯問於許由曰：「齧缺可以配天乎？吾藉王倪以要之。」許由曰：「殆哉圾乎天下！齧缺之爲人也，聰明叡知，給數以敏，其性過人，而又乃以人受天。彼審乎禁過，而不知過之所由生。與之配天乎？彼且乘人而無天。方且本身而異形，方且尊知而火馳，方且爲緒使，方且爲物絯，方且四顧而物應，方且應眾宜，方且與物化而未始有恒。夫何足以配天乎？雖然，有族，有祖，可以爲眾父，而不可以爲眾父父。治，亂之率也，北面之禍也，南面之賊也。」

堯問齧缺可否配做天子。許由說不行，並從其爲人行事等方面作了的分析，核心問題是「他要依靠人爲而摒棄自然，他將會以自身爲本位來區分人我，崇尚智巧而謀急用，會爲瑣事所役使，會爲外物所拘束，會酬接四方不暇，會事事求合宜，會受外物影響而沒有定則」；同時指出，他「可以做百姓的長官，卻不可以做一國君主。」這個故事闡述的是求道不能靠聰明智慧，而要無所用心。故事中，言說的主角是許由，而堯在其中只是起陪襯作用。

雜篇《讓王》寫到堯讓天下，還寫到舜讓天下：

> 堯以天下讓許由，許由不受。又讓於子州支父，子州支父曰：「以我爲天子，猶之可也。雖然，我適有幽憂之病，方且治之，未暇治天下也。」夫天下至重也，而不以害其生，又況他物乎！唯無以天下爲者，可以託天下也。舜讓天下於子州支伯。子州支伯曰：「予適有幽憂之病，方且治之，未暇治天下也。」故天下大器也，而不以易生，此有道者之所以異乎俗者也。舜以天下讓善卷。善卷曰：「余立於宇宙之中，冬日衣皮毛，夏日衣葛絺；春耕種，形足以勞動；秋收斂，身足以休食；日出而作，日入而息，逍遙於天地之間而心意自得。吾何以天下爲哉！悲夫，子之不知余也！」遂不受。於是去而入深山，莫知其處。舜以天下讓其友石戶之農，石戶之農曰：「捲捲乎后之爲人，葆力之士也！」以舜之德爲未至也，於是夫負妻戴，攜子以入於海，終身不反也。

這裡共三個小故事。前一個故事寫子州支父拒絕堯、再拒絕舜之授以天下，表面上以生病爲藉口，其實眞正的原因是「天下至重也，而不以害其生」，是

重生輕名位的思想作怪。後兩個故事寫舜把君位一讓於善卷，再讓於石戶之農。因受讓者追求的是「逍遙於天地之間而心意自得」的生存方式，都不肯受位，表達的還是重生思想。故事中堯和舜同樣都只是陪襯人物。

雜篇《徐无鬼》寫齧缺遇許由談論堯的事：

> 齧缺遇許由，曰：「子將奚之？」曰：「將逃堯。」曰：「奚謂邪？」曰：「夫堯，畜畜然仁，吾恐其為天下笑。後世其人與人相食與！夫民，不難聚也；愛之則親，利之則至，譽之則勸，致其所惡則散。愛利出乎仁義，捐仁義者寡，利仁義者眾。夫仁義之行，唯且無誠，且假乎禽貪者器。是以一人之斷制利天下，譬之猶一覕也。夫堯知賢人之利天下也，而不知其賊天下也，夫唯外乎賢者知之矣。」

許由逃避帝堯。其原因是「帝堯孜孜為仁」，恐怕他要被天下人所嘲笑。許由不願一同受累，他談了自己以仁治天下的情況：「這人民，是不難聚集的，你愛護他們，就親近你；幫助他們，就歸附你；獎勵他們，就肯替你出力；做他們憎惡的事，就離開你。愛護和幫助是出於仁義之心。捐施仁義的少，利用仁義的多。這仁義的行為實際上不是真誠的，乃是假著貪婪的工具。以個人的決斷來統治天下，這就如同一覕之見。」認為「那帝堯只知賢人有利於天下，而不知他們賊害天下。這個道理只有把賢人摒棄在外的人才能領會啊。」這裡看來，許由是主張無為而治的，他對以仁治天下進行了批判，表達了仁義是漁獵的工具，賢人孜孜為仁，實是賊害天下，所以為他所不屑。在這個故事中，堯成為批判的對象。

3.3.2 歷代君臣

《莊子》散文「重言」涉及很多歷史人物，這些歷史人物中，多數見於其它典籍記載，也有一些未見於其它典籍記載。見於典藉的多為各國的君王、大臣。如外篇《田子方》寫文王觀於臧：

> 文王觀於臧，見一丈人釣，而其釣莫釣；非持其釣有釣者也，常釣也。文王欲舉而授之政，而恐大臣父兄之弗安也；欲終而釋之，而不忍百姓之無天也。於是旦而屬之大夫曰：「昔者寡人夢見良人，黑色而髯，乘駁馬而偏朱蹄，號曰：『寓而政於臧丈人，庶幾乎民有瘳乎！』」諸大夫蹴然曰：「先君王也。」文王曰：「然則卜之。」諸大夫曰：「先君之命，王其無它，又何卜焉！」遂迎臧丈人而授之政。

典法無出，偏令無出。三年，文王觀於國，則列士壞植散群，長官者不成德，鍼斛不敢入於四境。列士壞植散群，則尚同也；長官者不成德，則同務也；鍼斛不敢入於四境，則諸侯無二心也。文王於是焉以為大師，北面而問曰：「政可以及天下乎？」臧丈人昧然而不應，泛然而辭，朝令而夜遁，終身無聞。顏淵問於仲尼曰：「文王其猶未邪？又何以夢為乎？」仲尼曰：「默，汝無言！夫文王盡之也，而又何論刺焉！彼直以循斯須也。」

周文王在渭水旁的一個地方遊覽，看中了一個垂釣的老人，就想把政事委託給他，他既怕大臣、父兄們不安，又不忍心百姓得不到蔭庇，於是就編了個謊言說：「昨夜我夢見一位賢良的人，面黑色而有髭鬚，騎著雜色的馬，而馬蹄的半邊是紅色的，號令我說：『將你的政事寄託給藏地的老者，這樣人民的災難或可挽救。』諸位大臣驚懼地說：「這是君主的父親。」文王說：「那就占卜看看。」大臣們說：「君主父親的命令，不必懷疑，又何必占卜呢？」於是迎接藏地老者而把政事委託給他。周文王的想法實現了。老人的治國也見功效：「典章法令不更改，偏頗政令不發佈。三年以後，文王考察國境，見到士人不立朋黨，長官不顯功德，別的度量衡不再進入四境。士人不立朋黨，便是同心協力；長官不顯功德，便是群策群力，別的度量衡不再進入四境，就是諸侯沒有異心。」文王拜他為太師，並想把他的政策推及天下，結果老人卻跑了。顏回與孔子議論到這件事。孔子說，文王已經做得很完善了，他只是順著群情於一時就是了。這裡，藏地老人理政未必有其事，但周文王確有其人。故事由周文王附會開來，讀完故事，似乎覺得可信。藏地老人理政三年而國大治，說明道家無為而治的功效，文王要推廣其政，藏地老人聞而亡匿，表明有道之人不留戀權位，反映的也是道家思想。

雜篇《讓王》大王亶父自邠遷往岐山：

大王亶父居邠，狄人攻之；事之以皮帛而不受，事之以犬馬而不受，事之以珠玉而不受，狄人之所求者土地也。大王亶父曰：「與人之兄居而殺其弟，與人之父居而殺其子，吾不忍也。子皆勉居矣！為吾臣與為狄人臣奚以異！且吾聞之，不以所用養害所養。」因杖筴而去之。民相連而從之，遂成國於岐山之下。夫大王亶父，可謂能尊生矣。能尊生者，雖貴富不以養傷身，雖貧賤不以利累形。今世之人居高官尊爵者，皆重失之，見利輕亡其身，豈不惑哉！

大王亶父為周季王之父、周文王之祖,周朝的奠基者,是他由邠遷到了岐山下,這是史有記載的。但是否在備受狄人欺壓、勒索的情況下,不忍發動戰爭造成大量人員傷亡,選擇了棄邠遷往岐山的舉動,這裡就不予討論。作者稱讚「夫大王亶父,可謂能尊生矣。能尊生者,雖貴富不以養傷身,雖貧賤不以利累形。」意謂像大王亶父這樣,可以說是能夠珍重生命了。能尊重生命的,即使富貴也不以昧養而傷身體,即使貧賤也不以利祿累害形骸。故事所要闡發的是重治身而輕富貴、輕權位的思想,這正是道家所提倡的。

內篇《人間世》寫顏闔請教蘧伯玉輔衛太子之策:

> 顏闔將傅衛靈公太子,而問於蘧伯玉曰:「有人於此,其德天殺。
> 與之為無方,則危吾國;與之為有方則危吾身。其知適足以知人之
> 過,而不知其所以過。若然者,吾奈之何?」蘧伯玉曰:「善哉問乎!
> 戒之,慎之,正女身也哉!形莫若就,心莫若和。雖然,之二者有
> 患。就不欲入,和不欲出。形就而入,且為顛為滅,為崩為蹶。心
> 和而出,且為聲為名,為妖為孽。彼且為嬰兒,亦與之為嬰兒;彼
> 且為無町畦,亦與之為無町畦;彼且為無崖,亦與之為無崖。達之,
> 入於無疵。

顏闔要去做衛靈公太子的師傅,心裏沒有把握,便去請教蘧伯玉說:「現在有個人天性殘酷,如果放縱他,就會危害我們的國家,如果用法度來規諫他,就會危及自身。他怕聰明足以知道別人的過錯,但不知道自己為什麼過錯。遇到這種情形我們怎麼辦呢?」蘧伯玉以高人、前輩自居,向顏闔面授機宜說:「你問得很好。要小心謹慎,首先你要立得穩。外貌沒有比親近他更好的了,內心沒有比和順他更好的了,雖然這樣,這兩者仍有隱患。親近他不要太過份,和順他不要太顯露。外貌親近太甚,就要遭到顛覆、滅絕,崩潰、失敗。內心和順得太露骨,他以為你為了爭名聲,就會招致災禍。他如果像嬰孩那樣爛漫,你也姑且隨他像嬰孩一樣爛漫;他如果沒有界限,那麼你也姑且隨著他那樣不分界限;他如果不拘束,那麼你也姑且隨著他那樣不拘束。明白這個道理,就入於無過失的正途上。這裡,蘧伯玉循循善,作了認真輔導。但他傳授顏闔的處世之道,卻是見機行事,與時俯仰,順隨形勢,避禍自保,體現的同樣是道家處世哲學。

外篇《田子方》寫孫叔敖三為令尹:

> 肩吾問於孫叔敖曰:「子三為令尹而不榮華,三去之而無憂色。

> 吾始也疑子，今視子之鼻間栩栩然，子之用心獨奈何？」孫叔敖曰：
> 「吾何以過人哉！吾以其來不可卻也，其去不可止也，吾以為得失
> 之非我也，而無憂色而已矣。我何以過人哉！且不知其在彼乎，其
> 在我乎？其在彼邪？亡乎我；在我邪？亡乎彼。方將躊躇，方將四
> 顧，何暇至乎人貴人賤哉！」仲尼聞之曰：「古之真人，知者不得說，
> 美人不得濫，盜人不得劫，伏戲、黃帝不得友。死生亦大矣，而無
> 變乎己，況爵祿乎！若然者，其神經乎大山而無介，入乎淵泉而不
> 濡，處卑細而不憊，充滿天地，既以與人，己愈有。」

肩吾問孫叔敖如何能做到三為令尹而不感到榮耀，三次離職而沒有憂色，竟
然還會保持一種輕鬆自如的神態。孫叔敖說自己沒有什麼過人之處。於是他
談到切身的感受：他認為爵位的來不能推卸，去不能阻擋，得失不在於他自
身，就沒有了憂懼之色。他有什麼過人的呢！況且他不知可貴的是令尹呢還
是在他自己呢。如果是在於令尹，就和他無關，如果是在於他自己，就和令
尹無關。他心滿意足，張望四方，那裡顧得上人間的貴賤呢。孔子聽後給予
了高度評價說：「古時的真人，智者不能游說他，美人不能淫亂他，強盜不能
劫持他，伏戲黃帝不能和他交遊。死生是件極大的事，卻不能影響他，何況
是爵祿呢。像這樣的人，他的精神穿越大山而沒有阻礙，進入深淵而不受淹
沒，處在卑微而不覺厭倦，充滿天地，他越是幫助人，自己反而更加充實。」
故事中，肩吾是隱士，孫叔敖是楚國的賢相。但他也是以有道之人的面目出
現，為令尹而三起三落，卻無關乎憂樂，對名位、利祿十分淡薄，達到了忘
得失、忘貴賤的境界，這正是道家修養的體現。

3.3.3 道家人物

首先是老子。莊子思想是對老子思想的繼承和發展。所以老子在《莊子》
一書中地位十分重要，幾乎總是作為正面的形象出現。內篇《應帝王》寫陽
子居見老聃問明王之治：

> 陽子居見老聃，曰：「有人於此，向疾強梁，物徹疏明，學道不
> 勌。如是者，可比明王乎？」老聃曰：「是於聖人也，胥易技係，勞
> 形怵心者也。且也虎豹之文來田，猨狙之便來藉。如是者，可比明
> 王乎？」陽子居蹴然曰：「敢問明王之治。」老聃曰：「明王之治，
> 功蓋天下而似不自己，化貸萬物而民弗恃；有莫舉名，使物自喜；

立乎不測，而遊於無有者也。」

陽子居是老聃的弟子。他問老聃說假如有一個人敏捷果敢，洞徹事理，性情開朗，學習道義不知疲倦，像這樣可與明王相比嗎？老聃說這樣的人只不過爲才智所役使，爲技藝所拘繫，勞累自己的形體，驚駭自己的心神。這樣的人像虎豹因爲身上的紋彩招來獵人的捕捉，像猿猴因爲敏捷被人拴縛一樣，都是自招禍端，是不可與明王相比的。於是，陽子居誠惶誠恐地請教明王治理天下的道術。老聃說：「明王治天下，功績廣被天下卻似與自己無關，化育施與萬物而人民不把他當作依靠；有他這麼個人，人民舉不出他的名字，他使萬物快然自得；他是自己立於變化不測的位置，而遨遊於虛空無有的境界啊！」在這裡，老聃以傳道者的面目出現，通過虎豹、猿猴的比喻，論述身有所長，反遭其累。闡述了治理天下不靠才智，而是靠虛靜、無爲的思想。

外篇《在宥》寫崔瞿問老聃關於治天下與安人心問題：

> 崔瞿問於老聃曰：「不治天下，安藏人心？」老聃曰：「女慎無攖人心。人心排下而進上，上下囚殺，淖約柔乎剛彊。廉劌雕琢，其熱焦火，其寒凝冰。其疾俛仰之間而再撫四海之外，其居也淵而靜，其動也懸而天。僨驕而不可係者，其唯人心乎！昔者黃帝始以仁義攖人之心，堯舜於是乎股無胈，脛無毛，以養天下之形，愁其五藏以爲仁義，矜其血氣以規法度。然猶有不勝也，堯於是放讙兜於崇山，投三苗於三峗，流共工於幽都，此不勝天下也。夫施及三王而天下大駭矣。下有桀跖，上有曾史，而儒墨畢起。於是乎喜怒相疑，愚知相欺，善否相非，誕信相譏，而天下衰矣。大德不同，而性命爛漫矣；天下好知，而百姓求竭矣。於是乎釿鋸制焉，繩墨殺焉，椎鑿決焉。天下脊脊大亂，罪在攖人心。故賢者伏處大山嵁岩之下，而萬乘之君憂慄乎廟堂之上。今世殊死者相枕也，桁楊者相推也，刑戮者相望也，而儒墨乃始離跂攘臂乎桎梏之間。噫，甚矣哉！其無愧而不知恥也甚矣！吾未知聖知之不爲桁楊椄槢也，仁義之不爲桎梏鑿枘也，焉知曾史之不爲桀跖嚆矢也！故曰『絕聖棄知而天下大治』。」

這個故事，崔瞿的問只是個引子。他問老聃說不治理天下，怎樣使人心向善。老聃說一通大道理：「你要小心別擾亂了人心。人心壓抑它就消沉，推進它就高舉，心志的消沉與高舉之間猶如被拘囚、傷害，柔美的心志表現可以柔化

剛強。一個人飽受折磨時，心境便急燥如烈火，憂恐如寒冰。變化的迅速，頃刻之間像往來於四海之外，人心安穩時深沉而寂靜，躍動時懸騰而高飛。強傲而不可羈制的，就是人心！」接著，老聃論述從黃帝用仁義擾亂人心，堯舜繼其統，勞而無功，不能改變人心，無法治好天下；三代帝王，天下大受驚擾，紛爭四起，風氣衰頹，賢者隱遁在高山深岩，而萬乘君主憂悚於朝庭之上。「當世處死的人殘籍堆積，鐐銬的人連連不斷，刑殺的人滿眼都是，於是儒、墨奮力呼喊於枷鎖間，噫，太過份了！」他總結出聖智是鐐銬的楔木，仁義是枷鎖的孔柄，曾參、史魚是夏桀、盜跖的嚮導，只有拋棄聰明智巧，天下才太平。

這一段老聃說教，觀點很鮮明，論述很生動、很充分。作者先提出別擾亂人心，進而描述了人心易被觸發而難約束的情形。接著又以史為證，舉堯舜和三代用仁義治天下，觸動、擾亂了人心，不可收拾，終致嚴刑峻法泛濫於天下的情況，於是提出道家「拋棄聰明智巧「的治世之術。這正是無為而治的觀點。

外篇《天道》篇寫孔子見老聃，談的也是仁義不足為的問題：

> 孔子西藏書於周室。子路謀曰：「由聞周之征藏史有老聃者，免而歸居，夫子欲藏書，則試往因焉。」孔子曰：「善。」往見老聃，而老聃不許，於是繙六經以說。老聃中其說，曰：「大謾，願聞其要。」孔子曰：「要在仁義。」老聃曰：「請問，仁義，人之性邪？」孔子曰：「然。君子不仁則不成，不義則不生。仁義，真人之性也，又將奚為矣？」老聃曰：「請問，何謂仁義？」孔子曰：「中心物愷，兼愛無私，此仁義之情也。」老聃曰：「噫，幾乎後言！夫兼愛，不亦迂乎！無私焉，乃私也。夫子若欲使天下無失其牧乎？則天地固有常矣，日月固有明矣，星辰固有列矣，禽獸固有群矣，樹木固有立矣。夫子亦放德而行，循道而趨，已至矣；又何偈偈乎揭仁義，若擊鼓而求亡子焉？噫，夫子亂人之性也！」

孔子要把書藏到周朝國庫裏。學生子路提議說周朝征集、掌管典籍的史官老聃，引退後在家閒居，想藏書可先試著找他幫忙。孔子說從其言，就去拜見老聃，老聃不答應。於是孔子就把十二經擺出來與老聃講論了起來。孔子還沒有把話講完，老聃就不耐煩：「太冗長了，希望聽聽要點。」孔子說要點在仁義，君子不仁便不能成長，不義便不能生存，仁義確實是人的本性。老聃

又問什麼是仁義。孔子說正心和氣，兼愛無私，這是仁義的實情。老聃說：「噫，危險啊，你後面這些話！談兼愛，豈不是迂腐！說無私才是偏私。先生想讓天下人不要失去了養育嗎？那天地原本是常則的，日月原本是光明的，星辰原本是羅列有序的，禽獸原本是成群的，樹木原本是成長的。先生依德而行，順道去做，就是最好的了；又何必急急於標舉仁義，好像敲鑼打鼓去找迷失的孩子，先生擾亂人的本性啊。」這裡，老聃指出孔子標舉仁義，正是擾亂人心的行為，從道家的立場上，對孔子以仁義為核心的社會政治觀提出尖銳的批評。

外篇《天道》寫士成綺見老子問如何修身：

> 士成綺見老子而問曰：「吾聞夫子聖人也，吾固不辭遠道而來願見，百舍重趼而不敢息。今吾觀子，非聖人也。鼠壤有餘蔬，而棄妹之者，不仁也，生熟不盡於前，而積斂無崖。」老子漠然不應。士成綺明日復見，曰：「昔者，吾有刺於子，今吾心正卻矣，何故也？」老子曰：「夫巧知神聖之人，吾自以為脫焉。昔者子呼我牛也而謂之牛，呼我馬也而謂之馬。苟有其實，人與之名而弗受，再受其殃。吾服也恒服，吾非以服有服。」士成綺雁行避影，履行遂進而問：「修身若何？」老子曰：「而容崖然，而目衝然，而顙頯然，而口闞然，而狀義然，似繫馬而止也。動而持，發也機，察而審，知巧而睹於泰，凡以為不信。邊竟有人焉，其名為竊。」

士成綺欲見老子，苦行百日，腳跟長繭。但看到老子後，覺得不是想像中的聖人，還數落老子不仁，聚斂而不愛物。第二天，他又去見老子，說昨天諷刺了你，今天自己心裏端正過來了，是什麼原因呢？老子說：「智巧神聖的那種人，我自以為擺脫了。先前你喊我是牛，我便承認是牛，你喊我是馬，我便承認是馬，如果自己有其實，別人給你名稱，卻不接受，這是兩重的罪過。我接受別人給的名稱，常是順其自然地接受，並不是為接受才去接受。」士成綺肅然起敬，問說怎麼修身。老子說：「你的容貌自命不凡，你的眼睛鼓突，你的額頭高亢，你的形體偉岸，好像繫住的奔馬，蠢蠢欲動而強自抑制，發動迅速如放駑矢，明察而精審，智巧而顯傲慢，凡事都不肯相信。邊境上有一種人叫淺薄。」這裡，老子講的是修道的態度，修道者要不講智巧，不計較是非毀譽。智巧者乃是淺薄者流，是不可學道的。

外篇《天地》寫孔子問於老聃關於聖人問題：

> 夫子問於老聃曰：「有人治道若相放，可不可，然不然。辯者有言曰：『離堅白若縣寓』。若是則可謂聖人乎？」老聃曰：「是胥易技係，勞形怵心者也。執狸之狗來田，猿狙之便來藉。丘，予告若，而所不能聞與而所不能言，凡有首有趾無心無耳者眾，有形者與無形無狀而皆存者盡無。其動止也，其死生也，其廢起也，此又非其所以也。有治在人，忘乎物，忘乎天，其名為忘己，忘己之人，是之謂入於天。」

孔子問說有人修道卻相背逆，以不可為可，以不是為是；有人辯論說「分離堅白像高懸在天宇那樣易曉。」這樣可以稱作聖人嗎？老聃回說：「這樣的人如同胥吏治事為技能所累，勞苦形體擾亂心神。捕狸的狗被人拘繫，猿猴因為靈敏才被人從山林裏捉來。……你所不能免聽到的和你所不能說出的，凡是具體的人，無知無聞的多，有形的人和無形的道共同存在是絕對沒有的。起居、生死、窮達，這是自然而然不知所以然的。人事有治迹，不拘執於物，不拘執於天然，這便是名為不拘執於自己。不拘執於自己的人，稱為與天融合為一。」這裡，孔子是誠心請教，老子則是以嚴肅、訓斥的口氣進行說教。他強調道諱智巧。修道之人要忘掉一切，忘掉自己，才能進入道境。

內篇《養生主》寫秦失弔老聃：

> 老聃死，秦失弔之，三號而出。弟子曰：「非夫子之友邪？」曰：「然。」「然則弔焉若此，可乎？」曰：「然。始也吾以為至人也，而今非也。向吾入而弔焉，有老者哭之，如哭其子；少者哭之，如哭其母。彼其所以會之，必有不蘄言而言，不蘄哭而哭者。是遁天倍情，忘其所受，古者謂之遁天之刑。適來，夫子時也；適去，夫子順也。安時而處順，哀樂不能入也，古者謂是帝之縣解。」

秦失去弔唁老聃，只哭了三聲就離開。弟子問他該不是老聃的朋友。秦失說是。弟子說是朋友，這樣的哀悼可以嗎？秦失說可以了。接著他說出理由：「原先，我以為他是至人，現在才知道並不是。剛才我進去弔唁的時候，看見有老年人哭他，如同哭自己的兒子一樣；有少年哭他，如同哭自己的母親一樣。他們所體會的，必定是不求悲傷而悲傷，不求哭訴而哭訴，這是逃避自然，違背實情，忘掉了我們所稟受的生命長短，古時候稱這是逃避自然的刑罰。老子正該來時，應時而來；正該去時，又應時而去，安心適時而順應變化，哀樂的情緒便不能侵入心中，古時把這叫做解除倒懸。

這裡，秦失借老子的死，講述了生命是自然現象，生和死都是適時的變化，是合乎天道的。這種對生死作順變隨化的體悟，正是莊子生死觀的表現。此外，《外物》篇寫老萊子訓斥孔子要「去汝躬矜與汝容知」，即放棄掉賢能自負的態度，才能學道。《寓言》篇寫陽子居南之沛，在秦之郊迎老聃。老聃責備「始以汝為可教，今不可也」，並指出「而睢睢盱盱，而誰與居！大白若辱，盛德若不足。」，即是說，你傲慢的神態，誰願與你在一起，最潔白的好像是污黑的，德行最高的好像是不充分的。教人學道必須從去除傲慢態度做起。這些故事都推老子為主角，代莊子作為道的闡釋者。

列子在《莊子》重言中也多次出現。其扮演的角色較為多樣。有的故事中，列子是有道之人。外篇《至樂》寫列子與髑髏對話：

> 列子行，食於道從，見百歲髑髏，攓蓬而指之曰：「唯予與汝知而未嘗死，未嘗生也。若果養乎？予果歡乎？」

出行看到枯骨是常有的是。但列子卻對在路邊用飯時看見的一箇舊顱骨感興趣，順手拔起一棵蓬草指著它說：「只有我和你知道你不曾死亡、不曾生存啊！你果真愁苦嗎，我果真是歡樂嗎？」這一對話，反映出列子也持有齊同生死的思想，不死不生，亦死亦生。雜篇《讓王》寫子列子窮：

> 子列子窮，容貌有饑色。客有言之於鄭子陽者曰：「列禦寇，蓋有道之士也，居君之國而窮，君無乃為不好士乎？」鄭子陽即令官遺之粟。子列子見使者，再拜而辭。使者去，子列子入，其妻望之而拊心曰：「妾聞為有道者之妻子，皆得佚樂。今有饑色，君過而遺先生食，先生不受，豈不命邪！」子列子笑謂之曰：「君非自知我也。以人之言而遺我粟，至其罪我也又且以人之言，此吾所以不受也。」其卒，民果作難而殺子陽。

我們知道莊子很窮。這裡說列子也窮，窮到形體容貌有飢餓的神色。有人告訴鄭國宰相子陽說：「列禦寇是有道之士，住在你國內而貧困，你不是不好士嗎？」鄭子陽就派官員送糧給他。列子見了再三辭謝，不肯接受。送糧官走了，列子進屋，他的妻子埋怨他而撫著胸說「我聽說有道人的妻子，都能得到安樂。現在你面有饑色，相國聽了派人送糧給你，你不接受，豈不命該如此嗎？」列子笑著說：「相國並不是自己瞭解我。而是聽人說了才送糧給我，將來他也可能會聽別人的話而加罪於我，這就是我不收的原因。」後來人民果然造反，殺了子陽。這個故事折射出列子安貧樂道、避祿遠禍的思想，正

與莊子相通。

　　但是在另一些故事中，列子又是求道、學道之人。外篇《達生》中寫列子向關尹子請教「至人」：

　　　　子列子問關尹曰：「至人潛行不窒，蹈火不熱，行乎萬物之上而不慄。請問何以至於此？」關尹曰：「是純氣之守也，非知巧果敢之列。」

至人是什麼人呢？列子想像說，至人在行走，不受阻礙；在火裏行走，不被燒灼；在萬物上行走，並不害怕，請問為什麼能做到這樣呢？關尹回答說，這是由於能夠抱守純真之氣的緣故，並不屬於智慧、技巧、果決、勇敢的範圍。接著，關尹子作進一步的論述，並從「醉酒者神全」，「墜車不受傷害」的事例，推論出「聖人藏於天，故莫之能傷也」的道理，解答了列子的問題。關尹是老子的學生，列子問道於關尹子。顯然，這裡的列子是求道者。外篇《田子方》寫列禦寇為伯昏無人射：

　　　　列禦寇為伯昏無人射，引之盈貫，措杯水其肘上，發之，適矢復沓，方矢復寓。當是時，猶象人也。伯昏無人曰：「是射之射，非不射之射也。嘗與汝登高山，履危石，臨百仞之淵，若能射乎？」於是無人遂登高山，履危石，臨百仞之淵，背逡巡，足二分垂在外，揖禦寇而進之。禦寇伏地，汗流至踵。伯昏無人曰：「夫至人者，上窺青天，下潛黃泉，揮斥八極，神氣不變。今汝怵然有恂目之志，爾於中也殆矣夫！」

列子給伯昏無人表演射箭可歎為一絕：他拉滿了弓，在手臂上放一杯水，射出去，剛發一箭又跟著一箭，發出兩箭又搭上第三箭，這時候就像木偶一般。伯昏無人認為列子這是有心的射，不是無心的射。於是伯氏提出要跟列子一起登上高山，踩著險石，身臨百丈深淵，比試比試看。伯昏無人這樣做了，他身臨百丈深淵向後退步，腳的三分之二懸在外空。輪到列子上前，則扒在地上汗水流到腳跟。伯昏無人說：「至人，上窺青天，下隱黃泉，飛翔八方，神色不變。現在你驚慌目眩，射中的可能太少了。」這個故事中的列子遠未獲得入道的境界，在伯昏無人的眼裏，只是一個小學生。

3.3.4 儒家人物

　　孔子在《莊子》中出現的頻率最高。前文已提及外篇《秋水》寫孔子游

於匡、內篇《大宗師》寫孔子釋顏回關於孟孫才哭喪之疑、外篇《天道》篇寫孔子西藏書於周室而見老聃談仁義、外篇《天地》寫夫子問於老聃何謂聖人等 4 個故事。全書散見於內、外、雜篇中的孔子故事共有 35 個之多。反映出孔子的形象、面貌也是多姿多彩的。

（1）孔子作為道的權威、闡釋者。內篇《人間世》寫顏回見仲尼，仲尼教以輔君之道。顏迴向孔子辭行，說要去衛國輔佐衛君，以救民於水火。孔子告誡說，你去了怕要被殺害的。「古之至人，先存諸己而後存諸人。所存於己者未定，何暇至於暴人之所行！」孔子認為至人先求自己充實然後才能幫助別人，連自己都還沒有立得穩，如何去糾正暴人的行為？孔子作了一番論述和勸說後，顏回又兩次提出自己的思路，都被孔子通過說理加以否定，只好說「吾無以進矣，敢問其方。」接著，作者寫了一段關於心齋的對話：

> 仲尼曰：「齋，吾將語諾！有心而為之，其易邪？易之者，皞天不宜。」顏回曰：「回之家貧，唯不飲酒不茹葷者數月矣。如此，則可以為齋乎？」曰：「是祭祀之齋，非心齋也。」回曰：「敢問心齋。」仲尼曰：「若一志，無聽之以耳而聽之以心，無聽之以心而聽之以氣！耳止於聽，心止於符。氣也者，虛而待物者也。唯道集虛。虛者，心齋也。」顏回曰：「回之未始得使，實有回也；得使之也，未始有回也。可謂虛乎？」夫子曰：「盡矣。吾語若！若能入遊其樊而無感其名，入則鳴，不入則止。無門無毒，一宅而寓於不得已，則幾矣。絕迹易，無行地難。為人使易以偽，為天使難以偽。聞以有翼飛者矣，未聞以無翼飛者也；聞以有知知者矣，未聞以無知知者也。瞻彼闋者，虛室生白，吉祥止止。夫且不止，是之謂坐馳。夫徇耳目內通而外於心知，鬼神將來舍，而況人乎！是萬物之化也，禹舜之所紐也，伏戲幾蘧之所行終，而況散焉者乎！」

孔子要求顏回先齋戒，再教導他，並提醒：有心去做事，也並不容易。如果以為容易，那就不合自然的道理了。顏回問：家裏貧窮，無酒無葷可否當作齋戒。孔子說這是祭祀的齋戒，並不是「心齋」。然後在顏回的再次追問下，孔子談到心齋：「你心志專一，不用耳去聽用心去體會；不用心去體會而用氣去感應。耳的作用止於聆聽外物，心的作用止於感應現象。氣乃是空明而能容納外物的。只要你到達空明的心境，道理自然會與你相合。心境空明就是『心齋』。」顏回說：「我在沒有聽你心齋道理時，實在不能忘我；聽到你心

齋道理後，頓然忘去自己，這樣可以達到空明的心境嗎？」孔子進一步闡述：「如能優游於藩籬之內而不爲名位所動，能夠接納你的意見就說，不能接納你的意見就不說。不走門徑營求，心靈凝聚而處理事情寄託於不得已，這樣就差不多了。」「不走路還容易，走路而不留行迹就難了。爲情慾所驅使容易造假，順其自然而行便難以造假。只聽說過有翅膀才飛，沒有聽說過沒有翅膀而能飛的；只聽說用心智去求得知識，沒有聽說過不用心智而可求得知識的。觀照那個空明的心境，空明的心境可以生出光明來，福善之事止於凝靜之心。如果心境不能寧靜，這就叫做『坐馳』。使耳目感官向內通達而排除心機，鬼神也會來依附，何況是人呢！這樣萬物都可以感化，這是禹舜處世的關鍵，伏犧幾蘧行爲的準則，何況普通的人呢？」

心齋是莊子哲學中的一個重要概念。然而這裡並不是由莊子提出，而是由孔子提出。莊子明明把自己的思想託付給孔子去表達，孔子成了莊子地道的代言人。顏回本要去說服衛君，拯救人民於水火，這體現了儒家積極用世、以天下爲己任的態度。但孔子卻教以心齋之法，培養心靈的虛寂與寧靜，隨遇而安；說服衛君見機行事，能接納就說，不能接納就不說，凡事不得已而爲之，亦即應付了事。孔子這種思想斷非儒家積極用世的精神體現。

《大宗師》寫子貢惑於喪禮。子桑戶死了，孔子叫子貢前往幫助辦理喪事。子桑戶的好友孟子反、子琴張或編曲，或鼓琴，相和而歌。子貢以爲不合喪禮，回來問孔子，引出一段對話：

> 孔子曰：「彼，遊方之外者也；而丘，遊方之內者也。外內不相及，而丘使女往弔之，丘則陋矣。彼方且與造物者爲人，而遊乎天地之一氣。彼以生爲附贅縣疣，以死爲決疣潰癰。夫若然者，又惡知死生先後之所在！假於異物，託於同體；忘其肝膽，遺其耳目；反覆終始，不知端倪；芒然彷徨乎塵垢之外，逍遙乎無爲之業。彼又惡能憒憒然爲世俗之禮，以觀衆人之耳目哉！」子貢曰：「然則夫子何方之依？」孔子曰：「丘，天之戮民也。雖然，吾與汝共之。」子貢曰：「敢問其方。」孔子曰：「魚相造乎水，人相造乎道。相造乎水者，穿池而養給；相造乎道者，無事而生定。故曰，魚相忘乎江湖，人相忘乎道術。」子貢曰：「敢問畸人。」曰：「畸人者，畸於人而侔於天。故曰，天之小人，人之君子；天之君子，人之小人也。」

孔子自我批評說：子桑戶他們是遊於方域之外的人，他自己是遊於方域之內的人，內外不相干，卻叫子貢去弔唁，這是很淺陋的。接著，對子桑戶進行評述：他們正和造物者為朋友，而遨遊於天地之間。他們把生命看作是氣的凝結，像身上的贅肉一般，把死亡看作是氣的消散，像濃瘡潰破了一樣，又那裡知道死生先後的分別呢！藉著不同的原質，聚合而成一個形體；遺忘內在的肝膽，遺忘外在的耳目；讓生命隨著自然而循環變化，不究詰它們的分際；安閒無繫地神遊於塵世之外，逍遙自在於自然的環境裏。他們又怎能不厭煩拘守世俗的禮節，表演給眾人看呢？」這言談中給子桑戶他們極高的評價。進而孔子談到自己的想法：「從自然的道理看來我就像受著刑戳的人。雖然這樣，我們應該共同追求方外之道。」「魚相適應於水，人相適應於道。相適應於水的，挖個池子來供養它；相適應於道的，仄然無事而性分自足。所以說魚遊於江湖之中就忘記一切而悠哉，人遊於大道之中就忘了一切而逍遙自適。」子貢問那些不合於俗的異人是什麼人。孔子說異人是異於世俗而應合於自然。所以說，從自然的觀點看來是小人的，卻成為人間的君子；從自然的觀點看來是君子的卻是人間的小人。」

作為儒家思想的代表人物，孔子原本是禮教的倡導者和締造者。但這個故事中，孔子對孟子反、子琴張的守喪非禮之舉卻予以很高的讚譽，對遊於大道之中而逍遙自適充滿了嚮往，對異人之舉高度肯定，這正是做著莊子代言人的工作。內篇《大宗師》中，孔子還對顏回忘仁義、忘禮樂持完全贊成、鼓勵的態度：

> 顏回曰：「回益矣。」仲尼曰：「何謂也？」曰：「回忘禮樂矣。」
> 曰：「可矣，猶未也。」他日復見，曰：「回益矣。」曰：「何謂也？」
> 曰：「回忘仁義矣。」曰：「可矣，猶未也。」他日復見，曰：「回益
> 矣。」曰：「何謂也？」曰：「回坐忘矣。」仲尼蹴然曰：「何謂『坐
> 忘』？」顏回曰：「墮肢體，黜聰明，離形去知，同於大通，此謂『坐
> 忘』。」仲尼曰：「同則無好也，化則無常也。而果其賢乎！丘也請
> 從而後也。」

顏回不但忘仁義、禮樂，還通過修道達到了「坐忘」的境界：遺忘了自己的肢體，拋開了自己的聰明，脫離形貌，去掉智慧，和大道融通為一。孔子對此極為稱賞：「和萬物混同為一就沒有偏好了，參與萬物的變化就沒有偏執了。你果真是賢人啊！我情願追隨在你後面。」這裡，我們看到，作為儒家

思想骨幹的仁義、禮樂，被「孔子」徹底否定了。

外篇《知北遊》寫孔子解釋「無所將迎」：

> 顏淵問乎仲尼曰：「回嘗聞諸夫子曰：『無有所將，無有所迎。』回敢問其遊。」仲尼曰：「古之人，外化而內不化，今之人，內化而外不化。與物化者，一不化者也。安化安不化，安與之相靡，必與之莫多。狶韋氏之囿，黃帝之圃，有虞氏之宮，湯武之室。君子之人，若儒墨者師，故以是非相䪡也，而況今之人乎！聖人處物不傷物。不傷物者，物亦不能傷也。唯無所傷者，為能與人相將迎。山林與，皋壤與？使我欣欣然而樂與！樂未畢也，哀又繼之。哀樂之來，吾不能御，其去弗能止。悲夫，世人直為物逆旅耳！夫知遇而不知所不遇，能能而不能所不能。無知無能者，固人之所不免也。夫務免乎人之所不免者，豈不亦悲哉！至言去言，至為去為。齊知之所知，則淺矣。」

顏回問孔子「無所送，無所迎」是什麼道理。孔子說：「古時的人，外表變化而內心凝靜，現在的人，內心遊移而外表不變。隨物變化的，內心卻凝靜不變。化和不化都安然順任，安然和外境相順，參與變化而不妄自增益。」接著他評論說，狶韋氏、黃帝、虞舜、湯武，這些古帝王遊玩的地方愈來愈小，境界也越來越狹窄，那時君子一類的人，像儒墨的師輩，還要以是非互相攻擊，何況現時的人呢！於是他提出「聖人與物相處卻不傷物，不傷物的，物也不會傷害他。只有無所損傷的，才能和人相往來。」他認為人可以得到快樂，也無法迴避悲哀，哀樂情緒的來去都不能抗拒。世人只是物的旅舍而已，人的認知有限、能力有限，這是很正常的。至言無言，至為無為，要想使人所知的相同，那就淺陋了。這裡，孔子闡釋的是無為之道，主張無言無為，隨物順變，迴避矛盾，則可以全身遠禍。這是標準的在為道家思想做宣傳。

雜篇《寓言》寫孔子對曾子的評價：

> 曾子再仕而心再化，曰：「吾及親仕，三釜而心樂；後仕，三千鍾而不洎親，吾心悲。」弟子問於仲尼曰：「若參者，可謂無所縣其罪乎？」曰：「既已縣矣。夫無所縣者，可以有哀乎？彼視三釜三千鍾，如觀鳥雀蚊虻相過乎前也。」

曾子前後兩次做官心境不同，他說：「我父母在時做官，俸祿只有三釜而心裏覺得快樂；後來做官，俸祿有三千鍾而不及奉養雙親，心裏感到悲傷。」弟

子問孔子:「像曾參這樣,可以說沒有受祿網所繫的過錯了吧。」孔子說:「還是心有所繫。要是心無所繫,會有悲傷的感覺嗎?那些心無所繫的人,看三釜、三千鍾,就如同看鳥雀蚊虻飛過面前一樣。」這裡,曾子再次做官俸祿多了,未及奉養雙親而心生悲傷之情,論理是孝的表現,是儒家所提倡的德行,但孔子對此作出評價時卻予以否定,而推崇無所牽掛,逍遙自適的心境,這顯然是道家的思想。

(2)孔子作為道的追求者、學習者。外篇《知北遊》寫孔子問道:

> 孔子問於老聃曰:「今日晏閒,敢問至道。」老聃曰:「汝齊戒,疏瀹而心,澡雪而精神,掊擊而知!夫道,窅然難言哉!將為汝言其崖略。」「夫昭昭生於冥冥,有倫生於無形,精神生於道,形本生於精,而萬物以形相生,故九竅者胎生,八竅者卵生。其來無迹,其往無崖,無門無房,四達之皇皇也。邀於此者,四肢彊。思慮恂達,耳目聰明,其用心不勞,其應物無方。天不得不高,地不得不廣,日月不得不行,萬物不得不昌,此其道與!……淵淵乎其若海,巍巍乎其若山,終則復始也,運量萬物而不匱。則君子之道,彼其外與!萬物皆往資焉而不匱,此其道與!」

安閒之日,孔子問老聃什麼是最高的道。老聃說問道要齋戒,要疏導心靈,洗滌精神,去除知識。道是很深的,可以說個大概的情況:那明顯的東西是從冥暗中生成的,有形的東西是從無形中生成的,精神是從大道中生成的,形質是從精氣中生成的,而萬物都是依各自的類別互相生成的,所以九竅的動物是胎生的,八竅的動物是卵生的。它的來臨沒有痕迹,它的離去沒有界限,沒有門徑沒有歸宿,四面宏達皇皇大通。順著這個道,四肢強健,思想通達,耳目聰敏,他的用心不勞苦,他的應物不拘執。天不得不高,地不得不廣,日月不得不運行,萬物不得不昌盛,這就是道呀!他又說:道淵深似海,高大如山,周而復始地循環運行,運轉萬物而不匱乏。而君子的道,不只是呈現在外,萬物都是憑藉著它而不匱乏。道是不能聽聞的,聽聞不如塞耳不聽,這才是真正的得道。這裡我們看到,老聃道的修養和理論水平的確是很高的,一氣呵成,侃侃而談。而孔子則是一個充滿求知欲的學生,老聃要求他要齋戒,要洗心靜慮,虔敬其態度,嚴肅其精神,然後給他上了很經典的一課,講了道的生成,道的表現形式等等。

外篇《達生》寫孔子問道於游水者:

孔子觀於呂梁，縣水三十仞，流沫四十里，黿鼉魚鱉之所不能遊也。見一丈夫遊之，以爲有苦而欲死也，使弟子並流而拯之。數百步而出，被髮行歌而遊於塘下。孔子從而問焉，曰：「吾以子爲鬼，察子則人也。請問，蹈水有道乎？曰：「亡，吾無道。吾始乎故，長乎性，成乎命。與齊俱入，與汩偕出，從水之道而不爲私焉。此吾所以蹈之也。」孔子曰：「何謂始乎故，長乎性，成乎命？」曰：「吾生於陵而安於陵，故也；長於水而安於水，性也；不知吾所以然而然，命也。」

呂梁河水的景觀十分壯麗：瀑布落差二十多丈，水沫流出四十多里，各種魚類都無法上游。孔子在觀賞美景中看見一個男子在激流裏，以爲他遭遇困苦想要尋死，叫弟子順流去搭救他。趕了幾百步，那男子游上岸，披散著頭髮，邊走邊唱，在河堤下閒逛。孔子走上前說，本以爲他是鬼，細看卻是個人。便問他在水裏遊有什麼道術。那人說沒有什麼道術。起初出於故常，長大後成爲習性，有所成是順乎自然。隨著漩渦潛到水底，隨著湧流浮出水面，隨順水勢而不由自主，這便是他的游水。這裡，孔子並沒有滿足於表面的現象，沒有停止於對高超游泳技巧的讚歎，而是努力通過現象去尋求、體悟道術，反映出對道術追求的執著與認眞。

雜篇《外物》寫孔子向老萊子學道：

老萊子之弟子出取薪，遇仲尼，反以告，曰：「有人於彼，修上而趨下，末僂而後耳，視若營四海，不知其誰氏之子？」老萊子曰：「是丘也。召而來。」仲尼至。曰：「丘！去汝躬矜與汝容知，斯爲君子矣。」仲尼揖而退，蹙然改容而問曰：「業可得進乎？」老萊子曰：「夫不忍一世之傷而驁萬世之患，抑固窶邪，亡其略弗及邪？惠以歡爲驁，終身之醜，中民之行進焉耳，相引以名，相結以隱。與其譽堯而非桀，不如兩忘而閉其所非譽。反無非傷也，動無非邪也。聖人躊躇以興事，以每成功。奈何哉其載焉終矜爾！」

老萊子的弟子，在出門打柴路上遇見孔子，回來報告說，有一個人，上身長而下身短，背佗，耳朵後貼，目光炯炯有神，不知道是什麼人。老萊子說，那是孔丘，召他來。老萊子對孔子說：「除去你行爲的矜持和容貌的機智，這才可以爲君子。」孔子作揖而退，愧然動容地問：「我修治德業能進步嗎？」老萊子說：「不忍心看當世的昏亂而想著挽救萬世禍患的人，究竟是原本就胸

懷空虛呢，還是疏忽而顧及不到？以施惠受人歡心為驕傲，這是終身的醜陋，平庸之人的行為也就到此為止了。以名聲相招引，以隱私相結納。與其稱讚堯而非議桀，不如兩者都遺忘，而止塞別人對自己的稱讚。違反物性無非損傷形體，擾動心靈無非是邪念。聖人慎戒興起事業，以謀求成功。為什麼你總驕矜自己的行為呢？」從故事看，老萊子對孔子是知根知底的。他抓住孔子的要害當面予以訓斥，孔子不生氣反而服服帖帖，倍加誠敬地向他請教，充分反映出其對修德求道的渴望之情。

雜篇《則陽》寫孔子之楚舍於蟻丘之漿：

> 孔子之楚，舍於蟻丘之漿。其鄰有夫妻臣妾登極者，子路曰：「是稷稷何為者邪？」仲尼曰：「是聖人僕也。是自埋於民，自藏於畔。其聲銷，其志無窮，其口雖言，其心未嘗言，方且與世違而心不屑與之俱。是陸沉者也，是其市南宜僚邪？」子路請往召之。孔子曰：「已矣！彼知丘之著於己也，知丘之適楚也，以丘為必使楚王之召己也，彼且以丘為佞人也。夫若然者，其於佞人也羞聞其言，而況親見其身乎！而何以為存？」子路往視之，其室虛矣。

孔子投宿在蟻丘一個賣漿人的家裏。他的鄰居有夫、妻、僕、妾等一家子登上屋頂觀望。子路問這紛然相擠著的一群是什麼人呢。孔子說：「這是聖人之流的人物。這個人自己隱埋在人民當中，孤處於田地一邊；他聲名是沉寂的，心志是漫無邊際的；他嘴雖說話，可是心並不曾說話；他正在和世俗相違反，而且內心不屑於和世俗在一起，是埋沒在世界之上的人啊。這大概就是市南宜僚吧。」子路要把他請過來。孔子說：「算了吧。他知道我瞭解他，知道我往楚國去，以為我必定要使楚王召喚他，他還以為我是一個花言巧語的人。像這樣的人，聽到花言巧語者就覺得可恥，更何況親眼見到呢？你為什麼要去探望他呢？」子路去看，已經人走房空了。這裡，孔子以自損、自貶的口氣，極力讚頌了離世疾俗、隱居躬耕者，折射出對道行高深者的望塵莫及，實則暗寓了向道之心。

（3）孔子作為嘲笑的對象。內篇《人間世》寫孔子適楚國，被楚狂士接輿嘲笑：

> 孔子適楚，楚狂接輿遊其門曰：「鳳兮鳳兮，何德之衰也！來世不可待，往世不可追也。天下有道，聖人成焉；天下無道，聖人生焉。方今之時，僅免刑焉。福輕乎羽，莫之知載；禍重乎地，莫之

知避。已乎已乎，臨人以德！殆乎殆乎，畫地而趨！迷陽迷陽，無

傷吾行！郤曲郤曲，無傷吾足。」

楚國的狂士叫接輿的人，到客居的孔子門前唱歌，旨在致諷刺和規勸之意：天下有道，聖人可以成就事業。天下無道，聖人只能保全生命。今天這個時代，只求避免遭受刑罰迫害。幸福比羽毛還輕，卻不知去摘取，災禍比大地還重卻不知道迴避。並勸誡他不要在人前用德來炫耀自己，「危險啊，危險啊，要在地上劃著線走路！荊棘啊，荊棘啊，不要妨礙自己的路！繞個彎走，繞轉個彎走，不要刺傷自己的腳！」

孔子周遊列國，為的是不遺餘力地推銷自己的政治理念和思想主張，雖遭窮厄困頓，仍然此心不改。但是這種積極用世之心，在主張寂寞無為的道家看來是十分愚頓可笑的，所以故事中狂接輿對他進行大膽諷刺。

外篇《田子方》寫溫伯雪子鄙棄孔子：

溫伯雪子適齊，舍於魯。魯人有請見之者，溫伯雪子曰：「不可。吾聞中國之君子，明乎禮義而陋於知人心，吾不欲見也。」至於齊，反舍於魯，是人也又請見。溫伯雪子曰：「往也蘄見我，今也又蘄見我，是必有以振我也。」出而見客，入而歎。明日見客，又入而歎。其僕曰：「每見之客也，必入而歎，何耶？」曰：「吾固告子矣：『中國之民，明乎禮義而陋乎知人心。』昔之見我者，進退一成規一成矩，從容一若龍一若虎，其諫我也似子，其道我也似父，是以歎也。」仲尼見之而不言。子路曰：「吾子欲見溫伯雪子久矣，見之而不言，何邪？」仲尼曰：「若夫人者，目擊而道存矣，亦不可以容聲矣。」

溫伯雪子過魯國不接受求見，他聽說那裡的人明於禮義而拙於瞭解人心。赴齊國返程又過魯國，那人又求見。溫伯雪子認為那人一定有什麼可以啓發自己的，於是出去見客，回來就歎息，第二天又是這樣。僕人問這是為什麼。溫伯雪子說：「我原本就和你說過魯人明禮義而拙於瞭解人心。剛才來見我的那人，進退完全符合規矩，舉動像龍虎一樣威風，他諫告我時好像兒子對待父親，他開導我時，好像父親對待兒子，因此歎息。」孔子見了面不說話，子路說：「先生想見溫伯雪子很久了，見了面不說話，為什麼呢？」孔子說：「像這樣的人，視線所觸而道自存，也不容再用語言了。」

故事寫求見者循規蹈矩、呆板迂腐，將魯人類型化，都屬於明禮而拙於知人心的，這是對魯人的嘲諷，也是對孔子的嘲諷。特別是突出孔子對溫伯

雪子高山仰止，見面又相形見絀、自慚不如的情態，是對孔子及其思想的嘲笑與否定。

雜篇《列禦寇》寫顏闔評價孔子：

> 魯哀公問乎顏闔曰：「吾以仲尼為貞幹，國其有瘳乎？」曰：「殆哉圾乎！仲尼方且飾羽而畫，從事華辭，以支為旨，忍性以視民而不知不信，受乎心，宰乎神，夫何足以上民！彼宜女與？予頤與？誤而可矣。今使民離實學偽，非所以視民也，為後世慮，不若休之。難治也。」

魯哀公把孔子當作棟梁，想靠他治理好國家。顏闔不以為然，說這是很危險的，孔子喜歡雕琢文飾，從事華麗的文辭，以支節為主旨，本末倒置，以矯飾性情的辦法教育人民，不認識、不相信人民，自以為是，靠他領導人民，安養人民，一定要誤人。這裡批判孔子浮華居功，得意忘形，有私心，帶成見，教人虛偽，傷人本性，把孔子說得一塌糊塗。

（4）孔子作為儒家思想的闡釋者。孔子思想的本色屬於儒家。他經常出現在《莊子》一書中，除了充當代言人、學道者、陪襯者乃至嘲笑對象外，他的儒家本色思想還是不時流露出來。雜篇《讓王》寫孔子困於陳蔡而論窮通：

> 孔子窮於陳蔡之間，七日不火食，藜羹不糝，顏色甚憊，而絃歌於室。顏回擇菜於外。子路、子貢相與言曰：「夫子再逐於魯，削迹於衛，伐樹於宋，窮於商周，圍於陳蔡，殺夫子者無罪，藉夫子者無禁。絃歌鼓琴，未嘗絕音，君子之無恥也若此乎？」顏回無以應，入告孔子。孔子推琴喟然而歎曰：「由與賜，細人也。召而來，吾語之。」子路、子貢入。子路曰：「如此者可謂窮矣！」孔子曰：「是何言也！君子通於道之謂通，窮於道之謂窮。今丘抱仁義之道以遭亂世之患，其何窮之為！故內省而不疚於道，臨難而不失其德，大寒既至，霜雪既降，吾是以知松柏之茂也。陳蔡之隘，於丘其幸乎！」孔子削然反琴而絃歌，子路扢然執干而舞。子貢曰：「吾不知天之高也，地之下也。」古之得道者，窮亦樂，通亦樂。所樂非窮通也，道德於此，則窮通為寒暑風雨之序矣。故許由娛於潁陽而共伯得志乎丘首。

關於孔子受困而不輟絃歌的事，在前引《秋水》中「孔子游於匡」一則已有

類似的文字記述。這裡，子路、子貢議論，孔子在被圍受困這麼難堪的處境下，仍然彈唱不停，怎麼會無恥到這種地步呢？顏回聽了，也無法回答，就把這話告訴孔子。孔子聽後推開琴，感歎說：「子路和子貢，是淺見的人。叫他們來，我告訴他們。」子路、子貢進去。子路說：「像你這樣可以算窮困了！」孔子說：「這是什麼話！君子通達於道的叫做通，不瞭解道的叫做窮。現在我懷抱仁義之道而遭逢亂世的患難，怎麼算是窮困呢？所以內心反省而不愧疚於道，面臨危險而不喪失於德，大寒來到，霜雪降落，我才知道松柏的茂盛。陳蔡的困厄，對於我不是很好的考驗嗎？」孔子安祥地再拿起琴彈唱起來，子路手執干戈起舞。子貢說：「我不知道天有多高，地有多厚呀！」古時候得道的人，窮困也快樂，通達也快樂。所歡樂的不是窮困和通達，只要是身處道德，那麼困窮通達就好像寒暑風雨的循序變化了！所以許由能自娛於潁水邊，而共伯可自得於丘首山上。故事中，孔子很明白地表示，他之所以處變不驚，臨危不懼，是因為「抱仁義之道」，即心中懷有儒家治國平天下的志向、理想，故事後附上一段議論，末尾提到「故許由娛於潁陽而共伯得乎共首」，這裡許由、共伯的行為，體現的是道家無為避世的思想，與孔子懷仁義之道實則兩回事。

雜篇《列禦寇》寫孔子論察人：

> 孔子曰：「凡人心險於山川，難於知天；天猶有春秋冬夏旦暮之期，人者厚貌深情。故有貌願而益，有長若不肖，有順懁而達，有堅而縵，有緩而釬。故其就義若渴者，其去義若熱。故君子遠使之而觀其忠，近使之而觀其敬，煩使之而觀其能，卒然問焉而觀其知，急與之期而觀其信，委之以財而觀其仁，告之以危而觀其節，醉之以酒而觀其側，雜之以處而觀其色。九徵至，不肖人得矣。」

孔子說，人心比山川更險惡，知人心比知天更難；天還有春夏秋冬早晚的變化時序，人卻是容貌淳厚心情深沉。有的人外貌謹厚而行為驕溢，有的人貌似長者而其實不肖，有的人外貌圓順而內心剛直，有的人看似堅實而內心怠慢，有的人看似舒緩而內心急躁。所以他趨義急如饑渴，棄義急如避熱。所以君子要讓他到遠處來觀察他的忠誠，讓他在近旁來觀察他的敬慎，給他繁難的事情來觀察他的才能，向他突然提出問題來觀察他的心智，給他急促的期限來觀察他的信用，將錢財委託他來觀察他的廉潔，告訴他危險的事來觀察他的節操，讓他酒醉來觀察他的儀態，讓他混雜相處來觀察他的色態。九

種徵驗做到，不肖的人就可以看得出來了。這裡，孔子所提倡的知人察人之道，所持的標準就是儒家的仁義禮智信那一套，他主張把人放在各種環境中，從不同的角度加以考察，判斷其賢與不肖。而道家是主張齊是非、齊物我，與儒家的察人之道是迥然不同的。

內篇《人間世》寫葉公子高受楚君之命將出使齊國，請教孔子如何才能圓滿地完成使命，孔子教他說：

> 天下有大戒二：其一命也，其一義也。子之愛親，命也，不可
> 解於心；臣之事君，義也，無適而非君也，無所逃於天地之間。是
> 之謂大戒。是以夫事其親者，不擇地而安之，孝之至也；夫事其君
> 者，不擇事而安之，忠之盛也；自事其心者，哀樂不易施乎前，知
> 其不可奈何而安之若命，德之至也。爲人臣子者，固有所不得已。
> 行事之情而忘其身，何暇至於悦生而惡死！夫子其行可矣。

孔子明確提出：世間有兩個足以爲戒的大法：一個是自然的「命」，一個是人爲的「義」。子女愛父母，這是人的天性，無法解釋的；臣子事君主，這是不得不然的，無論任何國家都不會沒有君主，這是沒法逃避的。這就是所謂足以爲戒的大法。所以子女養父母，無論什麼境地都要使他們安適，這是行孝的極點了；臣子事君主，無論任何事情都要安然處之，這是盡忠的極點了；從事內心修養的人，不受哀樂情緒的影響，知道事情的艱難無可奈何而能安心去做的，這是德性的極點了。爲人臣子的，當然有不得已的事，但是遇事能如實地去做而忘記自己，這哪裏會有貪生怕死的念頭呢？你這樣去做就行了。這個故事裏，孔子強調的是內心修養，要做到不爲哀樂之情所動，知其不可奈何而安之若命，順著事物的自然而優游自適，寄託於不得已而涵養心性，這就是最好的了。但是孔子就「命」和「義」立論，講了一大套侍父、侍君的道理，這完全是儒家思想的話題。道家的內心修養理論，正是由儒家的話題說開去，這是典型的以儒說道，儒道不分。

3.3.5 虛擬的入道人物

莊子「重言」故事多爲虛擬。大概有兩種情況：一種情況是人名真實而故事虛擬。如前所述，無論是道家的老子、列子、楊朱，儒家的孔子及顏回、子貢等，還是古公亶父、文王、周公等古代帝王明君賢臣，都是實有其人、留名於史籍的，即使像遠古伏戲氏、神農氏、黃帝、堯、舜、禹等形象，也

都有傳說的影子；但是「重言」中所繫於人名的故事，則非歷史上確有其事，而幾乎都出於《莊子》闡述道論的需要進行虛構的。即使像孔子困於陳蔡這樣的故事，也見於《論語》記載，確曾發生過，但莊子的記述也帶有很大的主觀隨意性，與其它典籍中的記述不相吻合。上述所引「重言」故事基本上都屬於這種類型。另一種情況是，人物和故事都是虛擬的。如內篇《齊物論》中寫齧缺問乎王倪：

> 「子知物之所同是乎？」曰：「吾惡乎知之！」「子知子之所不知邪？」曰：「吾惡乎知之！」「然則物無知邪？」曰：「吾惡乎知之！雖然，嘗試言之。庸詎知吾所謂知之非不知邪？庸詎知吾所謂不知之非知邪？且吾嘗試問乎女：民濕寢則腰疾偏死，鰍然乎哉？木處則惴慄恂懼，猨猴然乎哉？三者孰知正處？民食芻豢，麋鹿食薦，蝍且甘帶，鴟鴉嗜鼠，四者孰知正味？猨猵狙以為雌，麋與鹿交，鰍與魚遊。毛嬙西施，人之所美也；魚見之深入，鳥見之高飛，麋鹿見之決驟。四者孰知天下之正色哉？自我觀之，仁義之端，是非之塗，樊然殽亂，吾惡能知其辯！」齧缺曰：「子不知利害，則至人固不知利害乎？」王倪曰：「至人神矣！大澤焚而不能熱，河漢沍而不能寒，疾雷破山而不死傷，飄風振海而不能驚。若然者，乘雲氣，騎日月，而遊乎四海之外。死生無變於己，而況利害之端乎！」

這裡，齧缺與王倪討論關於萬物標準、知與不知的問題。作者筆下這兩位也都是懷道之人。針對齧缺的問話，王倪回答無法分辨知與不知。他說：「人睡在潮濕的地方，就會患腰痛或半身不遂，泥鰍也會這樣嗎？人爬上高樹就會驚懼不安，猿猴也會這樣嗎？這三種動物到底誰的生活習性才會標準呢？人吃肉類，麋鹿吃草，蜈蚣喜歡吃小蛇，貓頭鷹和烏鴉卻喜歡吃老鼠，這四種動物到底誰的口味才合標準呢？猵狙和雌猿作配偶，麋鹿交合，泥鰍和魚相交。毛嬙和西施是世人認為最美的；但是魚見了就要深入水底，鳥見了就要飛向高空，鹿見了就要急速奔跑；這四種動物究竟那一種美色才算最高標準呢？依我看來仁義的論點，是非的途徑，紛然雜錯，我那裡有法子加以分別呢？」齧缺說你不顧利害，那麼至人也不顧利害嗎？王倪說至人神妙極了，山林焚燒而不能使他感到熱，江河凍結而不能使他感到冷，雷霆撼山嶽而不能使他感到傷害，狂風激起海浪而不能使他感到驚恐。這樣的至人，駕著雲氣，騎著日月，而遊於四海之外。生死的變化都對他沒有影響，何況利害的

觀念？

　　齧缺層層發問，王倪則通過豐富的比喻，滔滔而論物之沒有標準、不可分辨；又闡述至人有神妙之功，可見其道論基礎深厚紮實。但他們多被認為是虛構的人物。《莊子》除內篇《齊物論》提及此二人，內篇《應帝王》說：齧缺問王倪，四問而四不知」；外篇《天地》說：「堯之師許由，許由之師齧缺，齧缺之師王倪，王倪之師被衣」。成玄英說：「齧缺，許由之師，王倪弟子，並堯時賢人也。」〔註31〕但林希逸說：「齧缺、王倪，撰造名字」〔註32〕。王元澤云：『齧缺者，道缺者，道之不全也；王倪者，道之端也。莊子欲明道全與不全與端本，所以寓言於二子也。』」〔註33〕鍾泰說：「齧缺、王倪皆假名。『齧缺』喻智，言其鑒也。『王倪』喻德，言其侗侗如小兒也。老子曰：『含德之厚，比於赤子。』〔註34〕方勇認為：「《莊子》書中，義取畸形怪狀的人名甚多，而注者多以真實姓名釋之，未免穿鑿。此處齧缺……是作者虛構的人物。王倪，則與天倪一類的意思有關，也不能看作歷史人物。」〔註35〕作者賦予虛擬者以堯之祖師爺身份，自然使之成為更受尊敬的角色，但目的在於藉以展開虛構的故事，藉以說理喻道。上引「重言」中作者通過王倪之口，論述人、泥鰍、猿猴三種動物並無統一的睡覺標準，人、麋鹿、蝍蛆、貓頭鷹和烏鴉等動物沒有統一的口味標準，人、魚、鳥、鹿沒有統一的美色標準。「託此二人，明其齊一。言物情顛倒，執見不同，悉皆自是非他，頗知此情是否。」〔註36〕論證仁義、是非沒有統一標準，從而表達了至人順物自然，對是非、利害毫不動心的思想。

　　內篇《應帝王》寫天根與無名人的對話：

　　　　天根遊於殷陽，至蓼水之上，適遭無名人而問焉，曰：「請問為天下。」無名人曰：「去！汝鄙人也，何問之不豫也！予方將與造物者為人，厭，則又乘夫莽眇之鳥，以出六極之外，而遊無何有之鄉，以處壙埌之野。汝又何帛以治天下感予之心為？」又復問。無名人

〔註31〕郭慶藩撰、王孝魚點校：《莊子集釋》（《新編諸子集成・全3冊》），第3冊，第90頁。

〔註32〕陳鼓應：《莊子今注今譯》，中華書局，1983年4月版，第81頁。

〔註33〕方勇、陸永品：《莊子詮評》，巴蜀書社，1998年9月版，第73頁。

〔註34〕鍾泰：《莊子發微》，上海古籍出版社，2002年11月版，第53頁。

〔註35〕《莊子詮評》，同注〔3〕，第73頁。

〔註36〕劉文典：《莊子補正》，安徽大學出版社/雲南大學出版社，1999年4月版，第72頁。

曰：「汝遊心於淡，合氣於漠，順物自然而無容私焉，而天下治矣。」

天根遊路遇無名人，問說天下該怎麼治理。無名人說：「去吧！你這個鄙陋的人，爲什麼問這使我不愉快的問題！我正要和造物者交遊；厭煩了，就乘著「莽眇之鳥」，飛出天地四方之外，而遊於無何有之鄉，處在廣闊無邊的曠野。你又爲什麼拿治理天下的夢話來擾亂我的心呢？」天根再問。無名人說「遊心於恬淡之境，清靜無爲，順著事物自然的本性而不用私意，天下就可治理好了。

這裡的天根、無名人，成玄英云：「並爲姓字。寓言問答也。」王元澤認爲：「天根者，《老子》所謂『是爲天地根』是也」；劉鳳苞《南華雪心編》云：「以天根爲天地之根柢，無名爲德之無迹。」〔註37〕鍾泰云：「『天根』蓋假名，取喻於《易》之《震卦》。宋邵雍詩云：『地逢雷處見天根。』蓋本乎此。震，動象也。爲天下者每喜於動，故以是爲名。……「無名人」喻聖人，《逍遙遊》云「聖人無名」是也。」〔註38〕陳鼓應持成玄英說，認爲「同是寓名。」可見作者所虛構的是身份很特殊的人物，足以作爲耆艾而藉以託言。所託之言，正是淡漠自然以治天下、即無爲而治的主張。

外篇《田子方》寫魏文侯贊子方之師：

> 田子方侍坐於魏文侯，數稱谿工。文侯曰：「谿工，子之師耶？」子方曰：「非也，無擇之里人也；稱道數當，故無擇稱之。」文侯曰：「然則子無師邪？」子方曰：「有。」曰：「子之師誰邪？」子方曰：「東郭順子。」文侯曰：「然則夫子何故未嘗稱之？」子方曰：「其爲人也眞，人貌而天虛，緣而葆眞，清而容物。物無道，正容以悟之，使人之意也消。無擇何足以稱之！」子方出，文侯儻然終日不言，召前立臣而語之曰：「遠矣，全德之君子！始吾以聖知之言仁義之行爲至矣，吾聞子方之師，吾形解而不欲動，口鉗而不欲言。吾所學者直土梗耳，夫魏眞爲我累耳！」

田子方對谿工稱頌有加，魏文侯就問谿工是不是田的老師。田說他的老師是東郭順子。文侯問田爲何不稱頌老師，田說：「他爲人眞純，常人的容貌而內心契合自然，順應外物而保守天眞，清介不阿而能容人。如遇無道的人便正容開悟他，使人的邪念消除。我那裡配稱讚！」

〔註37〕方勇、陸永品：《莊子詮評》，巴蜀書社，1998 年 9 月版，第 216 頁。
〔註38〕鍾泰：《莊子發微》，上海古籍出版社，2002 年 11 月版，第 270 頁。

但據考證，田子方姓田，名無擇，字子方，魏國賢人，師於子貢，友於魏文侯。釋德清《釋文》引李頤注，說他是「魏文侯師」。馬敘倫考證：「《呂氏春秋·舉難》篇白圭對孟嘗君曰：『文侯師子夏，友田子方，禮段干木。』……白圭爲魏文侯時人，其分別必不妄。……《呂氏春秋·當染》篇謂：『田子方學於子貢，段干木學於子夏。』然則白圭謂『文侯友田子方，敬段干木』，正以文侯師子夏，與段干木爲同門，故敬之；田子方爲子貢弟子，於子夏爲後輩，故文侯友之。……《說苑·尊賢》篇文侯曰：『自吾友子方也，君臣益親，百姓益附，吾是以得友士之功。此亦友子方之明證。」東郭順子，成玄英疏：「居在東郭，因以爲氏，名順子。」實則爲虛構人名。前引可知田子方師於子貢。日本池田知久云：「東郭順子，架空的人物。」〔註39〕王叔岷說：「順子蓋莊子假託之眞人也。」〔註40〕

故事從田子方在文侯面前多次稱頌谿工寫起，是爲東郭順子的出場作鋪墊。本來田子方平交文侯，身份既不一般，又把東郭順子詫爲田子方之師，則意在把他包裝成一個「耆艾」者流。文章雖然沒有直接敘述東郭順子說了些什麼，但通過田子方側面介紹其「人貌天虛」云云，儼然一個有道之人呼之欲出，而其所爲也就自然是體道的境界。像這樣的虛擬人物在《莊子》還可舉出很多。

3.4　《莊子》散文「重言」特點

3.4.1　「重言」故事巧設語境形象生動

《莊子》散文「重言」，以各種的言說方式出現。不少在展開言說之前，先建構一個獨特奇妙的語境，勾勒一個栩栩如生的畫面，極具形象感染力。

內篇《齊物論》寫南郭子綦與顏成子對話的場面：

> 南郭子綦隱机而坐，仰天而噓，荅焉似喪其耦。顏成子游立侍乎前，曰：「何居乎？形固可使如槁木，而心固可使如死灰乎？今之隱机者，非昔之隱机者也。」子綦曰：「偃，不亦善乎，而問之也！今者吾喪我，汝知之乎？」

這裡南郭子綦給人的印象不免顯得怪異：憑著几案坐著，仰著臉向天歎氣，

〔註39〕方勇、陸永品：《莊子詮評》，巴蜀書社，1998 年 9 月版，第 554 頁。
〔註40〕王叔岷：《莊子校詮》，中華書局，2007 年 6 月版，第 766 頁。

無精打采地像丟了軀殼似的。他的學生顏成子游在前面陪著他站著，問他說：「爲什麼這樣呢？難道形體安定可以使它像枯槁的木頭，心靈寂靜可以使它像死滅的灰燼嗎？今天你憑案而坐的神情與以往憑案而坐的神情不一樣。」南郭子綦說，「偃，你問的話，對極了！今天的我丟掉了偏執的我，你知道嗎？」南郭子綦是莊子筆下的得道高人。寫他入道的形貌，閒閒幾筆，十來個字，看似簡單，卻捕捉到特徵，很形象，很另類。由此，很自然引出顏成子的發問。而顏成子的問，恰好補充描述了南郭子綦的形象，又準確地反映了入道者的特徵。這種特徵，就是「吾喪我」的狀態。

內篇《人間世》寫南伯子綦見大木而引發的言說：

> 南伯子綦遊乎商之丘，見大木焉，有異，結駟千乘，將隱芘其所藾。子綦曰：「此何木也哉？此必有異材夫？」仰而視其細枝，則拳曲而不可以爲棟梁；俯而視其大根，則軸解而不可以爲棺槨；咶其葉，則口爛而爲傷；嗅之，則使人狂醒，三日而不已。子綦曰：「此果不材之木也，以至於此其大也。嗟乎神人，以此不材！」

這裡，作者先點出大木，用誇張的筆調作側面描寫，極言其大，與眾不同：「其樹冠巨大無比，可容納千乘車馬，在樹蔭下乘涼休息。這就使人覺得此樹大得離奇，出乎想像。也很自然地引發出子綦的感歎：這是什麼樹木啊，這樹必定有奇異的材質！接著借子綦的視線和體驗，從功用角度中述其大得變型：「抬頭看它細小的枝條，彎彎曲曲而不能做棟梁，低頭看它的軀幹，木紋旋散破裂而不能做棺槨；舐舐它的葉子，嘴巴就會潰爛受傷；嗅嗅它氣味，就會使人狂醉三天都醒不過來。」至此，作者就不單單寫其大，也寫出了怪，更透露出其所以大的消息。於是，水到渠成地引出子綦的感慨：「這是不材之木，所以才能長得這麼大。唉！聖人也是這樣顯示自己的不材。」這裡的「聖人」實際上是指有道之人，「不材」，則是指「無用之用」。

外篇《天地》寫伯成子高辭諸侯之位而耕種：

> 堯治天下，伯成子高立爲諸侯。堯授舜，舜授禹，伯成子高辭爲諸侯而耕。禹往見之，則耕在野。禹趨就下風，立而問焉，曰：「昔堯治天下，吾子立爲諸侯。堯授舜，舜授予，而吾子辭爲諸侯而耕。敢問，其故何也？」子高曰：「昔堯治天下，不賞而民勸，不罰而民畏。今子賞罰而民且不仁，德自此衰，刑自此立，後世之亂自此始矣。夫子闔行邪？無落吾事！」俋俋乎耕而不顧。

這個故事的語境特點有二：一是時空背景十分廣闊，堯、舜、禹三代禪讓和伯成子高爲諸侯到爲耕者，一筆帶過；二是人物情態極爲生動，寫禹到野外拜見伯成子高，是小步快走，靠近伯成子高跟前時，只在下方站著。可見其態度極恭敬、極虔誠，一副仰慕尊者、長者的神態，寫得活靈活現。這樣的語境，折射出禹之禮賢下仕的胸懷氣度，也反襯出伯成子高對失德立刑之世的鄙棄和對返樸歸眞的嚮往，而這正是道家所要表達的思想。

外篇《山木》寫北宮奢鑄鐘：

> 北宮奢爲衛靈公賦斂以爲鐘，爲壇乎郭門之外，三月而成上下之縣。王子慶忌見而問焉，曰：「子何術之設？」奢曰：「一之間，無敢設也。奢聞之，『既彫既琢，復歸於樸』，侗乎其無識，儻乎其怠疑；萃乎芒乎，其送往而迎來；來者勿禁，往者勿止；從其強梁，隨其曲傅，因其自窮，故朝夕賦斂而毫毛不挫，而況有大塗者乎！」

這個故事也是先構建一個話語的背景：北宮奢替衛靈公募集材料鑄造編鐘，在城門外先築起土壇，作爲鑄造的房舍，三個月就完成了上下兩層的鐘架。王子慶忌見他工作進展這麼快，問說用的是什麼方法。這一話語背景，自然帶出北宮奢的鑄鐘體會：在純一淡泊之中，我是不敢有所計劃的。我聽古人說過：「既把器物雕琢出來，還要返還他的本性。無知無識的樣子，又好像淳眞無心的樣子；任大家聚在一堆，送往迎來分辨不清；來的人不拒絕，去的人不挽留；不願捐獻的任他自己去，願意讚助的就隨他們便。依著各人自己的能力，所以日夜募集但人民絲毫不受損傷，何況有大道的人呢？這一串話語，與前述語境相溶合，既說出鑄鐘體會，也是悟道之言，闡述了順任自然的思想。

雜篇《讓王》寫原憲說貧：

> 原憲居魯，環堵之室，茨以生草；蓬戶不完，桑以爲樞；而甕牖二室，褐以爲塞；上漏下濕，匡坐而絃歌。子貢乘大馬，中紺而表素，軒車不容巷，往見原憲。原憲華冠縰履，杖藜而應門。子貢曰：「嘻！先生何病？」原憲應之曰：「憲聞之，無財謂之貧，學而不能行謂之病。今憲，貧也，非病也。」子貢逡巡而有愧色。原憲笑曰：「夫希世而行，比周而友，學以爲人，教以爲己，仁義之慝，輿馬之飾，憲不忍爲也。」

這個故事的語境構造十分精彩。先描述原憲居住條件之簡陋：一丈見方的房

舍，屋頂蓋著新鮮茅草，編織蓬蒿做成門戶，用桑條做門軸，用破甕做窗戶，用粗布衣隔成二室，屋頂漏雨，地下潮濕，他卻端端正正地坐在房中間，彈琴唱歌。再描述子貢前往拜訪原憲的奢華：穿著天青色的內衣和素色的外套，巷子容不下高大的馬車。這裡，用的是對比的手法，原憲的平民味與子貢的貴族氣派既已相映成趣。作者轉而又把視覺的焦點對準原憲：戴著樺樹皮的帽子，穿著沒有跟的鞋子，拄著藜草莖的拐杖站在門口迎接。於是話語就從這反差強烈的氛圍中展開。通過子貢的發問，原憲作答：「我聽說沒有錢財叫做貧，有學問不能施行叫病。現在我是貧，不是病。」這話已讓子貢慚愧得不知所措，但原憲不依不饒，進一步拋出更有震撼力的言說：要是追逐著世俗做事，結黨爲友，所學爲求炫耀於人，所教爲顯揚自己，假借仁義去做壞事，出門就是高車大馬的，我是不忍心這樣去做的。這裡描述語境純用白描手法，著墨不多卻能突顯一種簡樸素靜的原生態之美。

外篇《秋水》寫孔子游匡被圍：

> 孔子游於匡，衛人圍之數匝，而絃歌不綴。子路入見，曰：「何夫子之娛也？」孔子曰：「來，吾語女！我諱窮久矣，而不免，命也；求通久矣，而不得，時也。當堯舜之時而天下無窮人，非知得也；當桀紂之時而天下無通人，非知失也，時勢適然。夫水行不避蛟龍者，漁人之勇也；陸行不避兕虎者，獵夫之勇也；白刃交於前，視死若生者，烈士之勇也；知窮之有命，知通之有時，臨大難而不懼者，聖人之勇也。由處矣，吾命有所制矣。」無幾何，將甲者進，辭曰：「以爲陽虎也，故圍之。今非也，請辭而退。」

這個故事語境景構造也是異乎尋常。一面是宋國軍派兵將孔子重重包圍，劍拔矢張，大有一觸即發之勢；一面是孔子彈唱自如，顯得若無其事、氣定神閒。這種反差，明顯使人捉摸不透，從而引出子路的發問，又由子路的發問引出孔子的言說：「來！我告訴你！我忌諱困頓，已經很久了，可是並不能避免，這就是命運；我企求顯達，已經很久了，可是並不能獲得，這就是時數。在堯舜時代，天下沒有困頓的人，並不是因爲人們都得取了智慧；在桀紂時代，天下沒有安生的人，並不是因爲人們都失去了智慧；這是時勢如此。那在水裏走不迴避蛟龍的，便是漁夫的勇敢；在陸地走不迴避猛獸的便是獵人的勇敢；刀劍擺在面前，視死如歸的，便是烈士的勇敢；知道困頓有一定的命運，知道顯達有一定的時數，面臨大難而無所畏懼的便是聖人的勇敢。仲

由,你放心吧,我的命運是有控制著的啊!」這則「重言」表達的是:命運由天道主宰,窮通不能由人,應該安時聽命。而語境設置看似不待安排,卻很值得玩味。

3.4.2 「重言」故事開門見山直起對話

許多「重言」開頭並沒有構建對話語境,而是簡單地展開對話。但對話的內容既有體道傾向,又辭藻優美,富於文采。

內篇《逍遙遊》寫堯讓天下於許由:

> 堯讓天下於許由,曰:「日月出矣,而爝火不息,其於光也,不亦難乎!時雨降矣,而猶浸灌,其於澤也,不亦勞乎!夫子立而天下治,而我猶尸之,吾自視缺然。請致天下。」許由曰:「子治天下,天下既已治也。而我猶代子,吾將爲名乎?名者,實之賓也。吾將爲賓乎?鷦鷯巢於深林,不過一枝;偃鼠飲河,不過滿腹。歸休乎君,予無所用天下爲!庖人雖不治庖,尸祝不越樽俎而代之矣。」

這則「重言」開端不作鋪飾,直起對話,敘述堯先擺明讓天下的理由:日月都出來了,而有的人還點火照個沒完,點火的光亮要與日月相比,不也太難了嗎?及時雨都下了,而有的還挑水澆灌,澆水滋潤土地,與及時雨相比,不也太累了嗎?先生一在位,天下便可安定,而我還占著這個位子,自己覺得很慚愧,請允許我把天下讓給你。許由也說了不接受的理由:你治理天下,天下已經安定了。而我還來替代你,我爲著名嗎?名是實的賓位,我求賓位嗎?小鳥在深林裏做窩,所佔用的也就是一個枝丫;地鼠到河邊喝水,所求也就是吃飽肚子。你請回吧,我要天下做什麼呢?廚子雖不下廚煮備祭品,主祭的人也不會越位到廚房裏代勞啊。我們看到,整個對話就只一個回合,表達的是道家無名、無功思想,但措詞十分優美。堯的話語中連用日月光亮中點火、下雨中澆灌兩個比喻,許由的話語中則用了小鳥做窩、地鼠喝水和尸祝不治庖事三個比喻。最後一個比喻「尸祝不治庖事」被後人加以引申發揮,把與其相反的態度概括爲成語「越廚代庖」。

外篇《天地》寫堯與華封人論壽、富、多男子的問題:

> 堯觀乎華。華封人曰:「嘻,聖人,請祝聖人。」「使聖人壽。」堯曰:「辭。」「使聖人富。」堯曰:「辭。」「使聖人多男子。」堯曰:「辭。」封人曰:「壽、富、多男子,人之所欲也,女獨不欲,

何邪？」堯曰：「多男子則多懼，富則多事，壽則多辱。是三者，非所以養德也，故辭。」封人曰：「始也我以女為聖人邪，今然君子也。天生萬民，必授之職。多男子而授之職，則何懼之有？富而使人分之，則何事之有！夫聖人，鶉居而鷇食，鳥行而無彰，天下有道，則與物皆昌；天下無道，則修德就閒；千歲厭世，去而上仙；乘彼白雲，至於帝鄉；三患莫至，身常無殃；則何辱之有！」封人去之。堯隨之，曰：「請問。」封人曰：「退已！」

這則「重言」的對話內容十分有文采，寫得饒有趣味。華封人就福、祿、壽三次向堯致祝，三次被堯拒絕，華封人感到困惑，於是逼堯說出拒絕的理由：「男孩多了恐懼就多，富有了煩心事就多，長壽了受困辱就多。這三種情況都不能藉以培養德性，所以我拒絕了。」但是華封人對堯的回答並不認同，所以先蹂落他，再反駁他：「起初我把你看作聖人呀，現在知道你只不過一個君子。天生萬民，必定會授予職事。男孩多了，多授予職事，有什麼好恐懼呢？富有了讓人分享，有什麼煩心事呢？聖人居家像鶉鶉一樣有住的就行，吃飯像雛鳥一樣有吃的就行。鳥的飛行不留痕迹，天下太平，他就和萬物共同歡暢，天下混亂，他就修德閒居。千年之後，他厭倦了人間，就棄世而去，登上仙境，乘著白雲，飛向天宮。疾病、衰老、死亡這三種憂患都攤不上，身體永遠不受災殃。這又有什麼污辱呢？」華封人的話語折服了堯，於是堯追問著該怎麼做。在堯看來，福、祿、壽會妨礙德行修養，因而加以拒絕，而華封人則認為，對福、祿、壽可以持「既來之則安之」的態度，順其自然。我們看到極為有趣的是，前面華封人三次致祝，三遭拒絕，折射出堯之態度的矜持與傲慢，句式上簡潔而靈活；接著堯追著懇請答案而不可得，則又顯然變得謙卑而恭謹。最後華封人的言說，用了陳述句，設問句、排偶句等多種句式，極盡變化、流轉和詩意之美。

內篇《大宗師》寫孔子釋顏回之疑：

顏回問仲尼曰：「孟孫才，其母死，哭泣無涕，中心不戚，居喪不哀。無是三者，以善處喪蓋魯國。固有無其實而得其名者乎？回壹怪之。」仲尼曰：「夫孟孫氏盡之矣，進於知矣。唯簡之而不得，夫已有所簡矣。孟孫氏不知所以生，不知所以死；不知孰先，不知孰後；若化為物，以待其所不知之化已乎！且方將化，惡知不化哉？方將不化，惡知已化哉？吾特與汝，其夢未始覺者邪！且彼有駭形

而無損心，有旦宅而無耗精。孟孫氏特覺，人哭亦哭，是自其所以
乃。且也相與吾之耳矣，庸詎知吾所謂吾之非吾乎？且汝夢爲鳥而
厲乎天，夢爲魚而沒於淵。不識今之言者，其覺者乎，其夢者乎？
造適不及笑，獻笑不及排，安排而去化，乃入於寥天一。」

顏迴向孔子請教自己對孟孫氏居喪的疑惑：「孟孫才的母親死了，他啼哭沒有
流淚，心中不悲傷，居喪不哀痛。沒有流淚、悲傷、哀痛這三種表現，卻以
善於居喪而聞名魯國。怎麼有這種不具其實而得到虛名的人嗎？我就感到奇
怪。」孔子回答說：「孟孫氏已盡了居喪之道，喪事要簡化，只是世俗相因，
無法做到，然而已經有所簡化了。孟孫氏不知道什麼是生，也不知道什麼是
死，不知道迷戀生，不知道惦念死，他順自然的變化，以應不可知道的變化
而已。再說如今將要變化，怎麼知道那不變化的情形呢？如今未曾變化，怎
麼知道已經變化的情形呢？我和你現在正做夢還沒有覺醒過來啊！孟孫氏知
道人有形體的變化而沒有精神的損傷；有軀體的轉化而沒有精神的死亡。孟
孫氏覺得人家哭泣他也哭泣，這就是他所以那樣的原因。世人互相稱說這就
是我，然而那裡知道我所謂我，或許不是我呢！像你做夢鳥在天空飛翔，做
夢魚在水中遊玩。不知道現在談話的我們，是醒著呢，還是做夢呢！忽然達
到適意的境界而來不及笑出來，從內心發出笑聲而來不及安排。聽任自然的
安排而順應變化，就可以進入虛空、自然、悠遠的純一世界。」這裡，顏回
問疑惑，問出了一件事的始末，內容很飽滿。而孔子對孟孫才居喪的解釋，
實際上是借題發揮，對孟孫才爲人行事、生死觀等進行評述，說明要安時處
順、生死隨化、任由自然擺佈的修行境界。整個故事對話形式極簡單，而言
說內容卻十分飽滿。

第四章 《莊子》散文「卮言」研究

4.1 《莊子》散文「卮言」辨析

　　在《莊子》散文「三言」中,「卮言」所引發的歧解最多。其原因在於「卮言」這個偏正式結構的詞語中,「卮」為定語,可以看成是一個比喻,又可以訓為「假借」,這就導致解讀上的不確定性,形成了後世歧見紛出的局面。郭象云:「夫卮,滿則傾,空則仰,非持故也。況之於言,因物隨變,唯彼之從,故曰日出。日出謂日新也,日新則盡其自然之分,自然之分盡則和也。」〔註1〕郭象從「卮」作為喻體的特點出發,指出「非持故也」,似乎講到了本質上。時代略晚的王叔之持見相近,云:「夫卮器,滿則傾,空則仰,隨物而變,非執一守故者也。施之於言,而隨人從變,已無常主者也。」〔註2〕但郭、王只注重其「因物隨變,唯彼之從」,或「隨物而變」、「隨人從變」,卻顯得較為負面、消極。司馬彪對「卮言」另有闡釋:「謂支離無道尾之言也。」〔註3〕

　　成玄英吸收了郭象、王叔之和司馬彪的觀點而加以發揮,云:「卮,酒器也。日出,猶日新也。天倪,自然之分也。和,合也。夫卮滿則傾,卮空則仰,空滿任物,傾仰隨人,無心之言,即卮言也。是以不言,言而無係傾仰,乃合於自然之分也。又解:卮,支也;支離其言,言無的當,故謂之卮言耳。」〔註4〕顯然,成玄英一方面順著郭、王路徑,看到了「卮」之「非持故」的一

〔註1〕郭慶藩撰、王孝魚點校:《莊子集釋》(《新編諸子集成・全3冊》),下冊,第947頁。

〔註2〕《莊子集釋》,同注〔1〕,第948頁。

〔註3〕《莊子集釋》,同注〔2〕。

〔註4〕《莊子集釋》,同注〔1〕。

面，並重視其變動不拘、隨意靈活的特點，闡釋巵言乃「無心之言」、「言而無係」，體現出言者居主動位置，態度是積極的。同時，他也吸納司馬彪觀點，肯定「巵言」乃「支離之言，言無的當」。

何謂「支離」？《辭海》釋：「支離，分散。……引申爲散亂沒有條理。如，語言支離。」盧文紹曰：「巵，舊作巵。案《說文》作巵，從卩，今多省作巵。」〔註5〕朱俊聲云：「巵，叚借爲支」。〔註6〕張默生：「『巵』是漏斗，『巵言』是漏斗式的話……漏斗之爲物，是空而無底的，你若向裏注水，它便立刻漏下……《莊子》巵言的取義，就是說，他說的話，都是無成見之言，正有似於漏斗，他是替大自然宣泄聲音的，也可以說是大自然的一種傳音機。」〔註7〕鍾泰認爲：「巵言日出，而支者不支，離者不離，其曰支離者，就世人言之則然，就眞人言之，則固妙道之行也。」〔註8〕陳鼓應持成玄英說，認爲「『巵』是酒器，巵器滿了，自然向外流溢，《莊子》用巵言來形容他的言論並不是偏漏的，乃是無心而自然的流露。」〔註9〕曹礎基持司馬彪說，並推論：「巵言是穿插在寓言與重言之中，隨其自然，經常出現的一些零星之言。」〔註10〕劉文典、楊柳橋等也都持這一見解。方勇認爲：「巵言，指作者自己那些不著邊際的議論。」〔註11〕

與上述持見相同或相近的學者很多。如林雲銘云：「忽而敘事，忽而引證，忽而譬喻，忽而議論」〔註12〕朱哲認爲：「寓言重形式，就道之殊相言；巵言重抽象，就道之共相言；重言重史實，就道之理據言。內容與形式，道理與道言，實難作宗本與非宗本劃分也。〔註13〕高玉海認爲：「巵言實際上就是莊子文章的論點……而那些散佈於寓言與重言中的巵言則是文章的分論點」。〔註14〕馮契認爲：「在《莊子》書中，充滿著這種相對主義的論辯，

〔註 5〕 《莊子集釋》，同注〔2〕。

〔註 6〕 王叔岷：《莊子校詮》，中華書局，2007 年 6 月版，第 1089 頁。

〔註 7〕 張默生：《莊子內篇新釋》，成都古籍書店，1990 年 8 月版，第 14 頁。

〔註 8〕 鍾泰：《莊子發微》，上海古籍出版社，2002 年 11 月版，第 651 頁。

〔註 9〕 陳鼓應：《莊子今注今譯》，中華書局，1983 年 4 月版，第 729 頁。

〔註10〕 曹礎基：《莊子淺注》（修訂本），中華書局，2000 年 6 月版，第 416 頁。

〔註11〕 王叔岷：《莊子校詮》（全 3 冊），中華書局，2007 年 6 月版，第 762 頁。

〔註12〕 轉引熊良智：《莊子「三言」考辨》，四川師範大學學報，1989 年第 4 期，第 117 頁。

〔註13〕 朱哲：《先秦道家哲學究研》，上海人民出版社 2000 年版，第 233 頁。

〔註14〕 高玉海：《解莊的金鑰匙——莊子「三言」新論》，河北師範大學學報 1997 年，第 1 期。

這就是他所謂的『以巵言爲曼衍』」;「莊子要求把握世界的永恒運動,強調概念的全面靈活性。〔註 15〕江友合認爲:「三言之間沒有宗本與非宗本的關係,巵言、重言和寓言之間互相交融,共同爲著體道的目的而言說,共同構成《莊子》語言的本眞、變化、無限的基本特徵。」〔註 16〕熊良智認爲:「『巵言』就是莊子自己的故事和自己的議論」,他引王夫之謂「微言間出,辯言曲折,皆巵言」,闡釋說:「這『微言』自是表現莊子思想的精微大義之語,那許多抽象玄妙的議論,多是表現文章主旨中心的……而「辯言」往往是莊子同惠施的辯論,所以曲折乃是伴隨著有敘事的委婉曲折之意。〔註 17〕劉宣如等從句式結構入手,認爲:「如能作『寓言十九,重言十七,巵言日出。和以天倪』句讀,以(A+B+C)×M 句式作『寓言十九,和以天倪;重言十七,和以天倪;巵言日出,和以天倪』解釋,結合莊子筆下的『天倪』、『天均』即其大道哲學體系中的本源之道,那麼,三言就可以重新解釋爲——以寓言、重言、巵言手法創作時都要和之以道。三言創作的文字化結果即寓言之文、重言之文、巵言之文,就都應該蘊涵著莊子本源之道。〔註 18〕

綜上所述,《莊子》散文的「巵言」,從文體形態上區分,首先是《莊子》中的議論,這些議論長短不拘,隨意穿插,不待安排,想說就說,是莊子思想的自然流露;其次是《莊子》中有關莊子自身的故事,這些故事往往包含對話因素,明顯帶有先秦散文的語錄體痕迹,反映了莊子哲學、政治和社會等多方面的思想。

但不少學者側重於從比喻的角度求解,對「巵言」的涵義每每提出己見和新見。陳景元《南華眞經章句音義》云:「巵滿則傾,空則仰,中則正,以喻中正之言也。日出未中則斜,過中則昃,及中則明,故巵言日出者,取其中正而明也。」羅勉道《南華正經循本》云:「巵言,如巵酒相歡之言。」王闓運云:「巵、觶同字。觶言,飲燕禮成,舉觶後可以語之時之言也,多泛而不切,後世清談矣。」〔註 19〕章太炎云:「此以圓酒器狀所言,是取圓

〔註 15〕馮契:《中國古代哲學的邏輯發展》(上冊),華東師範大學出版社 1997 年版 228、229 頁。

〔註 16〕江友合:《〈莊子〉「巵言」新釋》,船山學刊,2003 年第 4 期,第 125 頁。

〔註 17〕《〈莊子〉「三言」考辨》,同〔注 12〕,第 118~119 頁。

〔註 18〕劉宣如等:《莊子「三言」新論》,南昌航空工業學院學報,2002 年第 4 期,第 112 頁。

〔註 19〕崔大華:《莊子歧解》,中州古籍出版社 1988 年版,第 746~747 頁。

義，猶云圓言耳。陸方壺：『有味之言也。〔註20〕王叔岷云：「《說文》：『卮，圓器也。圓，天體也。』朱駿聲云：『渾圓爲圜，平圓爲圓。』然則『卮言』即渾圓之言，不可端倪之言，下文所謂「終身言，未嘗言；終身不言，未嘗不言。」是也。〔註21〕王麗梅認爲：「卮言是既找不到源頭，又沒有邊際的言論……因此卮言就是汪洋恣肆之言，它反映了莊子文章內容豐富、表達隨意的特徵。〔註22〕朱哲的觀點較具兼容性，認爲：「卮器，像『道』之器，擬道之器也；卮言，道言也……無心之言，自然之言，自然吐露之言，中正之言，日新之言，無可無不可的圓言也，曼衍無終始、支離無首尾之言也，耐人尋味之言也。」〔註23〕

也有學者側重於道與言的對待關係來闡釋卮言。崔宜明認爲：「莊子『正在說不可說』，我稱之爲莊子悖論」〔註24〕李孺義認爲：「卮言是無執的言說……其功能在於突破一般語言學對『常』的語境的遮蔽，從而在承認悖言的基礎上又以無執的方式解除悖言。」〔註25〕江友合也主張「悖論」說，認爲莊子「『不得不正在說不可說』……最主要的原因應該是出於『道』和『言』之間的悖論關係」，因此他認爲：「『卮言』即『悖論之言』，它不僅描述了道與物之間的悖論關係，而且表現了「存在」的相對性」。〔註26〕

從概念層面上看，「卮言」的模糊性，給後世學人帶來闡釋的靈活性、多樣性和繼續探索的巨大空間。其實，即使在現代權威的辭書中，也沒有形成一致的表述。《辭海》釋「卮言」，舉《釋文》引王叔之說，謂「隨物而變，非執一守故者也」。〔註27〕《辭源》釋「卮言」爲：「隨人意而變，缺乏主見之言。一說爲支離破碎之言」，又引成玄英疏：「無心之言」、「支離其言，言無的當，故謂之卮言耳。」〔註28〕兩辭典都還提到，後人用「卮言」，作爲對

〔註20〕 朱哲：《先秦道家哲學究研》，上海人民出版社2000年版，第231頁。
〔註21〕 王叔岷：《莊子校詮》（全3冊），中華書局，2007年6月版，第1089頁。
〔註22〕 王麗梅：《莊子「寓言」、「重言」、「卮言」正解》，綏化學院報，2005年第3期，第50頁。
〔註23〕 《先秦道家哲學究研》，同〔注20〕，第231頁。
〔註24〕 崔宜明：《生存智慧論——莊子哲學的現代闡釋》，上海人民出版社，1996年版，第19頁。
〔註25〕 李孺義：《論「卮言」——體道論形而上學的語言觀》，《哲學研究》1997，第4期。
〔註26〕 江友合：《〈莊子〉「卮言」新釋》，船山學刊，2003年第4期，第122頁。
〔註27〕 《辭海·語詞分冊》，上海辭書出版社，1981年版，第254頁。
〔註28〕 《辭源》，商務印書館，1990年版，第435頁。

自己著作的謙詞。我們可以舉出王世貞《藝苑卮言》，孔廣森《經學卮言》、《禮學卮言》，江瑔《讀子卮言》；現代學人如金克木有《文化卮言》、方勇有《卮言錄》，都以卮言謙稱自己的著作。

4.2　《莊子》散文「卮言」溯源

　　「卮言」概念的提出是《莊子》一書的創造。但是「卮言」作為一種話語方式，卻不是憑空產生的，而是對前人話語方式的繼承、改造和發展。因為「卮言」以「支離無首尾」為最大特色，它能最靈活、直接地表達人們的思想，所以在上古時期就應該是普遍使用的一種話語方式，這一點我們現在於秦漢前的典籍中不難發現。在本文第三章考察「重言」來源時，我們就列舉了《周易・象辭》中不少涉及「君子」的話語，如「天行健，君子以自強不息」；「地勢坤，君子以厚德載物」；「洊雷，《震》，君子以恐懼修省」；「隨風，《巽》，君子以申命行時」；「水洊至，《習坎》，君子以常德行，習教事」；「明兩作，《離》，大人以繼明時於四言」；「兼山，《艮》，君子以思不出其位」；「麗澤，《兌》，君子以朋友講習」等，這些話語的後面部分，即「君子以……」的句式，多帶有總結、評論或警示的語義，屬於議論性的文字，可以看作是載於史籍的「卮言」最早源頭。

　　《老子》是以闡發道家哲學思想為特色，文中大量議論性的文字，實際上都帶有「卮言」性質。《老子・六章》：「谷神不死是謂玄牝。玄牝之門是謂天地根。綿綿若存，用之不勤。」意謂虛空的變化是永無休止，這就是微妙的母性。微妙的母性之門，是天地的根源。它綿延不絕地存續著，作用無窮無盡。這裡闡釋道的存在，話語十分簡潔、靈活，不待安排。《老子・四十章》：「反者道之動。弱者道之用。天下萬物生於有，有生於無。」上句謂道的運動是循環的，道的作用是柔弱的；下句謂道是天下萬物產生的根源。作者闡釋道之運動、作用的特性，要言不繁，直接、明白。《老子・十八章》：「大道廢，有仁義；六親不和，有孝慈；國家昏亂，有忠臣。」意謂大道廢弛了，仁義才顯現出來；親人之間不和了，孝慈才顯現出來；國政不和了，忠臣才顯現出來。作者借助社會生活現象來闡述一種觀點，即有價值的東西，只有當它破損、缺失之時，它的存在才更能夠受到人們的關注，它的價值才能更充分體現出來。但是作者在話語體式上述論結合，點到為止，可謂來去無迹，

談說自如。

　　但是《老子》的話語方式並不是只有簡單、靈活這一副面孔。經常在論述問題中顯示出很強的條理性和邏輯性。如《老子·一章》：

　　　　道可道，非常道。名可名，非常名。無，名天地之始；有，名
　　　萬物之母。故常無，欲以觀其妙；常有，欲以觀其徼。此兩者，同
　　　出而異名，同謂之玄。玄之又玄，眾妙之門。

這裡，一、二句，第一個「道」作「道理」講，第二個「道」作「言說」講，第三個「道」為《老子》專有的哲學名詞，「常」為永恆之意；第一個「名」指具體事物的名稱，第二個「名」作動詞，指稱謂，第三個「名」是指稱「道」之名。意即：可以用語言表達的道理，就不是常道，可以用文字表述的名，就是常名。這是第一層意思，作者先闡述道之質、道之名與語言的不對應關係，即指道的不可言說屬性。三、四句「無」、「有」指稱道，意謂無是形成天地的開始，有是創生萬物的根源。兩句為第二層，表明道由無物質形態漸向有物質形態的活動。五、六句謂常從無中觀照道的奧妙，常從有中觀照道的端倪。兩句為第三層，指明無、有可作為體道的途徑。七、八句謂，無和有來源一樣，名稱不同都可以說是很幽深的。幽深又幽深，是一切奧妙的門徑。這是第四層，對無和有進行了總結和強調。我們看到，作者先提出道的不可言說屬性。不可言說又要言說，那麼如何進行呢？接著從無和有入手，闡明無和有是世界的本源，是體物的途徑，並強調指出兩者同源異名，是一切奧妙的門徑。言說之中，可以看出條理性十分清楚，邏輯性極為嚴密。再如《老子·十四章》：

　　　　視之不見，名曰「夷」；聽之不聞，名曰「希」；搏之不得，名
　　　曰「微」。此三者不可致詰，故混而為一。其上不皦，其下不昧，繩
　　　繩不可名，復歸於無物。是謂無狀之狀，無物之象，是謂惚恍。迎
　　　之不見其首，隨之不見其後。執古之道以御今之有。能知古始，是
　　　謂道紀。

作者從視覺、聽覺、觸覺三個側面闡述道的特性，指出道之「夷」、「希」、「微」，都不是感官所能把握的。並加以總結，指出三者是無從考察、渾為一體的。進而對道的形態進行描述。道本無形，怎麼描述？作者通過對有形狀態的否定，達到揭示道之幽渺暗昧形態的目的：它上面不顯得光亮，下面不顯得陰暗，綿綿不絕而不可名狀，一切的運動都會回到不見物體的狀態。這是沒有形狀的形

狀，不見物體的形象，稱它爲「惚恍」。不僅如此，作者又從視覺形態上加以否定：迎著它，看不見它的前頭，隨著它卻看不見它的後面。以上分三個層次對物質具象性形態的否定，充分闡述了道的抽象性。但作者還要進行補充申說：「把握著早已存在的道，來駕馭現在的具體事物，能夠瞭解道的原始，叫做道的規律。」這就提醒人們認識道的目的。又如《老子‧二十章》：

> 孔德之容，惟道是從。道之爲物，惟恍惟惚。惚兮恍兮，其中有象；恍兮惚兮，其中有物。窈兮冥兮，其中有精；其精甚眞。其中有信。自今及古，其名不去，以閱眾甫。吾何以知眾甫之狀哉！以此。

這裡也是闡述道之形態。作者先提出大德是隨道轉移的。道是什麼？爲了回答這一問題，與上舉十四章不同，作者突出空間視距，來正面描述道的形態：它是那麼深邃無邊，在惚惚恍恍、恍恍惚惚中，在幽遠暗昧中，有迹象、有實物、有精質、有信驗。道本無形，依託於有形，但不可明視，不可確見。爲了強調道的實在性，作者又推進一層，從實用的角度加以闡述，即：從今溯古，道的名字都存在，都是依著道認識世界萬物的本源。

從以上分析中，我們可以看出《老子》行文的一些特點，即作者對議論性文字的話語技巧，已經駕馭的十分嫻熟。《莊子》作爲道家思想的集大成之作，不僅在思想上承《老子》之衣缽，並加以發揚光大；在話語技巧上，也充分吸收其滋養，加以創新發展，使之蔚爲大觀。因此我們可以說，《老子》的議論性話語方式，是莊子「卮言」的主要源頭。

但是，我們還要注意到，《莊子》散文「卮言」的表達技巧，同時還受到《論語》語錄體話語方式的影響。《莊子》中另有一類的卮言，不是簡單記載莊子所表發的議論，而是在記載其發表議論的同時，也記載了莊子生活時空的簡要背景情況，這就使得這類「卮言」有故事性，故事中的主角正是莊子。這一類的「卮言」，受先秦語錄體散文影響十分明顯。爲了加深對這一問題的認識，我們再來看看《論語》。《論語》是語錄體散文的代表作。作爲語錄體散文，《論語》記言方式主要有以下幾種情況。

一是單方面記錄人物話語內容。如：「子曰：『學而時習之不亦說乎？有朋自遠方來，不亦樂乎？人不知而不慍，不亦君子乎』」（《學而》/1‧1）〔註29〕；

〔註29〕楊伯峻：《論語譯注》，中華書局，1980年12月版。本節論述引《論語》文字同出自《論語譯注》。

「子曰：『默而識之，學而不厭，誨人不倦，何有於我哉』」（《述而》/7・2）；「子曰：『溫故而知新，可以爲師矣』」（《爲政》/2・11）；「子曰：『賢哉，回也！一簞食，一瓢飲，在陋巷，人不堪其憂，回也不改其樂。賢哉回也。』」（《雍也》/6・11）這一類的話語，只體現人物單方面說了什麼，除此沒有別的成份，乾淨簡潔。

　　二是記錄人物雙方話語互動情況。如「子夏曰：『巧笑倩兮，美目盼兮，素以爲絢兮。何謂也？』子曰：『繪事後素。』曰：『禮後乎？』子曰：『起予者商也！始可與言詩已矣』」（《八佾》/3・8）；「哀公問：『弟子孰爲好學？』孔子對曰：『有顏回者好學，不遷怒，不二過，不幸短命死矣，今也則亡，未聞好學者也』」（《雍也》/6・3）；「子貢曰：『有美玉於斯，韞匵而藏諸？求善賈而沽諸？』子曰：『沽之哉！沽之哉！我待賈者也。』」（《子罕》/9・13）這一類的話語，體現人物間的簡單對話，一問一答，或多問多答。這些文字只體現問答內容，沒有出現對話場景和條件。

　　三是記錄人物話語的同時，也簡要記錄對話的情景。「子曰：『參乎！吾道一以貫之。』曾子曰：『唯。』子出，門人問曰：『何謂也？』曾子曰：『夫子之道，忠恕而矣』」（《里仁》/4・15）；「宰予晝寢。子曰：『朽木不可雕也，糞土之牆不可圬也；於予與何誅？』子曰：『始吾於人也，聽其言而信其行；今予於人也，聽其言而觀其行，於予與改是』」（《公冶長》/5・10）；「子華使於齊，冉子爲其母請粟。子曰：『與之釜。』請益。曰：『與之庾。』冉子與之粟五秉。子曰：『赤也適齊也，乘肥馬，衣輕裘。吾聞之也：君子周急不繼富』」（《雍也》/6・4）；「伯牛有疾，子問之，自牖執其手，曰：『亡之，命矣夫，斯人也而有斯疾也！斯人也而有斯疾也』」（《雍也》/6・10）；「子在川上，曰：『逝者如斯夫！不捨晝夜』」（《子罕》/9・17）；「子畏於匡，顏淵後。子曰：『吾以女不死矣。』曰：『子在，回何敢死。』」（《先進》/11・23）這類對話，不僅有人物對話內容，還或多或少出現了人物對話的時空場景，或者附帶有一些簡要的動作描寫，這就具備了故事要素，使人物的形象顯得較爲生動可感。

　　總之，語錄體散文的這些話語方式，作爲一種文化的源頭，對《莊子》作者也產生不可忽視的滋染、浸漬作用，致使《莊子》中的一部分「卮言」明顯留下了這種話語方式的烙印。

4.3 《莊子》散文議論體「卮言」特徵

　　《莊子》散文「卮言」根據形式上的特徵，可以分為闡明題旨式「卮言」、
簡短論述式「卮言」和縱深探索式「卮言」，以下試作分類分析。

4.3.1 闡明題旨式

　　《莊子》中有許多「卮言」簡單明瞭，三言兩語，以提出見解、觀點或
主張為訴求，或置於「寓言」、「重言」之首，或附在篇末，或夾在中間，在
文體上顯得頗為另類而自由。內篇《養生主》提出：

> 吾生也有涯，而知也無涯。以有涯隨無涯，殆巳；巳而為知者，
> 殆而已矣。為善無近名，為惡無近刑。緣督以為經，可以保身，可
> 以全生，可以養親，可以盡年。

這則「卮言」精闢、深刻，兩千多年來一直為人所傳誦。僅就這一句話，就
足可使莊子被尊為智者，定格在歷史的長河中。莊子深刻體悟到生命是有限
的，而知識是無限的，用有限的生命去追求無限的知識，就會弄得很疲困。
既然這樣，還要去汲汲追求知識，結果只能是疲困不堪。做世人所謂的好事，
並不一定取得現時的名譽，做世人所謂的壞事，並不一定遭到現時的懲罰。
把順應自然之理作為常法，就可以保護生命，可以保全天性，可以養護身體，
可以享盡天年。這是知者的體悟，這一段文字，置於《養生主》全篇之首，
凸兀而起，強調了莊子處世的哲學觀。莊子要求尊重今生，智慧地生活，即
要「緣督以為經」，這是開篇點題式「卮言」。接下去，作者並未展開哲學思
辨的論述，而是為讀者講述一串「寓言」。文章的末了，帶出一句：

> 指窮於為薪，火傳也，不知其盡也。

這一「卮言」與開篇相呼應。「指」，舊注多以為手指。聞一多《莊子內篇校
釋》引朱桂曜曰：「『指』為『脂』之誤或假」（《莊子內篇正補》），並案：「朱
說是也。古所謂薪，有炊薪，有燭薪。炊薪所以取熱，燭薪所以取光。古無
蠟燭，以薪裹動物脂肪而燃之，謂之曰燭，一曰薪。燭之取照也，所以照物
者，故謂之曰燭。此曰『脂窮於為薪』，即燭薪也。」〔註30〕朱、聞之說較舊
注為勝，陳鼓應、曹礎基等多從此說。燭薪的燃燒是有窮盡的，火卻延續下
去，是不知道它的盡頭的。這正是莊子把生命納入大道流傳序列後提出的生
死觀。從篇章部位來看，這一觀點置於篇末，有收束全篇、提升主旨的意義。

〔註30〕聞一多：《周易與莊子研究·莊子內篇校釋》，巴蜀書社，第 109 頁。

但從文體結構上看，這段文字之前，相繼敘述了「庖丁解牛」、「公文軒見左師」、「澤雉十步一啄」、「秦失弔老聃」等四個故事。四個故事屬體道之言，屬於敘事類文字。「指窮」句通過比喻作正面闡釋，屬直接議論類。正是這一議論，點出了莊子養生不在於養形，而在於體道、修道的觀點。

內篇《應帝王》中有一段可稱為穿插式或夾帶式的議論：

> 無為名尸，無為謀府；無為事任，無為知主。體盡無窮，而遊
> 無朕；盡其所受乎天，而無見得，亦虛而已。至人之用心若鏡，不
> 將不迎，應而不藏，故能勝物而不傷。

道家提倡無為而無不為，所以莊子說不必追求名聲，不必工於謀略，不必汲汲於任事，不必熱衷於智巧行為。要體會無窮大道，遊心於廣漠境域；順隨著自然本性，而不矜誇，這也就達到了空明的心鏡。他又談到至人，說至人用心有如鏡子，它不遣送走的，不迎接來的，應和物類而不隱藏，所以能夠窮盡物類而不被物類所損傷。那麼向至人學道、看齊，一定是對的了。

這段文字之前，作者敘述了齧缺問王倪、肩吾見狂接輿、天根問無名人、陽子居見老聃、壺子鬥神巫等故事；這段文字之後，又是渾沌之死的故事。唯獨此段卮言夾在中間，闡釋放棄對外物的追求，學習至人用心如鏡、不將不迎的思想，文體上與上下段了無牽掛，言說方式上也別具一格，可見「卮言」的隨意性很強，自由度極高。

外篇《天運》開端提出：

> 天其運乎？地其處乎？日月其爭於所乎？孰主張是？孰維綱
> 是？孰居無事而推行是？意者其有機緘而不得已邪？意者其運轉而
> 不能自止邪？云者為雨乎？雨者為云乎？孰隆施是？孰居無事淫樂
> 而勸是？風起北方，一西一東，在上彷徨，孰噓吸是？孰居無事而
> 披拂是？敢問何故？

這段「卮言」比屈原的問天更為精彩。不妨看看屈原的《天問》的開篇：「遂古之初，誰傳道之？上下未形，何由考之？冥昭瞢闇，誰能極之？馮翼惟像，何以識之？明明闇闇，惟時何為？陰陽三合，何本何化？圜則九重，孰營度之……」〔註31〕屈原《天問》共一百七十余問，涉及自然、神話、傳說、歷史等內容，依次為問天文、問地理、問四方奇怪之事、問夏史、問殷商史、問西周史、問春秋與楚國史等七個大部分。其中問夏、殷、西周三代史實是

〔註31〕 胡念貽：《楚辭選注及考證》，嶽麓書社，1984年版，第109頁。

全詩主體部分。時代相近的兩個偉人，同樣是問天，但我們可以看出，莊子是哲人之問，語言淺易，有動態感，對天地日月運轉和風起、雲行、雨施等自然現象發問，指向宇宙的本體，暗示出「道」之能量無窮；屈原是詩人之問，重詩的韻律，是靜態的，主要體現對現象層面的求知。

從行文上看，《天運》「開篇突然提出十多個有關自然界的問題，參差錯落，如點雨巴蕉。」〔註32〕我們細數這段「卮言」，一共 15 個問句，提出 15 個問題，可謂一團疑惑，充滿了科學探索精神。但莊子生活在人類蒙昧初開的時代，科學尚未昌明，無法對這些問題作出合理的解釋。所以他接下去敘述了一個「重言」故事：巫咸祒曰：「來！吾語女。天有六極五常，帝王順之則治，逆之則凶。九洛之事，治成德備，監照下土，天下戴之，此謂上皇。」顯然，這個故事不想從正面回答以上涉及宇宙本源的問題，而是暗示了莊子的態度：在無法解釋的宇宙萬象面前，還是順任自然。故事在思想上與篇首卮言有前後相承的內在脈絡，但上下文體是截然不同的。

外篇《知北遊》開端敘述一名為知北者，遊於元水一帶，意欲求道的「重言」故事。知北以智慧求道而不得，向黃帝請教，黃帝告訴他：「彼無為謂真是也，狂屈似之，我與汝終不近也。」接著作者以「卮言」形式隨文附論：

> 天地有大美而不言，四時有明法而不議，萬物有成理而不說。
> 聖人者，原天地之美而達萬物之理，是故至人無為，大聖不作，觀於天地之謂也。合彼神明至精，與彼百化，物已死生方圓，莫知其根也，扁然而萬物自古以固存。六合為巨，未離其內；秋豪為小，待之成體。天下莫不沉浮，終身不故；陰陽四時運行，各得其序。惛然若亡而存，油然不形而神，萬物畜而不知。此之謂本根，可以觀於天矣。

這裡談到幾層意思。一是世界的本然狀態。天地有廣大的美德，可是它們並不言語；四時有明顯的法則，可是它們並不議論；萬物有固定的條理，可是它們並不說話。二是聖人的態度。聖人就是本原於天地的美德，而通達於萬物的道理。所以，至人沒有什麼作為，大聖不妄自造作，這就是說他們明察於天地的意思。三是要學會如何靜觀物情、明察事理。我們面前的那些神明，是精微靈妙的，它參與物類的千變萬化，萬物或生或死、或方或圓，沒有誰知道它的本原。萬物蓬勃生長，自古以來就是存在的。天地四方很大，可是

〔註32〕曹礎基：《莊子淺注》，中華書局，2000 年 6 月版，第 201 頁。

不能超出神明的範圍；秋天的毫毛很小，可是它得依靠神明才能形成。天下的一切，沒有不是浮沉上下的，始終也沒有個休止。陰陽四時的運轉變化都遵守著一定的秩序。昏昏昧昧的，好像一無所有，而實際上是存在的；幽幽冥冥的不表現任何形象，而都是神妙不測的；萬物都被它所蓄養，可是自己並不知道。這就叫本根。明白這個道理就可以觀察天道了。

這段「卮言」裏，作者要表達的見解是：大道至隱至虛，至人、聖人只明察於天地，而無所施為。前面的「重言」故事，只暗含到這一層意思，但通過這段「卮言」，作者進行直白、明確的闡釋，使這一層意思得到提升、強化和凸顯，給人更深的印象。

雜篇《列禦寇》篇末附評：

> 以不平平，其平也不平；以不徵徵，其徵也不徵。明者唯為之使，神者徵之。夫明之不勝神也久矣，而愚者恃其所見入於人，其功外也，不亦悲乎！

莊子在這裡討論愚者往往自以為是的現象。用不平均的方式來平均，這種平均還是不能平均的；用不感應來作感應，這種感應也不能算作感應。炫耀聰明卻被萬物役使，神通廣大才能夠感應萬物。而愚昧者還依恃他所看到的，在別人面前表現自己，他這樣追求外物，不也是太可悲了嗎？這一段「卮言」前面，作者敘述了三個故事：驪龍之珠、犧牛、莊子論葬。這則「卮言」承前面的故事而來，也是屬於「隨文附評」式，但在文體上卻有收束全篇，深化主題的功效。

4.3.2 簡短論述式

與點題式「卮言」相比，簡短論述式「卮言」往往作簡要論述，討論的問題有所展開，篇幅有所增加。如《逍遙遊》開篇寫鯤化為鵬，遠翥高飛，蜩與學鳩不以為然，予以嘲笑。故事後接著寫了一段「卮言」：

> 適莽蒼者，三湌而反，腹猶果然；適百里者，宿舂糧；適千里者，三月聚糧。之二蟲又何知！知不及大知，小年不及大年。奚以知其然也？朝菌不知晦朔，蟪蛄不知春秋，此小年也。楚之南有冥靈者，以五百歲為春，五百歲為秋；上古有大椿者，以八千歲為春，八千歲為秋，此大年也。而彭祖乃今以久特聞，眾人匹之，不亦悲乎？

這裡，作者從常人來說十分淺近的事實入手，談到三種情況：到近郊野外遊玩，在路上吃三頓飯，回來，肚子還是飽飽的；行百里之遠，老早就得舂米備糧；行千里之遠，就得積聚三個月的糧食。然後筆鋒一轉，拈出小動物：蜩與學鳩又怎麼知道這種情況呢？但似乎這也可以原諒，因為見識小的不如見識大的知道的多，年齡小的不如年齡大的經歷的多。為了證實這一問題，作者舉例：朝生暮死的蟲子不知道一個月的時光，夏生秋死的知了不知道一年的時光。這就是它們生命太短的緣故。在楚國的南方，有一棵冥靈樹，它把五百年當作一次春季，把五百年當作一次秋季；在上古時代，有一棵大椿樹，它把八千年當作一次春季，把八千年當作一次秋季；而彭祖獨獨以長壽的聲名流傳後世。一般的人如果和他比壽命，不也太可憐了嗎？

我們看到，作者在行文中先列舉出三種情況，表明路程長短不同，備糧的多少也不一樣。這是以事實為論據進行論證，從而推出見識小的不如見識大的這一論點。為了補充證明論點，作者又深入一層，舉出活不過日的蟲、活不過年的蟬，與壽命奇長的冥靈樹、大椿樹相比，進而信筆提及連彭祖的長壽都是微不足道的，這又是一層以事實為依據的論證。由此可見，這則「卮言」雖篇幅無多，但明顯展開了簡要的論述，說理論證過程很有層次感。

外篇《至樂》開端談有無至樂的問題：

> 天下有至樂無有哉？有可以活身者無有哉？今奚為奚據？奚避奚處？奚就奚去？奚樂奚惡？夫天下之所尊者，富貴壽善也；所樂者，身安厚味美服好色音聲也；所下者，貧賤夭惡也；所苦者，身不得安逸，口不得厚味，形不得美服，目不得好色，耳不得音聲；若不得者，則大憂以懼，其為形也亦愚哉！

> 夫富者，苦身疾作，多積財而不得盡用，其為形也亦外矣。夫貴者，夜以繼日，思慮善否，其為形也亦疏矣。人之生也，與憂俱生，壽者惛惛，久憂不死，何苦也！其為形也亦遠矣。烈士為天下見善矣，未足以活身。吾未知善之誠善邪，誠不善邪？若以為善矣，不足活身；以為不善矣，足以活人。故曰：「忠諫不聽，蹲循勿爭。」故夫子胥爭之以殘其形，不爭，名亦不成。誠有善無有哉？

> 今俗之所為與其所樂，吾又未知樂之果樂邪，果不樂邪？吾觀夫俗之所樂，舉群趣者，誙誙然如將不得已，而皆曰樂者，吾未之樂也，亦未之不樂也。果有樂無有哉？吾以無為誠樂矣，又俗之所

大苦也。故曰：「至樂無樂，至譽無譽。」

　　天下是非果未可定也。雖然，無爲可以定是非。至樂活身，唯無爲幾存。請嘗試言之。天無爲以之清，地無爲以之寧，故兩無爲相合，萬物皆化。芒乎芴乎，而無從出乎！芴乎芒乎，而無有象乎！萬物職職，皆從無爲殖。故曰天地無爲也而無不爲也，人也孰能得無爲哉！

這段「巵言」，主旨是論述無爲乃是最大的快樂。文字上較爲平易淺顯。作者先以問句發端，提出天下有無至樂、有無足以活身方式，把一連串人們必須面對的選擇凸顯出來，引發讀者思考。接著把焦點轉向與快樂有關的話題，列舉出：天下所尊富貴壽善，所樂身安厚味美服好色音聲，所下貧賤夭惡也，所苦身不得安逸，口不得厚味，形不得美服，目不得好色，耳不得音聲。並點出世人不得此便「大憂以懼」，認爲「其爲形也亦愚哉。」接著，作者從負面情況眼著，分析富不足恃、貴不足恃、烈士不足以活身，並引古語「忠諫不聽，蹲循勿爭」爲證；進而又分析今世之所樂，也未必就是樂，再一次引古語「至樂無樂，至譽無譽」爲證。在充分闡述的基礎上，作者提出「至樂活身，唯無爲幾存」，並再作申論，提出「天地無爲也而無不爲」，深化了所論述的觀點。我們可以看出在簡短的論述中，邏輯嚴密，論述的條理性、層次感非常清楚。特別值得注意的是，從問題的提出到論證的深入，作者都採用討論、漫談式的語氣，且問且詰，引人思考，充分顯示「巵言」的魅力。

　　外篇《達生》開篇討論養生與養形問題：

　　達生之情者，不務生之所無以爲；達命之情者，不務命之所無奈何。養形必先之以物，物有餘而形不養者有之矣；有生必先無離形，形不離而生亡者有之矣。生之來不能卻，其去不能止。悲夫！世之人以爲養形足以存生；而養形果不足以存生，則世奚足爲哉！雖不足爲而不可不爲者，其爲不免矣。夫欲免爲形者，莫如棄世。棄世則無累，無累則正平，正平則與彼更生，更生則幾矣。

　　事奚足棄而生奚足遺？棄世則形不勞，遺生則精不虧。夫形全精復，與天爲一。天地者，萬物之父母也，合則成體，散則成始。形精不虧，是謂能移；精而又精，反以相天。

這裡，可分四個層次來解讀。第一層，提出何謂達生與達命：通達生命實情的，不追求生命所不必要的東西；通達命運實況的，不追求命運所無可奈何

的事物。第二層，指出爲達生、達命而一味聚物養形是錯誤的做法。保養形體必定先利用物資，可是有些人物資豐富而形體卻保養不好；保有生命必定先不使脫離形體，可是有些人形體沒有離散而生命卻已亡失了。生命的來臨不能拒絕，生命的離去不能阻止。可悲啊！世上的人以爲保養形體就是保存生命；然而保養形體果眞不足以保存生命，那麼世間的事還有什麼值得去做的呢？雖然不值的做卻不可不去做，這樣去做便不免於累了。第三層，提出達生、達命的最好方法是棄世。要想免於爲形體勞累，便不如捨棄俗世。捨棄俗世就沒有拖累，沒有拖累就心正氣平，心正氣平就和自然共同變化更新，和自然共同變化更新就接近道了。第四層，申述棄世的好處。俗事值得捨棄，而生命值得遺忘嗎？捨棄俗事就形體不勞累，遺忘生命中的事務就精神不虧損。形體健全，精神充足，便和自然合而爲一。天地是產生萬物的根源，物質元素相合便形成物體，離散便成爲另一物體結合的開始。形體精神不虧損，就是能隨自然變化而更新；精而又精，返回過來輔助自然。

　　很明顯，作者鮮明地主張養生的關鍵在於拋棄世事，忘卻人生。先從正面立論，提出通達生命和命運的人，對身外之物和命外之事都不事追求，言下之意就是順其自然；接著進行反面闡述，舉出許多人擁有了很多物質財富卻保養不好形體，保養了形體卻丟了生命，這就陷入養形、存生與受累的尷尬處境；進而提出解決問題的辦法，就是要捨棄俗世，並說明如此便能去累淨心，託附自然，這是一種近道的方式；最後深化闡述棄世便能形體健全、精神充足，便能與自然合而爲一。話題由正入反，由反歸正，思路款款展開，言說不急不漫，頗有紆徐委備之致。

　　雜篇《徐无鬼》先敘述徐无鬼見武侯、黃帝問童子兩個故事，接著推出一段「卮言」：

> 　　知士無思慮之變則不樂，辯士無談說之序則不樂，察士無凌誶之事則不樂，皆囿於物者也。招世之士興朝，中民之士榮官，筋力之士矜難，勇敢之士奮患，兵革之士樂戰，枯槁之士宿名，法律之士廣治，禮教之士敬容，仁義之士貴際。農夫無草萊之事則不比，商賈無市井之事則不比。庶人有旦暮之業則勸，百工有器械之巧則壯。錢財不積則貪者憂，權勢不尤則誇者悲。勢物之徒樂變，遭時有所用，不能無爲也。此皆順比於歲，不物於易者也。馳其形性，潛之萬物，終身不反，悲夫！

我們不得不佩服作者洞察世情的目光，如此深刻而敏銳。作者發現，有智謀的人以尋找抒發思慮的事變爲快樂，善詭辯的人以捕捉提供談說的事端爲快樂，觀察力強的人以擠身互相傾軋爭吵的事務爲快樂，有抱負者以振興朝廷的威信爲快樂，得民意者以獲取榮耀的官位爲快樂，力氣大的人以救急救難爲快樂，勇敢的人以排解他人痛苦爲快樂，軍旅之徒以征戰攻伐爲快樂，隱逸之士以沽名釣譽爲快樂，講求法律的人以推廣法治爲快樂，講求禮教的人以整肅儀容爲快樂，講求仁義的人以參與交際爲快樂，種地的人爲沒有耕種的農事鬱悶，經商的人爲沒有生意而鬱悶。普通百姓日可勞作就會奮勉，手藝人用得上一技之長就氣壯。取財不多貪婪的人就會憂慮，權勢不大好矜誇的人就會悲傷，逞能生事的人喜歡發生變亂的時機。作者掃描了俗世中的各色人等，要言不繁。

作者這裡雖然不具體展開論述，但是寓議論於敘事，一口氣列舉了 19 種眾生相，以極簡括的話語勾勒出人間百態，是一種全方位的觀照和掃描，讓世情俗欲窮形盡相，顯示了眼光的銳利、視野的寬廣，思想的深刻。最後概括：這些人都是逐時俯仰，拘限於一事而茅塞不通。他們放任自己的形體和本性，淹沒在萬事萬物之中，終生不悟，可悲啊！寓批判於議論之中，對世相扭曲變態寄予的同情，尤顯得深切而明著。

雜篇《外物》開端提出「外物不可必」：

> 外物不可必。故龍逢誅，比干戮，箕子狂，惡來死，桀紂亡。人主莫不欲其臣之忠，而忠未必信，故伍員流於江，萇弘死於蜀，藏其血三年而化爲碧。人親莫不欲其子之孝，而孝未必愛，故孝己憂而曾參悲。木與木相摩而燃，金與火相守則流。陰陽錯行，則天地大絯，於是乎有雷有霆，水中有火，乃焚大槐。有甚憂兩陷而無所逃，螴蜳不得成，心若縣於天地之間，慰暋沈屯，利害相摩，生火甚多，眾人焚和，月固不勝火，於是乎有僓然而道盡。

作者提出「外在事物沒有定準」的論點後，多層次展開論證。第一層，列舉了直臣龍逢、比干和箕子，權臣惡來、無道君王商紂爲例，證明強使外部環境順適己意，不但無法如願，反而招致殺身之禍。龍逢、比干那樣的忠臣卻被殺戮了；箕子那樣的忠臣卻被逼瘋了；惡來那樣的佞臣，夏桀、商紂那樣的爲非作歹的昏君也一樣地死去了。第二層，舉忠臣伍員、萇弘和孝子孝己、曾參爲例，證明忠未必見信、孝未必見愛。君主沒有不願意自己的臣

僕忠心的,可是忠臣也未必受到君主的信任。所以伍員的屍體被漂流在大江裏;萇弘死在蜀國,把他的血藏起來,三年之後變成了碧玉。父母沒有不願意自己的兒女孝順的,然而孝順未必能見愛,所以孝己憂苦而曾參悲愁。第三層把目光擴大到自然界,舉木料磨擦燃燒,金屬熔化,陰陽、心情錯亂,都會有不測的現象發生,進一步論證了「不可必」的命題。木料相磨擦,就會燃燒;金屬與火在一起,就會熔化。陰陽之氣交錯運行,天地就會有大的震動,於是發出雷電,雨中火起,就焚燒了大槐樹。有人憂慮過甚,陷於利害兩端而無所逃避,驚惶不定而無所成,心好像懸掛在天地之間一樣。心情鬱悶,行動遲滯,利害在內心交相磨擦,就生出很大的火氣。人與人之間焚毀了和氣,內心的清寧不能克制焦急,於是會精神頹廢而把道德喪盡。

　　我們可以看到,這一段「卮言」在論證的邏輯結構上井然有序,有很強的說服力。作者在該篇文章接下去的部分,或「卮言」、或「重言」、或「寓言」,也多是圍繞「外物不可必」這一命題展開言說,雜撰成篇。

　　雜篇《寓言》中闡述「卮言」的話題:

　　　　卮言日出,和以天倪,因以曼衍,所以窮年。不言則齊,齊與言不齊,言與齊不齊也,故曰無言。言無言,終身言,未嘗言;終身不言,未嘗不言。有自也而可,有自也而不可;有自也而然,有自也而不然。惡乎然?然於然。惡乎不然?不然於不然。惡乎可?可於可。惡乎不可?不可於不可。物固有所然,物固有所可,無物不然,無物不可。非卮言日出,和以天倪,孰得其久!萬物皆種也,以不同形相禪,始卒若環,莫得其倫,是謂天均。天均者天倪也。

這裡,我們只就這段「卮言」的話語形態,即從行文體式上審視它的特點。作者在《寓言》開篇先總提「寓言」、「重言」、「卮言」特點,進而再作分論。這一段分論「卮言」。第一層,先指出「卮言」的特點,是多而合乎自然分際,並能流傳久遠。所謂無心之言層出不窮,合於自然的分際,散漫流衍,優游終身。第二層,闡述「卮言」是無主觀性的言說,重在契合自然分際,因為自然萬物中,可與不可、是與不是,都有原因、都有道理。作者提出:不言說,物理自然齊一;本來齊一的,加上了主觀性言說,就不齊一了;主觀性言說加上齊一,也不齊一了,所以要發表沒有主觀性的言說。發表沒有主觀性的言說,則終身在言說,卻像不曾言說;即使終身不言說,卻也未嘗不言說。可有可的原因,不可有不可的原因;是有是有原因,不是有不是的原因。

怎樣算是？是有是的道理，怎樣算不是？不是有不是的道理。怎樣算可？可有可的道理。怎樣算不可？不可有不可的道理。凡物固有所是，凡物固有所可，沒有什麼東西不是，沒有什麼東西不可。第三層為假設論證，反面申說創作「卮言「的必要性。作者假設：要不是無心之言日出不窮，合於自然的分際，怎能維持長久！第四層，指出萬事萬物都在道的循環之中，自然分際與道為一，補充說明了「卮言」的合理性。作者強調，萬物各有種類，以不同的形狀相傳接，始終循環，沒有端倪，這就是自然平均的道理，自然的平均就是自然的分際。由此看來，關於「卮言」的闡釋，形式上似乎也是零零碎碎地說，隨隨便便地說，但卻有不待安排而自有安排的理致。

4.3.3 縱深探索式

莊子的「卮言」還有一類是對問題進行較為全面、深入的思考，作縱深式探索，從文體上看，篇幅更長，視野更寬，議論縱橫恣肆，深宏而透徹。

內篇《齊物論》開篇先以「重言」故事的形式，提出「吾喪我」說，亦即去除「成心」、成見的觀點，並通過子游引出對「地籟」的鋪陳，意在營造語境，緊接著展開如下的論述：

> 大知閑閑，小知閒閒；大言炎炎，小言詹詹。其寐也魂交，其覺也形開；與接為搆，日以心鬭：縵者，窖者，密者。小恐惴惴，大恐縵縵。其發若機栝，其司是非之謂也；其留如詛盟，其守勝之謂也。其殺若秋冬，以言其日消也；其溺之所為之，不可使復之也；其厭也如緘，以言其老洫也；近死之心，莫使復陽也。喜怒哀樂，慮歎變慹，姚佚啟態。樂出虛，蒸成菌。日夜相代乎前，而莫知其所萌。已乎，已乎！旦暮得此，其所由以生乎！

> 非彼無我，非我無所取。是亦近矣，而不知所為使。若有真宰，而特不得其眹。可行己信；而不見其形，有情而無形。

> 百骸、九竅、六藏，賅而存焉，吾誰與為親？汝皆說之乎？其有私焉？如是皆有為臣妾乎？其臣妾不足以相治乎？其遞相為君臣乎？其有真君存焉？如求得其情與不得，無益損乎其真。

> 一受其成形，不忘以待盡。與物相刃相靡，其行盡如馳，而莫之能止，不亦悲乎！終身役役而不見其成功，　然疲役而不知其所歸，可不哀邪！人謂之不死，奚益！其形化，其心與之然，可不謂

大哀乎？人之生也，固若是芒乎？其我獨芒，而人亦有不芒者乎？

夫隨其成心而師之，誰獨且無師乎？奚必知代而心自取者有之？愚者與有焉。未成乎心而有是非，是今日適越而昔至也。是以無有爲有。無有爲有，雖有神禹，且不能知，吾獨且奈何哉！

夫言非吹也。言者有言，其所言者特未定也。果有言邪？其未嘗有言邪？其以爲異於鷇音，亦有辯乎？其無辯乎？

道惡乎隱而有眞僞？言惡乎隱而有是非？道惡乎往而不存？言惡乎存而不可？道隱於小成，言隱於榮華。故有儒墨之是非，以是其所非而非其所是。欲是其所非而非其所是，則莫若以明。

物無非彼，物無非是。自彼則不見，自是則知之。故曰彼出於是，是亦因彼。彼是方生之說也。雖然，方生方死，方死方生；方可方不可，方不可方可；因是因非，因非因是。是以聖人不由，而照之於天，亦因是也。

是亦彼也，彼亦是也。彼亦一是非，此亦一是非。果且有彼是乎哉？果且無彼是乎哉？彼是莫得其偶，謂之道樞。樞始得其環中，以應無窮。是亦一無窮，非亦一無窮也。故曰莫若以明。

這段「卮言」共有 9 個自然段，內容豐富，論述精彩，見解深刻。第一段文字，我們今天看來較爲古奧、簡括。主要內容是概括、描述當世之人喜好言辯的情形：有大智慧的人學問很廣博，有小智慧的人討論問題很精細；大辯論盛氣凌人，小辯論喋喋不休。他們睡覺的時候精神交錯，醒來的時候形體不寧，和外界接觸糾纏不清。整天勾心鬥角。有的出語遲緩，有的發言設下圈套，有的用辭機謹嚴密。小的恐懼垂頭喪氣，大的恐懼驚魂失魄。他們發言好像放出利箭一般，專心窺伺別人的是非來攻擊；他們不發言的時候就好像發過誓一樣，只是默默不語地等待致用的機會；他們頹廢如同秋冬景物凋零，這是說他們一天天地在消毀；他們沉溺在所作所爲當中，無法使自己恢復生意；他們心靈閉塞如受束縛，這是說愈老愈不可自拔；走向死亡道路的心靈，再也沒有辦法使他們恢復活潑的生氣了。他們時而欣喜，時而憤怒，時而悲哀，時而快樂，時而憂慮，時而嗟歎，時而反覆，時而驚懼，時而浮躁，時而放縱，時而張狂，時而作態；好像音樂從虛器中發出來，又像菌類由地氣的蒸發中生成一樣。這種種情態日夜在心中交侵不已，但不知道它們

是怎樣發生的，算了吧，算了吧！一旦恍悟到這些情態發生的道理，就可以明白這些情態所以發生的根由了吧！

我們看到，作者先對百家爭鳴的世態、不同學派交互立言立說的局面，亦即人情不齊的種種表現，作了形象的勾勒、生動的評述，突顯出眾人役役迷失自我之狀，並致深情的感慨。第二段論述世人不知有「真宰」；第三段描述人之內心私念的鬥爭；第四段再論述世人的昏昧，終身馳逐形體殘敗而不悟。一至四段，「行文似問似詰，一反一復，翻跌而下，意在歸結到形骸、私情的不齊上。」〔註33〕第五段論述「陳見」引出是非；第六段說囿於「成見」而枉自言說；第七段論述道被遮蔽，遂有「成見」，引發了是非之爭，提出要「以明」；第八段論述道寓於事物的相對待而轉化之中；第九段論述無非轉化沒有窮盡，進而提出要「以明」，即用明靜的心境去觀照事物的實況。作者從世象百態入手，分析原因，漸轉漸深，由昏昧而論及真宰，由真宰而論及成心，由成心而論及道被摭蔽，由道被遮蔽論及要以明。提出問題、分析問題、解決問題，整個論述過程極富於思辯色彩。

接下去，作者提出「以指喻指之非指，不若以非指喻指之非指也；以馬喻馬之非馬，不若以非馬喻馬之非馬也。天地一指也，萬物一馬也。」這是一個比喻性、論述性言說。 以大拇指來說明大拇指不是手指，不如以非大拇指不說明大拇指不是手指；以白馬不說明白馬不是馬，不如以非白馬不說明白馬不是馬。其實，從事理相同的觀點來看，天地就是一「指」，萬物就是一「馬」。這裡，以指、馬為喻，闡述世間沒有什麼定準，彼此、是非都是相對的，如果取消雙方的對立，任其自然，兩者之間就不存在區別。於是，作者又進一步提出、論證「道通為一」、「天地與我並生，而萬物與我為一。」我們不祥加分析，僅此足可窺見縱深探索式「巵言」行文的特點。

內篇《大宗師》前面部分也屬縱深探索式「巵言」：

> 知天之所為，知人之所為者，至矣。知天之所為者，天而生也；
> 知人之所為者，以其知之所知以養其知之所不知，終其天年而不中
> 道天者，是知之盛也。
>
> 雖然，有患。夫知有所待而後當，其所待者特未定也。庸詎知
> 吾所謂天之非人乎？所謂人之非天乎？且有真人而後有真知。何謂

〔註33〕方勇、陸永品：《莊子詮評》，巴蜀書社，1998年9月版，第48頁。

眞人？

　　古之眞人，不逆寡，不雄成，不謨士。若然者，過而弗悔，當而不自得也；若然者，登高不慄，入水不濡，入火不熱。是知之能登假於道者也若此。

　　古之眞人，其寢不夢，其覺無憂，其食不甘，其息深深。眞人之息以踵，眾人之息以喉。屈服者，其嗌言若哇。其嗜欲深者，其天機淺。

　　古之眞人，不知說生，不知惡死；其出不訢，其入不距；翛然而往，翛然而來而已矣。不忘其所始，不求其所終；受而喜之，忘而復之，是之謂不以心損道，不以人助天。是之謂眞人。若然者，其心忘，其容寂，其顙頯；淒然似秋，暖然似春，喜怒通四時，與物有宜而莫知其極……

　　古之眞人，其狀義而不朋，若不足而不承；與乎其觚而不堅也，張乎其虛而不華也；邴乎其似喜也，崔乎其不得已也！滀乎進我色也，與乎止我德也；厲乎其似世也！謷乎其未可制也；連乎其似好閉也，悗乎忘其言也。以刑爲體，以禮爲翼，以知爲時，以德爲循。以刑爲體者，綽乎其殺也；以禮爲翼者，所以行於世也；以知爲時者，不得已於事也；以德爲循者，言其與有足者至於丘也；而人眞以爲勤行者也。

　　故其好之也一，其弗好之也一。其一也一，其不一也一。其一與天爲徒，其不一與人爲徒。天與人不相勝也，是之謂眞人。

這裡，共有七個自然，討論的是關於天與人的關係問題，通過虛擬「古之眞人」展開論述，條理清晰，邏輯嚴謹。第一段先提出天然與人爲的概念；第二段提出天然與人爲該如何區別，問而不答，爲引出眞人進行必要的過渡；第三段論述古之眞人忘懷於物忘懷於我的情況；第四段表述古之眞人無所嗜欲的情況；第五、六段表述古之眞人超然於生死之外的情況，不計生死，隨物而變，應時而行的情況；第七段論述古之眞人與天合一的情況。這裡所謂的古之眞人，實際上作者理想中的入道之人。入道之人是什麼樣的一種境界？作者從忘物我、忘嗜欲、忘生死，直至身與道諧、天人合一等層面進行論述。論述話語的層次感很強，討論的問題漸次深入，文體上不斷往縱深擴展。進

而，作者又以生死、日夜人所不能干預的現象，以及「魚相與處於陸」、「藏舟於壑」等「寓言」故事，進一步作比喻和暗示，補充說明放棄得失、順隨天道的道理。在此基礎上作者，作者轉入對道的表述：

> 夫道，有情有信，無爲無形；可傳而不可受，可得而不可見；自本自根，未有天地，自古以固存；神鬼神帝，生天生地；在太極之先而不爲高，在六極之下而不爲深，先天地生而不爲久，長於上古而不爲老。

這段文字被後世學者認爲是莊子對道的經典闡釋。指出道是客觀存在的，但卻不見其動靜痕迹；道只能心傳、心悟，卻不能口授、目視；道超越了時間，也超越了空間。換言之，道貫古今，無所不在。前述懷道之人的境界、道的妙用，至此又進一步回答了道爲何物。可以看出，隨著作者對問題探討的漸次深入和推進，文體也進步得到擴展。

外篇《刻意》談的也是養生之道：

> 刻意尚行，離世異俗，高論怨誹，爲亢而已矣：此山谷之士，非世之人，枯槁赴淵者之所好也。語仁義忠信，恭儉推讓，爲修而已矣：此平世之士，教誨之人，遊居學者之所好也。語大功，立大名，禮君臣，正上下，爲治而已矣：此朝廷之士，尊主強國之人，致功併兼者之所好也。就藪澤，處閒曠，釣魚閒處，無爲而已矣：此江海之士，避世之人，閒暇者之所好也。吹呴呼吸，吐故納新，熊經鳥申，爲壽而已矣：此道引之士，養形之人，彭祖壽考者之所好也。若夫不刻意而高，無仁義而修，無功名而治，無江海而閒，不道引而壽，無不忘也，無不有也，澹然無極而眾美從之。此天地之道，聖人之德也。
>
> 故曰，夫恬惔寂漠虛無無爲，此天地之本，而道德之質也。故曰，聖人休焉則平易矣，平易則恬惔矣。平易恬惔，則憂患不能入，邪氣不能襲，故其德全而神不虧。故曰，聖人之生也天行，其死也物化；靜而與陰同德，動而與陽同波；不爲福先，不爲禍始；感而後應，迫而後動，不得已而後起。去知與故，循天之理。故曰，無天災，無物累，無人非，無鬼責。不思慮，不豫謀。光矣而不燿，信矣而不期。其寢不夢，其覺無憂，其生若浮，其死若休。其神純粹，其魂不罷。虛無恬惔，乃合天德。故曰，悲樂者，德之邪；喜

怒者，道之過；好惡者，德之失。故心不憂樂，德之至也；一而不
變，靜之至也；無所於忤，虛之至也；不與物交，淡之至也；無所
於逆，粹之至也。故曰，形勞而不休則弊，精用而不已則竭。水之
性，不雜則清，莫動則平；鬱閉而不流，亦不能清，天德之象也。
故曰，純粹而不雜，靜一而不變，惔而無為，動而天行，此養神之
道也。

　　夫有干越之劍者，柙而藏之，不敢輕用也，寶之至也。精神四
達並流，無所不極，上際於天，下蟠於地，化育萬物，不可為象，
其名為同帝。純素之道，惟神是守；守而勿失，與神為一；一之精
通，合於天倫。野語有之曰：「眾人重利，廉士重名，賢人尚志，聖
人貴精。」故素也者，謂其無所與雜也；純也者，謂其不虧其神也。
能體純素，謂之真人。

本文與內篇《養生主》的篇章形式不同。《養生主》以「寓言」為主要手段，
而《刻意》通篇是一段「卮言」。開篇部分，用排比的句式，先討論為亢、為
修、為治、為閒、為壽等五類俗人，點出他們的行事志趣，以此作為鋪墊、
襯托，然後筆峰一轉，談到能夠「不雕礪心志而高尚，不講仁義而修身，不
求功名而治世，不處江海而閒遊，不事導引而高壽」，做到「恬淡無極而眾美
會聚，這是天地的大道，聖人的成德。」如果就此打住，聖人的養生之法不
免顯得抽象，所以作者接下去又用了六個「故曰」，討論聖人的天賦秉性和動
靜出處規範，亦即聖人之德，其要點就是：寂寞恬淡虛靜無為，從而點出全
文的主旨：「此養神之道也。」為了突出此旨，又引養劍、野語進一步申論，
最終結以「能體純素，謂之真人。」全文可謂思路縝密，結體嚴謹，技法純
熟。

4.4 《莊子》散文語錄體「卮言」特徵

　　《莊子》散文中的部分「卮言」，帶有先秦「語錄體」散文的明顯特徵，
我們稱之為語錄體「卮言」。語錄體「卮言」是《莊子》散文「卮言」的重要
組成部分，也是《莊子》全書的一大特色。書中共有 20 多則有莊子出場的「卮
言」故事。由於莊子的出場，使這 20 多則「卮言」故事有別於上文所論述各
種型態的「卮言」故事，也有別於「寓言」、「重言」，表現出鮮明的個性色彩。

爲此，我們著眼於討論的方便，將其單列爲一節。語錄體「厄言」基本上可以歸爲以下幾種類型。

4.4.1 單純議論式

這一類的「厄言」以議論爲主，人物對話的安排，只是爲托出話題，爲莊子出場發表言說作個鋪墊。因爲記述的是單純的對話，語錄體散文的風格最爲明顯。內篇《德充符》中寫莊子談所謂人情：

> 惠子謂莊子曰：「人故無情乎？」莊子曰：「然。」惠子曰：「人而無情，何以謂之人？」莊子曰：「道與之貌，天與之形，惡得不謂之人？」惠子曰：「既謂之人，惡得無情？」莊子曰：「是非吾所謂情也。吾所謂無情者，言人之不以好惡內傷其身，常因自然而不益生也。」惠子曰：「不益生，何以有其身？」莊子曰：「道與之貌，天與之形，無以好惡內傷其身。今子外乎子之神，勞乎子之精，倚樹而吟，據槁梧而瞑，天選子之形，子以堅白鳴！」

故事記述了莊子與惠子的一次對話。惠子問莊子，人是沒有情的嗎？莊子說，是的。惠子說，人如果沒有情，怎麼稱作人？莊子說，道給人容貌，天給人形體，怎麼不能稱爲人？以上兩個回合的問答，並沒有使莊子明確表達出如何理解人之有情。於是，惠子又進一步追問說，既然稱爲人，怎麼沒有情？莊子說：「這不是我所說的情。我所說的無情，乃是說不以好惡損害自己的本性，經常順任自然而不用人爲去增益。」惠子說，不用人爲去增益，怎麼能夠保存自己的身體？莊子說：「道給了人容貌，天給了人形體，不以好惡損害自己的本性。現在你馳散你的心神，勞費你的精力，倚在樹下歌吟，靠著几案休息。天給了你形體，你卻自鳴得意于堅白之論。」

這個「厄言」小故事中，惠子圍繞人之有情與否，不依不饒，硬是逼出莊子的答案。故事一問一答，步步推進，莊子既闡述了他的人情觀，又使得言說的過程迴旋婉轉，趣味盎然。

外篇《天運》中寫莊子談關於「仁」的話題：

> 商大宰蕩問仁於莊子。莊子曰：「虎狼，仁也。」曰：「何謂也？」莊子曰：「父子相親，何爲不仁？」曰：「請問至仁。」莊子曰：「至仁無親。」大宰曰：「蕩聞之，無親則不愛，不愛則不孝。謂至仁不孝，可乎？」莊子曰：「不然。夫至仁尚矣，孝固不足以言之。此非

過孝之言也，不及孝之言也。夫南行者至於郢，北面而不見冥山，是何也？則去之遠也。故曰以敬孝易，以愛孝難；以愛孝易，以忘親難；忘親易，使親忘我難；使親忘我易，兼忘天下難；兼忘天下易，使天下兼忘我難。夫德遺堯舜而不爲也，利澤施於萬世，天下莫知也，豈直太息而言仁孝乎哉！夫孝悌仁義，忠信貞廉，此皆自勉以役其德者也，不足多也。故曰，至貴，國爵並焉；至富，國財並焉；至願，名譽並焉。是以道不渝。」

談話由宋國大宰蕩的發問開始。莊子說虎狼也有仁性。大宰問這怎麼說？莊子說，父子相親，爲什麼不是仁？這裡，大宰問「仁」，本是很嚴肅的問題。莊子卻由虎狼談起，分明是顧左右而言他。爲此大宰直說，我問的是「至仁」。莊子說，至仁超乎親愛。大宰說，無親便不愛，不愛便不孝。要說至仁爲孝，可以嗎？這裡又是一個回合的問答。大宰提出了自己的主張即「至仁爲孝」。莊子馬上予以糾正說：「不是的。至仁是最高的境界，孝還不足以說明它。你所說的並沒有超過孝，而是沒有達到孝的境界。」接下去莊子先做了一個比喻說：往南走到郢都，向北就看不到冥山，這是爲什麼呢？距離太遙遠了。這暗示出行事的方法不對。進而他用複沓的句式闡釋孝與愛的局限性，並歸結到應該做到忘我、忘物：「用敬來行孝容易，用愛來行孝難；用愛來行孝容易，使父母安適難；使父母安適容易，讓父母不牽掛我難；讓父母不牽掛我容易，使天下安適難；使天下安適容易，讓天下忘我難。蔑視堯舜不足以爲德，澤及萬世而天下不知，難道還要讚歎誇稱孝嗎？孝悌仁義，忠信貞廉，這些都被稱爲美德而勞苦人性的，卻是不足尚的。所以說：最尊貴的，一國的爵位可以棄之不顧；最富足的，一國的財貨可以棄之不顧；最顯榮的，任何名譽可以棄之不顧。因此大道是永恒不變的。」

這個故事中，開頭安排了曲折的對話後，莊子展開了關於「至仁是最高境界」的論述。特別值得注意的是，莊子在論述中設置了四組「難」與「易」的對比，層層推論，漸進式闡發，表現出很強的邏輯性，富於話語的迴環反覆之美。末了又用了排比句，言至貴、至富、至願之物，都可以棄之，反襯出至仁境界的崇高、博大與美妙。

雜篇《外物》中寫莊子談無用之用的話題：

> 惠子謂莊子曰：「子言無用。」莊子曰：「知無用而始可與言用矣。天地非不廣且大也，人之所用容足耳。然則廁足而墊之，致黃

> 泉，人尚有用乎？」惠子曰：「無用。」莊子曰：「然則無用之爲用
> 也亦明矣。」

故事寫莊子回答惠子關於無用之用的問題。莊子說，知道無用才能跟他談有用。天地並非不廣大，人所用的只是容足之地罷了。然而如把立足以外的地方都挖空，深及黃泉，人所站的這塊地方還有用嗎？惠子說，那沒有用。莊子說，那麼所謂無用的用處也就明白了。

這個故事的對話簡單明瞭。惠子直白地稱莊子的言論沒有用。莊子反駁，他作了一個比喻，形象生動，又富於哲學思辨意味地顛覆了惠子的觀點。

《外物》中又寫莊子談偏滯的話題：

> 莊子曰：「人有能遊，且得不遊乎？人而不能遊，且得遊乎？夫
> 流遁之志，決絕之行，噫，其非至知厚德之任與！覆墜而不反，火
> 馳而不顧，雖相與爲君臣，時也，易世而無以相賤。故曰至人不留
> 行焉。夫尊古而悲今，學者之流也。且以狶韋氏之流觀今之世，夫
> 孰能不波？唯至人乃能遊於世而不僻，順人而不失己。彼教不學，
> 承意不彼。」

莊子這段「厄言」邏輯結構也很值注意。開頭對舉而出，給讀者一個比較的空間：「人若能遊心自適，哪有不優游自得呢；人如不能遊心自適，哪得能優游自得呢？」接下去，作者先從反面批評不能遊心而陷於偏執者的錯誤：「流蕩忘返的心志，固執孤異的行爲，唉，那都不是厚德的人所爲的！陷溺而不返，火急而不需，雖然相互易位，有的爲君，有的做臣，只是一時之爭而已。世代變易便都不得視人爲低下了。所以說至人無偏滯的行徑。」作者從批評入手，引出至人無偏執的結論，這就給偏執者指明了糾正、自新的方向。進而作者對至人與非至人所爲作了區隔：「尊古而卑今，乃是學者之流。如果以狶韋氏之流看當今之世，誰能不偏頗呢？唯有至人才能遊心於世而不偏僻，順隨人情而不喪失自己。他們的教條我們不學，承受眞義而不認同於他們。」我們看出，作者把「尊古卑今」、「狶韋氏之流」與至人剝離開來，並指出做到遊心的正確途徑。

這一則「厄言」完全是莊子「語錄」，只出現莊子言說，沒有出現對話故事，情節被簡化了。在言說中，以能遊心與不能遊心兩種情況正反面對舉，增強了啓發性；又從批評偏執者的所爲，推出至人無偏滯；再從至人無偏滯，反觀流俗風氣，再推出至人遊心於世、順隨人情而不喪己。多比襯、多轉折，

行文靈動活潑。話語不多，卻極富於變化。

雜篇《寓言》中寫莊子談孔子的話題：

> 莊子謂惠子曰：「孔子行年六十而六十化，始時所是，卒而非之，未知今之所謂是之非五十九非也。」惠子曰：「孔子勤志服知也。」莊子曰：「孔子謝之矣，而其未之嘗言。孔子云：『夫受才乎大本，復靈以生。鳴而當律，言而當法，利義陳乎前，而好惡是非直服人之口而已矣。使人乃以心服，而不敢蘁立，定天下之定。』已乎已乎！吾且不得及彼！」

這裡，莊子並沒有旗幟鮮明地提出主張，而是在談說、評論孔子中體現莊子的觀點。他稱道孔子不拘於成說，有一種與時俱化的思想；棄絕用智，未嘗多說，只有當需要澄清是非之辨、立定準則時才說。這與莊子齊物我、齊是非的觀點迥異，但莊子還是給了孔子正面的稱道。

雜篇《徐无鬼》中寫莊子婉勸惠施勿事言辯的話題：

> 莊子曰：「射者非前期而中，謂之善射，天下皆羿也，可乎？」惠子曰：「可。」莊子曰：「天下非有公是也，而各是其所是，天下皆堯也，可乎？」惠子曰：「可。」莊子曰：「然則儒墨楊秉四，與夫子為五，果孰是邪？或者若魯遽者邪？其弟子曰：『我得夫子之道矣，吾能冬爨鼎而夏造冰矣。』魯遽曰：『是直以陽召陽，以陰召陰，非吾所謂道也。吾示子乎吾道。』於是為之調瑟，廢一於堂，廢一於室，鼓宮宮動，鼓角角動，音律同矣。夫或改調一弦，於五音無當也，鼓之，二十五弦皆動，未始異於聲，而音之君已。且若是者邪？」惠子曰：「今夫儒墨楊秉，且方與我以辯，相拂以辭，相鎮以聲，而未始吾非也，則奚若矣？」莊子曰：「齊人蹢子於宋者，其命閽也不以完，其求鈃鍾也以束縛，其求唐子也而未始出域，有遺類矣！夫楚人寄而蹢閽者，夜半於無人之時而與舟人鬥，未始離於岑而足以造於怨也。」

這段「卮言」故事別具一格，不是由別人的話引出莊子言說，而是由莊子先發難，接連舉出射箭歪打正著、天下各自以為是、魯遽弟子自以為得鼓琴之道等一曲之士、囿於己見的三個事例，婉諷惠子之非。接著，惠施問：「現在要是儒、墨、楊、公孫龍四家，正和我們辯論，用言語相對抗，用聲音相壓制，卻未必是我錯，那怎麼會和他們相似呢？」莊子沒在正面回答，而是舉

宋人輕子重物、楚人爭鬥構怨二事：「齊國有人把他們的兒子放在宋國，命他像殘廢者一樣做守門人，他自己有個小鐘卻包紮起來唯恐破損；有人尋找遺失的小孩卻不走出村子外面去找，這和各家的辯論相類似！楚國有個寄居別人家而怒責看門的人，在半夜無人的時候和船夫爭鬥，船還沒有靠岸卻已造成仇怨了。」我們可以看出，莊子寓議論、批評、婉諷於敘事之中，表達了勸誡惠施勿追逐於辭辨、爭強好勝、囿於偏見的思想。

4.4.2 體驗感悟式

這一類的故事，都有莊子身世的片斷背景，或處事、或交遊、或夢境，莊子總是從一些生活細節中敏感地品嘗人生，體悟大道，發表深刻的見解。《齊物論》篇中寫莊子夢蝶：

> 昔者莊周夢爲胡蝶，栩栩然胡蝶也，自喻適志與，不知周也。
>
> 俄然覺，則蘧蘧然周也，不知周之夢爲胡蝶與，胡蝶之夢爲周與？
>
> 周與胡蝶，則必有分矣。此之謂物化。

莊周從一個夢感悟出大道。莊周做夢自己變成蝴蝶，那是翩翩然飛舞的一隻蝴蝶呀，飛往各處優游自在，根本不知道自己原來是莊周。忽然從夢中醒過來，意識到自己分明是莊周。不知是莊周做夢化成蝴蝶呢，還是蝴蝶做夢化爲莊周？莊周和蝴蝶必定是有所分別的。這種轉變就叫做物化。

「物化」是莊子哲學中一個重要的的概念，指萬物都在大道的境域中生成死滅，不斷流轉變化。夢是一種生理特徵，是虛幻的，屬於人類意識領域的現象。莊子用夢境作爲他理論的實證，用唯物主義的眼光來看，顯然是荒謬的。但從莊子齊萬物、齊生死的哲學觀點來看，又是很值玩味的。特別是從文學的角度來解讀，不禁讓人覺得妙筆生花，趣味盎然。也正因此，莊周之夢，成爲千古傳誦的好夢。

外篇《秋水》中寫濠梁之辯：

> 莊子與惠子游於濠梁之上。莊子曰：「儵魚出遊從容，是魚之樂也。」惠子曰：「子非魚，安知魚之樂？」莊子曰：「子非我，安知我不知魚之樂？」惠子曰：「我非子，固不知子矣；子固非魚也，子之不知魚之樂，全矣。」莊子曰：「請循其本。子曰『汝安知魚樂』云者，既已知吾知之而問我。我知之濠上也。」

莊子與惠施一相遇就會有思想的火花閃現。他兩在濠水橋上看魚，引起辯論，

也反映了莊子安閒自適的生活片斷。莊子感歎魚很快樂，惠施說莊子不是魚，不可能知道魚不否快樂。莊子說他是在濠水橋上知道了魚快樂。從邏輯上說，莊子的話顯然帶有詭辨的色彩。惠施的話包含一個嚴密的邏輯三段論，把它還原出來就是：魚知道魚的快樂（大前提）；莊子是魚（小前提）；所以莊子知道魚的快樂（結論）。從這個邏輯三段論看，小前提出了問題，得不出結論。所以惠施的話是對的。但是從另一面看，莊子也對，因爲他表達的是一種審美的直觀感受。更重要的是莊子是以齊物我的眼光來看待魚類，所以自然得出遊人與遊魚同樂的結論。

外篇《至樂》中寫莊子從妻之死談到生死觀：

> 莊子妻死，惠子弔之，莊子則方箕踞鼓盆而歌。惠子曰：「與人居，長子，老，身死，不哭亦足矣，又鼓盆而歌，不亦甚乎！」莊子曰：「不然。是其始死也，我獨何能無慨然！察其始而本無生，非徒無生也而本無形，非徒無形也而本無氣。雜乎芒芴之間，變而有氣，氣變而有形，形變而有生，今又變而之死，是相與爲春秋冬夏四時行也。人且偃然寢於巨室，而我噭噭然隨而哭之，自以爲不通乎命，故止也。」

莊子死了妻子，居喪卻很悠閒，還敲著盆子唱歌。惠施問說這不是太過份了嗎？莊子說：「不是這樣。當她剛死的時候，我怎麼能不哀傷呢？可是觀察她起初本來是沒有生命的，不僅沒有生命，而且還沒有形體，不僅沒有形體，而且還沒有氣息。在若有若無之間，變而成氣，氣變而成形，形變而成生命，現在又變而爲死。這樣生來死往的變化，就好像春夏秋冬四季的運行一樣。人家靜靜地安息在天地之間，而我還在啼啼哭哭，我以爲這樣是不通達生命的道理，所以才不哭。」

這裡，說的是莊子爲妻子送終的情形。莊子與妻子相伴一生，一朝死別，按理是很悲傷的，但是莊子時刻都在體悟著大道，他把妻子的生死也納入了大道輪轉流變的過程去思考，於是豁然開朗。故事以惠子的不忍，反襯莊子的通達，說明莊子正是以其齊生死的理論來指導生活。而莊子根據道生萬物的哲學描述生命的生成與死滅過程，相當生動細緻。

外篇《至樂》中還寫：

> 莊子之楚，見空髑髏，髐然有形，撽以馬捶，因而問之，曰：「夫子貪生失理，而爲此乎？將子有亡國之事，斧鉞之誅，而爲此乎？

將子有不善之行，愧遺父母妻子之醜，而爲此乎？將子有凍餒之患，而爲此乎？將子之春秋故及此乎？」於是語卒，援髑髏，枕而臥。夜半，髑髏見夢曰：「子之談者似辯士。視子所言，皆生人之累也，死則無此矣。子欲聞死之說乎？」莊子曰：「然。」髑髏曰：「死，無君於上，無臣於下；亦無四時之事，從然以天地爲春秋，雖南面王樂，不能過也。」莊子不信，曰：「吾使司命復生子形，爲子骨肉肌膚，反子父母妻子閭里知識，子欲之乎？」髑髏深矉蹙頞曰：「吾安能棄南面王樂而復爲人間之勞乎！」

這段「厄言」又是取材於莊子的一個夢。莊子到楚國，看見一個骷髏，便敲敲它，對它自言自語了一番，並隨手拿著骷髏，當作著枕頭睡覺。半夜裏，莊子夢見骷髏，於是互相間產生了一場對話。骷髏說死後沒有生人的累患，無君無臣，無四季無冷暖，從容自得和天地共長久，雖是國王的快樂，也不能勝過。莊子不相信，說要使掌管生命的神靈恢復它的形體，送它到前生父母妻子故鄉朋友那裡。骷髏聽了，眉目之間露出憂愁的樣子說：「我怎能拋棄國王般的快樂，而回覆到人間的勞苦呢？」

莊子日見骷髏，夜夢骷髏。骷髏在莊子筆下非但不今人生怖可畏，反而親切可愛。這正是莊子齊生死哲學觀觀的體現，故事賦予了骷髏以活人般的靈性，對死者傾注了與生人一樣的生命關懷。

外篇《山木》寫莊子談順其自然的生存哲學：

莊子行於山中，見大木，枝葉盛茂，伐木者止其旁而不取也。問其故，曰：「無所可用。」莊子曰：「此木以不材得終其天年夫！」出於山，舍於故人之家。故人喜，命豎子殺雁而烹之。豎子請曰：「其一能鳴，其一不能鳴，請奚殺？」主人曰：「殺不能鳴者。」明日，弟子問於莊子曰：「昨日山中之木，以不材得終其天年，今主人之雁，以不材死；先生將何處？」莊子笑曰：「周將處乎材與不材之間。材與不材之間，似之而非也，故未免乎累。若夫乘道德而浮游則不然，無譽無訾，一龍一蛇，與時俱化，而無肯專爲；一上一下，以和爲量，浮游乎萬物之祖，物物而不物於物，則胡可得而累邪！此神農、黃帝之法則也。若夫萬物之情，人倫之傳，則不然。合則離，成則毀；廉則挫，尊則議，有爲則虧，賢則謀，不肖則欺，胡可得而必乎哉！悲夫！弟子志之，其唯道德之鄉乎！」

一件小小的事就會引發莊子對人生的思考。莊子在山中看見一棵大樹，說那棵樹因為無用所以能享盡自然的壽命；路過朋友家，朋友高興，叫童僕殺一隻不會鳴叫的鵝請他。學生問莊子，樹之『不材』竟能享盡自然的壽命，鵝之『不材』卻招來殺身之禍，人要怎樣自處呢？莊子發表一番高論說：我將處於材和不材之間。材和不材之間，似乎是妥當的位置，其實不然，這樣還是不能免於累患。若是順著自然而處世，就不是這樣了。既沒有美譽也沒有毀辱，時現時隱如龍現蛇蟄，順著時序而變化，不偏滯於任何一個固定點；時進時退，以順任自然為原則，遊心於萬物的根源；主宰外物而不被外物所役使，這樣怎會受到累患呢！這是神農和黃帝的處世態度。若是萬物私情，人類的習慣，就不是這樣了；有聚合就有分離，有成功就有毀損；銳利就會遭到挫折，崇高就會受到傾覆；有為就會受到虧損，賢能就會被謀算，不肖就會被欺辱，怎麼可以偏執一方呢！可歎啊！弟子記住凡事只有順其自然。

　　這則「卮言」故事的情節較為曲折生動，莊子所體悟出的思想也較為複雜。從故事內容的安排上看，作者先敘述見到大木、殺不會鳴叫的鵝這兩件事。以此為背景，由弟子發問，莊子作答，藉此提出處於材與不材之間的實用主義人生觀。在一定環境下材會惹禍，但在另一環境下，不材也可能惹禍。為了全身遠禍，需要一種權宜的求生策略，這種思想正暗含了對當時惡劣社會環境的批判。

　　《山木》篇中又寫莊子談「貧」和「憊」：

> 莊子衣大布而補之，正緳係履而過魏王。魏王曰：「何先生之憊邪？」莊子曰：「貧也，非憊也。士有道德不能行，憊也；衣弊履穿，貧也，非憊也；此所謂非遭時也。王獨不見夫騰猿乎？其得枏梓豫章也，攬蔓其枝而王長其間，雖羿、蓬蒙不能眄睨也。及其得柘棘枳枸之間也，危行側視，振動悼慄；此筋骨非有加急而不柔也，處勢不便，未足以逞其能也。今處昏上亂相之間，而欲無憊，奚可得邪？此比干之見剖心徵也夫！」

莊子穿著破布衣、破鞋子去見魏王。魏王問何以這樣疲困。莊子說是貧窮，不是疲困。他解釋了疲困與貧窮的區別，指出貧窮是生不逢時造成的。他又以猿猴為例，說處在不利的形勢下，不能夠施展才能。進而再跳開貧窮來談疲困：「現在處於昏君亂相的時代，要想不疲困，怎麼可能呢？像比干的被剖心，不是個顯明的例證嗎？」

　　這個「厄言」故事從莊子衣著破敗，講到生不逢時，遭此昏亂之世。特別值得注意的是，作者闡述在形勢不利的情況下，只能為全身考慮，懷道守貧，也要懷道守儔。言談之間流露出身處亂世的無奈。

　　《山木》篇還寫莊子談物欲陷人於危機：

　　　　莊周遊於雕陵之樊，覩一異鵲自南方來者，翼廣七尺，目大運寸，感周之顙而集於栗林。莊周曰：「此何鳥哉，翼殷不逝，目大不覩？」蹇裳躩步，執彈而留之。覩一蟬，方得美蔭而忘其身；螳蜋執翳而搏之，見得而忘其形；異鵲從而利之，見利而忘其真。莊周怵然曰：「噫！物固相累，二類相召也！」捐彈而反走，虞人逐而誶之。莊周反入，三月不庭，藺且從而問之：「夫子何為頃間甚不庭乎？」莊周曰：「吾守形而忘身，觀於濁水而迷於清淵。且吾聞諸夫子曰：『入其俗，從其令。』今吾遊於雕陵而忘吾身，異鵲感吾顙，遊於栗林而忘真，栗林虞人以吾為戮，吾所以不庭也。」

這個「厄言」故事的情節相當完整。寫莊子出遊看到異鵲，由異鵲看到蟬，由蟬看到螳螂，物欲招引，環環相扣，每一物都處於危險境地，連自己也不能幸免，遭園子裏的人辱罵。莊子本意是對異鵲提高警惕，守護形體而忘了真性，弄得一連三天心情都好不起來。有經歷、有體會，一個善於反思的莊子寫得栩栩如生。只是後人側重於其中動物的相招相累，把它濃縮為成語「螳螂捕蟬，黃鵲在後」，而原來故事中的莊子反而被遺忘了。

　　雜篇《外物》中寫莊子借粟：

　　　　莊周家貧，故往貸粟於監河侯。監河侯曰：「諾。我將得邑金，將貸子三百金，可乎？」莊周忿然作色曰：「周昨來，有中道而呼者。周顧視車轍中，有鮒魚焉。周問之曰：『鮒魚來！子何為者邪？』對曰：『我，東海之波臣也。君豈有斗升之水而活我哉？』周曰：『諾。我且南遊吳越之土，激西江之水而迎子，可乎？』鮒魚忿然作色曰：『吾失我常與，我無所處。吾得斗升之水然活耳，君乃言此，曾不如早索我枯魚之肆！』」

莊子談一些人口惠而實不至。莊子家裏貧窮，向監河侯借米。監河侯答應等收了稅借給三百金。莊周板著臉說了魚困於轍的故事。魚在車轍中求以斗升之水活命，當得到自己允諾遊歷吳越後引西江的水來迎救時，魚板著臉說：「我失去了水，沒有容身之處。只要得到斗升的水就可以活命，你還這樣說，不

如早一點到乾魚市場上找我吧！」

這個「卮言」故事裏，刻畫監河侯只用了一句話，就把他口惠而實不至的刻薄相勾勒了出來。莊子借米遭到了婉拒，但他沒有求情，只講述了一個經歷過的鯽魚的故事，把所有的不滿、憤怒、譏諷都包含在其中。

雜篇《列禦寇》中寫莊子談薄葬：

> 莊子將死，弟子欲厚葬之。莊子曰：「吾以天地爲棺槨，以日月爲連璧，星辰爲珠璣，萬物爲齎送。吾葬具豈不備邪？何以加此！」
> 弟子曰：「吾恐烏鳶之食夫子也。」莊子曰：「在上爲烏鳶食，在下爲螻蟻食，奪彼與此，何其偏也！」

莊子快要死的時候，弟子們想厚葬他。莊子說：「我用天地做棺槨，用日月做雙璧，星辰做珠璣，萬物做殉葬。我的葬禮還不夠嗎？還有什麼比這更好的！」弟子說怕烏鴉老鷹吃了他。莊子說：「露天讓鴉鷹吃，土埋被蟻吃，從鴉的嘴裏搶來，給螞蟻吃，爲什麼這樣偏心呢？」

這個「卮言」故事，雖然簡單，卻把莊子做爲一個哲學家的形象定格在歷史的時空中。試想一個將死之人，還能夠從喪葬問題談出哲學大道理，古往今來，該是爲數不多吧？

4.4.3 引證說理式

這類的「卮言」故事，與前一類從自己親身經歷的事實出發進行說理不同，總是引用一個小故事，以小故事中所隱含的道理，作爲自己所持觀點、見解的佐證，不但增加了說服力，也增加了故事的形象性、感染力和可讀性。

《逍遙遊》篇中寫關於莊子談「用大」的話題：

> 惠子謂莊子曰：「魏王貽我大瓠之種，我樹之成而實五石，以盛水漿，其堅不能自舉也；剖之以爲瓢，則瓠落無所容。非不枵然大也，吾爲其無用而掊之。」莊子曰：「夫子固拙於用大矣。宋人有善爲不龜手之藥者，世世以洴澼絖爲事。客聞之，請買其方以百金。聚族而謀曰：『我世世爲洴澼絖，不過數金；今一朝而鬻技百金，請與之。』客得之，以說吳王。越有難，吳王使之將，冬與越人水戰，大敗越人，裂地而封之。能不龜手，一也；或以封，或不免於洴澼絖，則所用之異也。今子有五石之瓠，何不慮以爲大樽而浮乎江湖，而憂其瓠落無所容？則夫子猶有蓬之心也夫！」

惠子對莊子說，魏王送他一棵大葫蘆的種子，他種植成長而結出果實有五石之大；用來盛水，它的堅固程度卻不能自勝；把它割開來做瓢，則瓢大無處可容。莊子指責惠子不善於使用大的東西。他舉了一個例子，說有個宋國人善於製造一種保護手的皮膚不龜裂的藥物，世代祖傳無所大用，後來賣方子給客人，客人游說吳王，使它在冬天的水戰中派上用場，打敗越人，受割地封賞。「同樣一個不龜裂手的藥方，有人因此得到封賞，有人卻只是用來漂洗絲絮，這就是使用方法的不同。現在你有五石容量的葫蘆，為什麼不腰舟而浮游於江湖之上，反面發愁它太大無處可容呢？可見你的心還是茅塞不通啊！」

故事以莊子和惠施對話為基礎。惠施講了種葫蘆做瓢，大而無所用的經歷。莊子指斥他拙於用大。為了申說道理，他引用了「宋人善為不龜手之藥」的故事，並進而展開分析，最後又譏諷他茅塞不通。

《逍遙遊》還有一個故事寫大樹之用，也是「用大」的話題：

> 惠子謂莊子曰：「吾有大樹，人謂之樗。其大本擁腫而不中繩墨，其小枝捲曲而不中規矩，立之塗，匠者不顧。今子之言，大而無用，眾所同去也。」

惠子告訴莊子，他有一棵名為「樗」的大樹，樹干木瘤盤結而不合繩墨，它的小枝彎彎曲曲而不合規矩，生長在路上，匠人都不看它。現在你的言論，大而無用，大家都拋棄。這裡，惠子談樹只是一個引子、比喻，其意在於說明莊子的話大而無用。莊子為了回答這個問題，先引用了貓、黃鼠狼和犛牛的故事，說前者小而靈活，善捕老鼠，卻不免死於羅網之中；後者體大無比，卻不能捉鼠。由此，他展開議論：「今子有大樹，患其無用，何不樹之於無何有之鄉，廣莫之野，彷徨乎無為其側，逍遙乎寢臥其下。不夭斤斧，物無害者，無所可用，安所困苦哉！」這裡我們看到，莊子為說明問題引用的是「寓言」故事，而非自己親歷的事端。

外篇《秋水》中寫莊子談樂生：

> 莊子釣於濮水，楚王使大夫二人往先焉，曰：「願以境內累矣！」莊子持竿不顧，曰：「吾聞楚有神龜，死已三千歲矣，王以巾笥而藏之廟堂之上。此龜者，寧其死為留骨而貴乎？寧其生而曳尾於塗中乎？」二大夫曰：「寧生而曳尾塗中。」莊子曰：「往矣，吾將曳尾於塗中。」

莊子提倡無為，位高權重則易傷性。所以當楚威王派人去代致意願說，希望

將國內的政事委託他時，他在濮水邊持著魚竿垂釣如故，頭也不回地跟來人談到楚國神龜的故事。神龜死後三千年，楚王還把它盛在竹盒裏，用布巾包裹著，藏在廟堂之上。他問來人，寧可做神龜「死了留下一把骨頭讓人尊敬呢？還是願意活著，拖著尾巴在泥巴裏爬行？」來人說寧可活著，拖著尾巴在泥巴裏爬。莊子說：「那就請便吧，我還是希望拖著尾巴在泥巴裏爬行！」

這個「厄言」故事中，莊子為了拒絕夢王之聘，表明自己寧可在野貧窮地過活，也不願意入朝為高官，引用了楚有神龜的寓言故事。故事簡短，但形象生動，說服力極強，少少許用多多許。《列禦寇》中還寫：「或聘於莊子。莊子應其使曰：「子見夫犧牛乎？衣以文繡，食以芻菽，及其牽而入於大廟，雖欲為孤犢，其可得乎！」這個「厄言」也是寫莊子卻聘，也是引用寓言故事來說事，有異曲同工之妙。

《秋水》篇中還寫莊子諷惠子的故事：

> 惠子相梁，莊子往見之。或謂惠子曰：「莊子來，欲代子相。」於是惠子恐，搜於國中，三日三夜。莊子往見之，曰：「南方有鳥，其名為鵷雛，子知之乎？夫鵷雛，發於南海而飛於北海；非梧桐不止，非練實不食，非醴泉不飲。於是鴟得腐鼠，鵷雛過之，仰而視之曰：『嚇』！今子欲以子之梁國而嚇我邪？」

惠施怕莊子之來，如他人所言會搶其相位，讓他丟了飯碗，於是感到恐慌，就在國內搜尋莊子，搜了三天三夜。莊子去看他，對他說：南方有一種鳥，名叫鵷雛，你知道嗎？鵷雛從南海出發，飛到北海，不是梧桐樹它不棲息，不是竹子的果實它不吃，不是甜美的水泉它不飲。有一隻貓頭鷹找到一隻腐爛的老鼠，鵷雛剛好飛過，貓頭鷹仰起頭來叫一聲「嚇！」現在你想用你的梁國來嚇我嗎？

這裡，惠施的小人形象被刻畫的入木三分。而這種藝術效果，正是由於莊子引用了貓頭鷹與鵷雛的「寓言」故事。這個故事暗示，物類不同，追求不同，境界各異，不相為謀，所以惠施的驚恐純屬枉然。

雜篇《列禦寇》中寫禍起於貪欲：

> 人有見宋王者，錫車十乘，以其十乘驕稺莊子。莊子曰：「河上有家貧恃緯蕭而食者，其子沒於淵，得千金之珠。其父謂其子曰：『取石來鍛之！夫千金之珠，必在九重之淵而驪龍頷下，子能得珠者，必遭其睡也。使驪龍而寤，子尚奚微之有哉！』今宋國之深，非直

> 九重之淵也；宋王之猛，非直驪龍也；子能得車者，必遭其睡也。
>
> 使宋王而寤，子為齏粉夫！」

有人以受宋王之賞向莊子誇耀。莊子給他講了一個故事。河邊有個窮人家的孩子，他的兒子潛入深淵得到貴重的珠子。他的父親卻要兒子將它砸碎，認為這東西一定是驪龍所有，它睡時被取，醒來後你一定遭殃。莊子從這個故事引開評論：現在宋國的深，不止於九重深淵；宋王的兇猛，不止於驪龍；你能夠得到車子，一定是正逢他睡覺的時候。等到宋王醒來，你就要粉身碎骨了。

這個「厄言」裏，作者引用了驪龍之珠的「寓言」故事，來諷諫汲汲於功名富貴的人。作者通過「寓言」中的小孩與一時獲得宋王賞賜的人進行對比，暗示成功之際，也就是埋下禍患之時。

雜篇《徐无鬼》中寫莊子談失之知音的落寞：

> 莊子送葬，過惠子之墓，顧謂從者曰：「郢人堊慢其鼻端，若蠅翼，使匠石斲之。匠石運斤成風，聽而斲之，盡堊而鼻不傷，郢人立不失容。宋元君聞之，召匠石曰：『嘗試為寡人為之。』匠石曰：『臣則嘗能斲之。雖然，臣之質死久矣。』自夫子之死也，吾無以為質矣，吾無與言之矣。」

莊子唯一的論辨對手、好朋友惠施死了，他很落寞、很沮喪。他的種心情如何比況？聰明的莊子，利用為惠施掃墓的時候，對跟隨的人說起了匠石的故事，並引申開去，「自夫子之死也，吾無以為質矣！吾無與言之矣。」沒有對手是單調的，沒有朋友更是孤獨、痛苦的。我們聽到了莊子內心深處的吶喊。通過引用故事，莊子的形象更加生動，表達的感情更加飽滿。

第五章　結　論

5.1　《莊子》散文「三言」的共性與差異性

　　《莊子》散文「三言」有共性的一面。首先從功用角度看，「三言」多是體道之言，是發表哲學及社會、政治思想的言說手段。正因為如此，《莊子》往往是在具體篇章中錯綜使用「寓言」、「重言」和「卮言」。如《逍遙遊》主旨是表達自由自在的人生哲學和理想境界，作者敘述了鯤、鵬、蜩、學鳩、斥鴳以及「宋人資章甫」等「寓言」故事，又敘述關於「堯讓天下於許由」、「肩吾問於連叔」等「重言」故事，同時還穿插「小智不及大智」，「知效一官、行比一鄉」以及莊子與惠子談魏王貽大瓠之種、匠人不顧大樗等「卮言」故事。《齊物論》主旨是闡釋「齊同物論」的思想，亦即相對主義的哲學觀。作者先敘述「南郭子綦隱机而坐」的故事，引出「大知閒閒」一段 2000 多字的「卮言」，然後轉而敘述「堯問於舜」、「齧缺問於王倪」、「瞿鵲子問長梧子」三個「重言」故事，再轉而敘述麗之姬、「罔兩問景」兩個「寓言」、莊周夢蝶的「重言」故事。內七篇中，除《德充符》不見「寓言」外，其它各篇都是錯綜使用「三言」作為言說手段。但是各篇在「三言」使用的布局上，幾乎又是一篇一個面孔，我們很難尋找其結構脈絡，是一種不待安排的安排。外、雜篇較多存在「三言」不齊的情況，如外篇《天地》、《達生》、《山木》、《田子方》、《知北遊》等通篇多為「重言」，《刻意》、《繕性》則純為「卮言」；雜篇中《徐无鬼》、《陽則》、《讓王》多為「重言」，《盜跖》、《漁父》純為「重言」，《說劍》純為「卮言」。莊子親身體悟式「卮言」，內篇《逍遙遊》2 則，

《齊物論》1 則，《德充符》1 則；外篇《天道》1 則，《秋水》3 則，《至樂》3 則，《山木》3 則，《知北遊》1 則；雜篇《外物》3 則，《徐无鬼》3 則，《寓言》1 則，《列禦寇》2 則。其中，記錄莊子與惠子一同出場的故事，內篇 3 則，外篇 3 則，雜篇 3 則。因此，所謂「或因惠施而有內七篇之作」（王夫之《莊子解·天下》），或謂「一部《莊子》，幾乎頁頁上有直接或間接糟蹋惠子的話；說不定莊周著書的動機大部分是爲反對惠施和惠施的學說」（聞一多《莊子》），其理由並不充分。

還有一種「三言」套疊的情況。莊子體悟式「卮言」中「引證說理型」（見本文第四章「卮言」分析），就屬於這類故事。如莊子送葬過惠子之墓，因物傷感引出了「匠石運斤成風」的故事，這是在體悟式卮言中套疊「寓言」。在議論式「卮言」中，也有穿插「寓言」的情況。如《齊物論》提出「天地一指也，萬物一馬也」的論點後，進一步闡述：「凡物無成與毀，復通爲一。唯達者知通爲一，爲是不用而寓諸庸。庸也者，用也；用也者，通也；通也者，得也；適得而幾矣。因是已，已而不知其然，謂之道。勞神明爲一而不知其同也，謂之朝三。何謂朝三？狙公賦芧曰：『朝三而暮四』。眾狙皆怒。曰：『然則朝四而暮三』。眾狙皆悅。名實未虧而喜怒爲用，亦因是也。是以聖人和之以是非而休乎天鈞，是之謂兩行。」這裡的「朝三暮四」就屬於「卮言」中穿插「寓言」，以通俗形象的手法說明勞神明爲一而不知其同的現象。

「重言」中套疊「寓言」的情況也存在。 如《秋水》篇寫公孫龍與魏牟對話，公孫龍說，過去「吾自以爲至達已。今吾聞莊子之言，汒焉異之——敢問其方？」於是由談話，引出「埳井之蛙」、「東海之鱉」的故事：

> 公子牟隱機大息，仰天而笑曰：「子獨不聞夫坎井之蛙乎？謂東海之鱉曰：『吾樂與！出跳梁乎井幹之上，入休乎缺甃之崖；赴水則接腋持頤，蹶泥則沒足滅跗；還視虷蟹與科斗，莫吾能若也。且夫擅一壑之水，而跨跱坎井之樂，此亦至矣，夫子奚不時來入觀乎？』東海之鱉左足未入，而右膝已縶矣，於是逡巡而卻，告之海曰：『夫千里之遠，不足以舉其大；千仞之高，不足以極其深。禹之時十年九潦，而水弗爲加益；湯之時八年七旱，而崖不爲加損。夫不爲頃久推移，不以多少進退者，此亦東海之大樂也。』於是坎井之蛙聞之，適適然驚，規規然自失也。

公子牟回答公孫龍，用了一則「埳井之蛙」與「東海之鱉」的寓言故事，通

過比喻十分恰當地反映了公孫龍的境界，又明顯寓以批評之意。有的「重言」套疊「寓言」甚至難解難分，幾至於渾然一體。如內篇《人間世》寫南伯子綦遊於商丘見大木的故事，內篇《養生主》寫文惠君看庖丁解牛的故事，外篇《天地》寫子貢過漢陰，見一老人抱甕而灌的故事等，這些故事涉及尊者身份，明顯歸重言之列；寫尊者所見之事之物，又明顯是「寓言」。袁行霈主編《中國文學史》談到「三言」時，也提及「這種三言形式有時融爲一體，難以分清」的現象。但是綜觀《莊子》全書，套疊、交融式的故事爲數並不是太多，更大量的故事還是分佈、散見在不同篇章之中。但無論「三言」存在的形態如何，它們的功能幾乎趨於一致，或正面或反面地共同爲表達莊子哲學及政治和社會思想服務。

　　從差異性方面來看，「寓言」側重點在「寓」，通過寓意來喻道、體道、明道，表達莊子哲學的豐富思想。所以只要能夠藉以寓意，便信手拈來，取材廣泛而隨意，不拘一格，林林總總，生動活潑。通過本文第二章分析，我們知道莊子「寓言」可以是人物、動物、植物，也可以是無生命物質，甚至是抽象名詞；僅就人物而言，就涉及當時社會各行各業、各種年齡層次的普通人甚至是畸人，可謂是豐富而多樣。但是，所有這些「寓言」故事，都重在或隱或現的寓意，目的是借寓意來闡發哲理，提出對人生的感悟。

　　與「寓言」通過寓意達到喻事明理不同，「重言」的側重點在「重」，即突出人物身份之重，在社會上有地位，在學問或道術上有成就、有影響，是構成人物身份之「重」的基本要素，有了身份之「重」，就足以充當莊子學說代言人的角色。黃帝、堯、舜、禹自然是令人尊重的傳說中的古帝，大王亶父、文王、魏王、齊桓公、魯哀公、楚召王、衛靈公、吳王、宋元君、文惠君、葉公子高等都是著名的君王，伯成子高、魏公子牟、市南宜僚、北宮奢、蘧伯玉、孫叔敖、南郭子綦等都是名相賢臣。堯之師及師祖，有王倪、齧缺、許由；道家有老子、壺子、列子；儒家孔子、顏回、子貢、瞿鵲子等，其他如肩吾、連叔、陽子居，子祀、子輿、子梨、子來等無不是名人。這些人的背景懸殊，政見學術各異，但作者都把他們請到筆端，代己言說。由於是代己言說，故事往往由虛構而成。但在百家爭鳴的社會環境下，在各種學說囂然雜出的歷史氛圍中，這樣的故事因爲人物身份的指標性原因，可能讓人更爲相信。

　　「卮言」重在直接地說、自由地說，除了有些「卮言」是出莊子自己親

身經歷的事說開去外，大部分「卮言」是莊子或莊子學派直接討論哲學、人生和社會等許多問題，無論在內篇、外篇還是雜篇中，這一部分的份量都相當之重。特別是議論式「卮言」，是道家思想的最直接闡釋，莊子重要的思想，如破除有待的逍遙遊思想（《逍遙遊》）、齊同物論的相對主義思想（《齊物論》），以及無為無形、有情有信、自本自根的道論（《大宗師》），都是以「卮言」的形式直接闡釋。這道論的闡釋以「卮言」形式出現最為精彩，被後世稱為《莊子》全書「哲學思想的綱。」〔註1〕

5.2 《莊子》散文「三言」表達的靈活自由

　　《莊子》散文「三言」故事在話語體式上表現為自由靈活的特徵。篇幅或長或短，形態變化多樣，了無成規可尋。「寓言」或者表現為萌芽形態，或者表現為發展形態，或者表現為成熟形態；「重言」或巧設語境、或直起對話；「卮言」有議論式、有親身體悟式，兩類「卮言」又有不同的表現形態，整個「三言」故事的面貌可以說是氣象崢嶸，蔚為大觀。

　　首先是對話手法繁簡隨意、順其自然。《孟子》散文以雄辯著稱，他的高超之處在於對話手段的巧妙運用。如「梁惠王曰：『寡人之於國也，盡心焉耳矣。河內凶，則移其民於河東，移其粟於河內。河東凶亦然。察鄰國之政，無如寡人之用心者。鄰國之民不加少，寡人之民不加多，何也？』孟子對曰：『王好戰，請以戰喻。填然鼓之，兵刃既接，棄甲曳兵而走。或百步而後止，或五十步而後止。以五十步笑百步，則如何？』曰：『不可，直不百步耳，是亦走也。』曰：『王如知此，則無望民之多於鄰國也。』」（《子梁·梁惠王章句上》/1·3）為了回答梁惠王的問題，孟子先給出一個寓言小故事，讓對方聽得高興，對方卻不知道高興之中正落入圈套，讓孟子牽著鼻子走。又如「孟子謂齊宣王曰：『王之臣有託其妻子於其友而之楚遊者，比其反也，則凍餒其妻子，則如之何？』王曰：『棄之。』曰：『士師不能治士，則如之何？』王曰：『已之。』曰：『四境之內不治，則如之何？』王顧左右而言他。」（《孟子·梁惠王章句下》/2·6）這裡也是給個小故事，在問話中預設陷阱，不由得你不掉進去。齊宣王「顧左右而言他」就是這種結局的典型表現。應該說，孟子話題的設置是很巧妙的，他會把對方一步步逼到角落，使之在論辯中處

〔註1〕曹礎基：《莊子淺注》（修訂本），中華書局，2000年6月版，第95頁。

於弱勢，無返手之力。但這也反映了孟子對話謀略太深，機心太重，與莊子故事中的對話恰成對比。另一方面，孟子的對話「史」的色彩很濃，語錄體的痕迹明顯。

　　與此形成鮮明對比的是，莊子「三言」故事中的對話極其自由而隨意。人物言說是出於不可不說，是感情、心聲的自然流露，不待安排。如《應帝王》寫儵與忽鑿渾沌的故事，儵與忽相遇於渾沌，受到良好的待遇，知恩圖報，相與謀曰：「人皆有七竅，以視聽食息，此子無有。」接下去交待鑿了竅，把渾沌給弄死了。整個故事精巧而簡潔，對話不求完整卻能透露心聲，以少少許勝多多許。《秋水》篇寫莊子與惠子游於濠梁之上，討論「魚之樂」問題，莊子談「魚之樂」是一種感覺，惠子不以爲然，進行論理。莊子懶於爭辯，就說你開頭問我說，我不是魚哪裏知道魚之樂，那麼我問答你，我是從濠梁上知道的。後人或認爲莊子這是詭辯，實際上莊子是以不辯止辯，體現了靈活自如的對話手法。再如《養生主》篇寫庖丁解牛。作者的筆下，庖丁解牛絲毫沒有殘忍性、血星味。相反，語言優美，動作流暢，節奏輕快，音響閱耳，有如詩如畫、亦歌亦舞之美，不由得文惠君不發出由衷的讚歎和好奇之聲。庖丁得到讚美，更是毫不掩飾地講述自己學習解牛、從事解牛的經歷和體會，真的很讓人聽得津津有味、入耳入心，深受啓發。於是乎又自然而然地發出感歎：妙啊，聽庖丁一席話，悟出養生道理了。

　　莊子「三言」靈活性，還體現在篇幅上的伸縮自如。或寥寥數語，或揮灑成長篇宏論，一任筆意縱橫，並不拘泥於一種成式和客套。許多「寓言」、「重言」、「卮言」故事極簡短，但簡短不失寓意，簡短而能闡發見解，簡短中有思想的火花。有的篇幅加長，把問題闡釋得精闢而透徹，如《齊物論》中「大言閒閒、小言間間」一段的論述，外篇的《刻意》、《繕性》等。有的把故事演繹得曲折生動，令人玩味無窮，如「重言」故事《盜跖》等。《盜跖》篇寫孔子意欲勸說盜跖，卻反遭盜跖奚落，極具趣味性、可讀性、吸引力和感染力。故事開頭先交待盜跖之橫暴：「跖從卒九千人，橫行天下，侵暴諸侯；穴室樞戶，驅人牛馬，取人婦女；貪得忘親，不顧父母兄弟，不祭先祖。所過之邑，大國守城，小國入保，萬民苦之。」盜跖橫暴擾民如此，孔子遂責柳下季未盡爲兄責任：「弟爲盜跖，爲天下害，而弗能教也，丘竊爲先生羞之」，並自視高明，「丘請爲先生往說之。」柳下季辯解說「弟不受兄之教，雖今先生之辯，將奈之何哉！」並補充介紹了兄長眼裏的盜跖：「心如湧泉，意如飄

風，強足以距敵，辯足以飾非，順其心則喜，逆其心則怒，易辱人以言。」進而勸孔子：「先生必無往。」盜跖未露面，卻能讓人有先見其行、先聞其聲的效果，這不僅渲染了氣氛，也讓人為孔子勸跖這一冒險舉動捏一把汗。接下去，寫孔子不聽勸告往見盜跖。先是下車而前，託言謁者說：「魯人孔丘，聞將軍高義，敬再拜謁者。」通報之後，盜跖大怒，認為「此夫魯國之巧偽人孔丘」，並叫謁者傳話：「爾作言造語，妄稱文武，冠枝木之冠，帶死牛之脅，多辭繆說，不耕而食，不織而衣，搖唇鼓舌，擅生是非，以迷天下之主，使天下學士不反其本，妄作孝悌而僥倖於封侯富貴者也。子之罪大極重，疾走歸！不然，我將以子肝益晝鋪之膳！」孔子堅持要見，得到允許後，「孔子趨而進，避席反走，再拜盜跖。」「盜跖大怒，兩展其足，案劍瞋目，聲如乳虎，曰：『『丘來前！若所言，順吾意則生，逆吾意則死。』」這就把緊張的氣氛烘託到極點，讓人為孔子命懸一線而擔憂。繼而寫孔子以「三德」勸說盜跖，盜跖指斥了孔子的所言所行，並揭露「上無以為身，下無以為人，子之道豈足貴邪？」又論「世之所高，皆以利惑其真而強反其情性，其行乃甚可羞也；世之所謂賢士，皆離名輕死，不念本養壽命者也；世之所謂忠臣者，不能說其志意，養其壽命者，皆非通道者也。」然後說：「丘之所言，皆吾之所棄也，亟去走歸，無復言之！子之道，狂狂汲汲，詐巧虛偽事也，非可以全真也，奚足論哉！」這一回合的辯對，孔子可謂是理屈詞窮，而盜跖則有壯氣衝天之勢。因而結局是很有戲劇性的：「孔子再拜趨走，出門上車，執轡三失，目芒然無見，色若死灰，據軾低頭，不能出氣。」孔子在許多「厄言」故事中形象是正面的，不管以儒家人物的身份出場外，還是以道家人物的身份出場，多是受人尊敬的。但在這個故事裏，孔子迂腐卑瑣。而盜跖則被描繪得個性剛烈，思想深刻，思維敏捷，形象高大飽滿，儼然一個正面人物。由此我們看到，作為「重言」故事，孔子有身份之重，但作者並沒有讓他完成說服盜跖的重任，相反讓他在備受盜跖的指斥中得到挪喻、嘲諷，可見對人物的驅遣是十分自由的。同時，文中無論盜跖出場前的鋪墊，還是孔子落敗後的襯托，都敘述得曲折有趣，行雲流水，自然靈活，了無掛礙，一點也不因其篇幅過長而生累贅之感。

《說劍》篇為「厄言」故事，核心內容是莊子向趙文王闡述「三劍」，即天子劍、諸侯劍、庶人劍。故事先交待背景：趙文王喜劍，蓄劍客三千，日夜相擊，死傷者歲百餘人。太子悝患之，欲募止劍者，使人以千金奉莊子。

莊子不受千金，說明了理由，並表示願往說趙王。太子認爲莊子不類劍客，「必儒服而見王，事必大逆」，於是莊子請治劍服，三日後見太子。「太子乃與見王，王脫白刃待之。」莊子入殿門不趨，見王不拜。更吹虛「臣之劍，十步一人，千里不留行。」王大悅之，誇其「天下無敵矣！」於是特意安排，「校劍士七日，死傷者六十餘人，得五六人，使奉劍於殿下，乃召莊子。」似乎莊子與劍客間一場惡鬥就要展開，但莊子不慌不忙地說出一席話，使形勢陡然生變，氣氛由急而緩。莊子說：「臣有三劍，唯王所用，請先言而後試。」王曰：「願聞三劍。」莊子說天子之劍如何如何，海闊天空地高論一番，指出「此劍一用，匡諸侯，天下服矣」；諸侯之劍如何如何，「此劍一用，如雷霆之震也，四封之內，無不賓服而聽從君命者矣」；庶人之劍如何如何，「無異於鬥雞，一旦命已絕矣，無所用於國事。今大王有天子之位而好庶人之劍，臣竊爲大王薄之。」聽罷三劍，「王乃牽而上殿。宰人上食，王三環之。莊子曰：『大王安坐定氣，劍事已畢奏矣。』於是文王不出宮三月，劍士皆服斃自處也。」

　　故事從事由的交待，莊子的應請，入見趙文王，贏得好感，到文王備賽，莊子說劍，文王罷劍，整個情節曲曲折折，娓娓道來，文字雖多而不覺其冗長，險象迭出而事理至順。特別是末了寫文王聽完「三劍」後的一連串動作，沒有表態卻勝似表態，沒有歎服卻強似歎服，行文上曲盡其妙又極其自然。

　　總之，莊子「三言」體式上的自由隨意、變化靈活，有行雲流水、不待安排之妙。再加上題材涉筆廣泛、豐富多樣，每每爲古來散文評論家所稱奇。蘇軾推崇散文的自由靈活、平易自然風格，提出要「如行雲流水，初無定質，但常行於所當行，常止於所不可不止，文理自然，姿態橫生。」（《答謝民師書》）這種散文觀的產生，正是得之於學習《莊子》「三言」的深刻體悟。他說：「吾昔有見於中，口未能言，今見《莊子》，得吾心矣」（蘇轍《東坡先生墓誌銘》）。羅勉道稱「三言」體式爲「風雲開闔，神鬼奇幻」，「古今文士，每每奇之」（《南華眞經‧循本》釋題）；劉熙載稱「意出塵外，怪生筆端」，「尤縹緲奇變」（《藝概‧文概》），這些評語都契合「三言」自由靈活的特點。

5.3 《莊子》散文「三言」體制的影響

　　莊子及其學派繼承和發展了老子的道家思想，使《莊子》一書成爲道家

思想的集大成著作。書中交互運用「三言」來進行概念的演繹、觀點的闡釋，富於創新性、開拓性。因之，《莊子》對中國哲學史、文學史乃至整個文化史都產生了巨大而深遠的影響。按理說，「三言」作為《莊子》重要的話語形式和文體特徵，也應該為後世所傳承。但有趣的是，情況並非如此。「三言」作為文體概念，後世卻罕有人承而襲之，推而廣之。這一現象值得分析。

從文體的內部特徵看，《莊子》散文「三言」的影響表現為相當複雜的情況。

首先看「寓言」。《莊子》散文《寓言》篇、《天地》篇，最早提出「寓言」之名。緊承其後的韓非子，也創作了大量的寓言。但韓非子以「儲說」名其寓言，並不借用莊子的「寓言」之名。《內儲說·上》有四十九個故事、《內儲說·下》有五十個故事，《外儲說》四篇共有一百一十多個故事，這些故事主要用以闡述「法」、「術」、「勢」思想。因而，我們可以很通俗地理解，所謂「儲說」，就是「儲」道理於「說」之中，韓非子的故事是用以寄託「法」、「術」、「勢」道理的。劉向《別錄》提到「偶言」，謂「偶言者，作人姓名，使相與語」。這是一個比較寬泛的概念，把有對話因素的故事統稱為「偶言」，因而「偶言」就包括了「寓言」。劉勰《文心雕龍》以「原道」、「宗經」、「徵聖」為標準。其《諸子》篇雖然承認「諸子者，入道見聖之書」，但又認為「述道言治，枝條《五經》；其純粹者入矩，踳駁者出規」。並認為「若乃湯之問棘，雲蚊睫有雷霆之聲；惠施對梁王，云蝸角有伏屍之戰」等屬於「踳駁之類」。「踳駁」，詞義是「舛謬雜亂，駁雜」。可以看出，劉勰這裡關注的是《莊子》「三言」故事中的思想內容。倒是《諧讔》篇提到：「讔者，隱也。遯辭以隱意，譎譬以指事也。」按照這一闡釋，「寓言」應該也歸入其中，或者說，諧讔中包括了「寓言」。六朝人翻譯佛經，出現了名為「譬喻」的一類故事，體式上與「寓言」類似。有《百喻經》〔註2〕、《雜譬喻經》〔註3〕。《百喻經》共編譯 98 則故事，意在「譬喻」。這明顯是著眼於「寓言」有比喻的特點而立名。《艾子雜說》為「寓言」故事集，前人認為是蘇軾撰，後人多認為是宋人假託，《蘇軾文集》（孔凡禮點校，中華書局）未予收入。《艾子雜說》共有「寓言」故事 39 則，書以「雜說」名，而不以「寓言」名，大概是著眼於故事取材之雜。伊索「寓言」的最早中譯本，出現於 1625 年（明天啟五年），

〔註 2〕周紹良：《百喻經譯注》，中華書局，1993 年 9 月北京版。
〔註 3〕孫昌武 李賡揚：《雜譬喻經譯注》，中華書局 2008 年北京版。

由法國傳教士金尼閣口授、中國天主教士張庚筆傳，取名為《況義》。「況」乃比況之義，也是著眼於比喻立名。1840 年（清道光十九年），最早英漢對照本伊索「寓言」出版，由英國人署名「懶惰生」、中國人署名「蒙昧先生」共同編譯。該書取名為《意拾蒙引》，「意拾」為音譯，「蒙引」則是著眼於「寓言」故事對人的啓發而立名。直到 1903 年（清光緒二十九年），嚴復之子嚴培南、嚴璩口譯，林舒筆述，出版了《伊索寓言》。於是「寓言」之名終於古今對接，還其舊身。從「寓言」之名與實的情況來看，我們可以領悟到，一種文學現象的歸納、一個文學概念的創新，著眼點不同，所得名稱也就不一樣。「寓言」之創作，幾乎可以說是代有其人、代有其作，而稱之為「寓言」者，自莊子提出後，卻是應者寥寥。

如果說「寓言」概念產生後，後人雖不襲其名，卻有著豐富創作實踐的話，那麼《莊子》散文「重言」則確為後世所少見。這大概由於「重言」之創作，旨在託人以代言，所以重在藉重名人身份，往往加以漫畫式的誇張、勾勒和虛構，而在當時那個百家爭鳴的時代，這種言說方式還比較受人重視，讓人引以為可信。隨著後代世風、學風的嬗變，這種主觀性很強的言說體式，就漸失其生存土壤和空間。人們在各種撰述活動中引經據史，往往十分重視來源和出處，而不是妄將己意加諸古人。

同樣「卮言」之不傳，也可以從文體的演變中尋找其脈絡。我們知道「卮言」以自由、靈活的議論為主要特徵，它是表達見解、主張，闡述學說的重要言說方式，非《莊子》首創，卻是《莊了》首先提出。《文心雕龍》雖未提「卮言」，但有《論說》篇，對「論」體作了頗為深入的分析：「陳政則與議說合契，釋經則與傳注參體，辨史則與贊評齊行，銓文則與敘引共紀」，特別點到「莊周齊物，以論為名」，並指出「論之為體，所以辨正然否；窮於有數，追於無形；迹堅求通，鈎深取極；乃百慮之筌蹄，萬事之權衡也。故其義貴圓通，辭忌枝碎；必使心與理合，彌縫莫見其隙，辭共心密，敵人不知所乘：斯其要也。」〔註4〕。這裡，劉勰探討「論」之為體，發現《莊子》是重要源頭。「論」在言說上的主動性、靈活性，用途上的廣泛性、兼容性，以及寫作上的特點，正是由「卮言」發展而來，與「卮言」實有同實而異名的性質。後世學人在各自研究領域自立己說、創闢新見，實則也是「卮言」的運用，乃至多有以「卮言」直稱其學術著作者，如王世貞《藝苑卮言》，孔廣森《經

〔註 4〕周振甫：《文心雕龍注釋》，人民文學出版社，1981 年北京版，第 201 頁。

學厄言》、《禮學厄言》，江瑔《讀子厄言》；現代學者金克木有《文化厄言》，方勇有《厄言錄》。只是「厄言」已不僅是一種言說體式，更突出作爲對學術著作、學術成果的謙稱。

再從文學的外部環境看，我們也可以從社會歷史的發展變化脈絡中，找到「三言」之名不彰、後繼乏人的原因。戰國時期，是百家爭鳴的時代，各種思想自由闡發，不同學說競相湧現。儘管戰火紛飛，生靈塗炭，民不聊生，但思想失卻禁錮，言論充分自由。莊子及其後學不幸生於亂世，卻得思想言論自由之大幸，於是成就了道家思想的集大成之作《莊子》，並響亮地提出「三言」文體的概念。但與此同時，儒家思想正以其強調社會倫理的經世致用特點，不斷強化主流文化的地位和功能。《韓非子・顯學篇》云：「孔子之後，儒分爲八，有子張氏、子思氏、顏氏、孟氏、漆雕氏、仲良氏、公孫氏、樂正氏之儒。」〔註5〕司馬遷《儒林傳》說：「孟子、荀卿之列，咸遵夫子之業而潤色之，以學顯於當世。」〔註6〕這反映春秋末至於戰國時期，儒經學漸成顯學，影響越來越大。

秦始皇焚書坑儒，玉石俱毀。但漢興，經過短暫的休養生息之後，整個社會重新滋長對文化的渴求。至孝惠之時，乃除挾書之律。劉歆《移太常博士書》述及：「至孝文皇帝，始使掌故晁錯從伏生受《尚書》。《尚書》初出於屋壁，朽折散絕，今其書見在，時師傳讀而已。《詩》始萌芽。天下眾書往往頗出，皆諸子傳說，猶廣立於學官，爲置博士。在朝之儒，惟賈生而已。至孝武皇帝，然後鄒、魯、梁、趙頗有《詩》、《禮》、《春秋》先師。」〔註7〕文帝時置申公、韓嬰以詩爲博士；景帝以轅固生爲博士，董促舒、胡毋生以春秋爲博士。武帝建元五年春，置五經博士。這種對儒家文化的提倡、褒獎和扶持，目的是爲了強化中央集權的政治統治。但由於獨尊儒術，客觀上造成儒家經學文化的壟斷和其它學術的衰寂局面。司馬遷記載了武帝時罷黜百家，獨尊儒術的情況：「武安侯田蚡爲丞相，黜黃老刑名百家之言，延文學儒者數百人，而公孫弘以《春秋》白衣爲天子三公，封以平津侯，天下之學士靡然向風矣。公孫弘爲學官，悼道之鬱滯，乃請……爲博士官置弟子五十人。……郡國縣道邑有好文學、敬長上、肅政教、順鄉里者，……詣太常，得受業如弟子。一歲皆輒試，能通一

〔註5〕韓非著、王先愼集解：《韓非子集解》（《諸子集成》），第5冊，第2151頁。
〔註6〕司馬遷：《史記・儒林傳》，中華書局，1982年11月版，第10冊，第3116頁。
〔註7〕班固：《漢書・楚元王傳》，中華書局，1962年6月版，第7冊，第1967頁。

藝以上，補文學掌故缺其高第可以爲郎中者，太常知覺奏。即有秀才異等，輒以名聞。」〔註 8〕班固贊曰「自武帝立五經博士，開弟子員，設科射策，勸以官祿；迄於元始，百有餘年。傳業者浸盛，支葉繁滋。一經說至百餘萬言，大師眾至千人，蓋祿利之路然也。」〔註 9〕

經學獨尊，前漢既已至此，而後漢尤過之。清人皮錫瑞考證：「元帝尤好儒生，韋、匡、貢、薛，並致輔相。自後公卿之位，未有不從經術進者。……宰相須用讀書人，由漢武帝開其端，元、成及光武、明、章繼其軌……武帝爲博士官置弟子五十人，復其身。昭帝增滿百人。宣帝末，增倍之。元帝好儒，能通一經者，皆復。數年，以用度不足，更爲設員千人，郡國置五經百石卒史。成帝增弟子員三千人。平帝時，增元士之子得受業如弟子，勿以爲員。歲課甲乙丙科，爲郎中、太子舍人、文學掌故。後世生員科舉之法，實本於此。經生即不得大用，而亦得有出身，是以四海之內，學校如林。漢末太學諸生至三萬人，爲古來未有之盛事。〔註 10〕

顯然，經學統治漢代，爲仕途利祿之所繫，引誘著士子們汲汲以求，皓首窮經。而老莊提倡的虛靜恬淡寂寞無爲思想，已不合時宜。整個漢代，除西漢初淮南王劉安、西漢末劉向等少數學者對《莊子》作過整理工作外，其它寂無所聞。整個秦漢時期《莊子》未受到足夠重視，「三言」作爲文體概念無人稱道和認同，這也就是情理之中的事了。「三言」既不見傳於漢代，則魏晉以降，一代有一代的文化，一代有一代的社會思潮，一代有一代的主流文體，唐詩、宋詞、元曲和明清小說各領風騷，歷史再也無法提供一個合適的時空，讓「三言」文體再掀蓋頭，重新亮相登場了。

5.4 《莊子》散文「三言」文體對創作的影響

莊子散文「三言」文體雖然於後世聲名不彰，但它卻以不同的面貌對文學史產生巨大而深遠的影響。「三言」中蓄含著多種文體因子。這些文體因子只要獲得一定的文化氛圍，就可能勃發出無限的生機和活力。

〔註 8〕司馬遷：《史記·儒林列傳》，中華書局，1982 年 11 月版，第 10 冊，第 3119 頁。

〔註 9〕班固：《漢書·儒林傳》，中華書局，1962 年 6 月版，第 11 冊，第 3620 頁。

〔註 10〕皮錫瑞著、周予同注釋：《經學歷史》，中華書局，2004 年 7 月新 1 版，第 65 頁。

　　首先是「三言」故事中廣泛採用的虛擬人物對話式結構，特別是親身體悟式「卮言」故事結構，對賦的影響十分明顯。漢代以強盛的國勢爲基礎，推進獨尊儒術的文化政策，使經學取得統治地位。與此相適應，以鋪張揚厲爲特色的漢大賦成爲一代文學有標誌性意義的文體，枚乘的《七發》是代表漢大賦形成的第一篇有影響的作品，其內容就是假設楚太子有疾、吳客往問的對話，吳客以七事啓發太子，使太子「涊然汗出，霍然病已」。司馬相如的《子虛賦》、《上林賦》是漢賦的代表作。二賦假設了子虛、烏有和無是公三人，作品以三人的對話內容結構情節，這正是《莊子》散文「三言」故事中貫用的手法。爲此，章學誠就明確指出，漢賦「假設對問，莊、列寓言之遺也。」〔註11〕再看看蘇軾的一些作品。蘇軾思想上出入於儒道釋之間。其前後《赤壁賦》，描繪蘇子與客月夜泛舟江上的情景，亦眞亦幻，如詩如畫。在這特定的情景中，主客展開對話，結構情節，這正是莊子親身體悟式卮言的模仿。讓人印象尤爲深刻的是，作品中蘇子通過親身體悟，突出表現超然物外、灑然自適的情懷。這就說明，蘇軾不僅得《莊子》散文「三言」之體貌，更能得《莊子》之神韻，令人歎賞不絕。關於賦的淵源，學術界有許多不同的見解，如班固說：「賦者，古詩之流也。」(《兩都賦序》)劉熙載說：「騷爲賦之祖。」(《藝概》)王闓運說：「賦以荀子爲正體」(《文體論》)。這幾種說法都有其見地，都試圖對賦的源流作出解釋。但把某一文體的生成，看成是受另一文體、特別是某個作家單方面的影響，這顯然是不全面的。《莊子》散文「三言」對賦的影響，功不可沒。

　　其次是「三言」文體因子對小說的影響。「三言」故事多以人物的虛構、情節的生動而引人注目。而人物、情節，也就是後世小說在文體上的必備要素，甚至是構成小說的主要文體特徵。因此，《莊子》雖非有意爲小說，但「三言」故事卻明顯孕育了小說因子。只是小說作爲成熟的文體形態出現時間較晚，六朝才大量創作筆記小說，唐代才大量創作傳奇小說，《莊子》中的故事以「三言」面目出現，其中的小說因子最初並未受到重視。東漢桓譚說：「小說家合殘叢小語，近取譬喻，以作短書，治身理家，有可觀之辭。」〔註12〕班固說：「小說家者流，蓋出於稗官，街談巷語，道聽途說者之所造也。孔子曰：『雖小道，必有可觀者焉，致遠恐泥。』是以君子弗爲也。然亦弗滅也。閭里小知

〔註11〕章學誠：《章氏遺書》，北京文物出版社，1985年版。
〔註12〕轉引《魯迅全集·中國小說史略》，人民文學出版社，第9冊，第5頁。

者所及，亦使綴而不忘，如一言可採，此亦芻蕘狂夫之議也。」〔註13〕顯然漢人討論小說，目光並沒有落在《莊子》上。宋人黃震以小說的眼光來看「三言」故事，說：「莊子以不羈之才，肆跌宕之說，創爲不必有之人，設爲不必有之物，造爲天下必無之事，用以眇末宇宙，戲薄聖人，走弄百出，茫無定蹤，固千萬世詼諧小說之祖也。」（《黃氏日鈔‧讀諸子‧莊子》）明人馮夢龍以小說的成就著稱，但他對黃震的觀點卻未予以認同。他說：「史統散而小說興，始乎周季，盛於唐，而浸淫於宋。韓非、列禦寇諸人，小說之祖也。」（《古今小說‧敘》）馮夢龍標舉了韓非、列禦寇的小說成就，爲什麼不稱莊周？合理的解釋應該是，《莊子》已經明確地把書中的故事定位爲「三言」。但是我們以今天小說的尺度來看《莊子》，不少「三言」故事的的確確包含了小說的萌芽。無論是描繪普通人形象的「寓言」故事，或是塑造黃帝、老子、孔子等名人形象的「重言」故事，甚至是反映莊周自身形象的「卮言」故事，多讓讀者覺得人物面貌清新，形象鮮活可感，故事生動有趣，有的故事情節安排得相當有技巧，如《庖丁解牛》、《盜跖》、《說劍》篇等，已直似現代意義上的小說。如果以後世小說分類標準來觀照莊子「三言」，似又可看出寓言類、志怪類、歷史類和社會生活類小說題材的芻形。由此可見，後世小說的創作與《莊子》確乎有扯不斷的淵源和滋養關係。

　　再則是「三言」文體因子對詩歌創作的影響。除了議論式「卮言」直接闡釋道家思想外，《莊子》散文「三言」故事，總共涉及 270 多個形象。這些形象都是藉以體道、悟道的載體和手段。李澤厚認爲莊子著述的根本目的，「並不是要人們從理論上人爲去認識、研究自然界的規律，而是要人們從道中獲得一種精神上的啓示，像大自然那樣實現無爲而無不爲的生活準則，達到一種擺脫外物束縛支配的自由的精神境界。」〔註14〕莊子是詩性的哲學、審美的哲學，相當程度上是以訴諸形象進行體認、感悟的哲學。在「三言」故事的描述和虛構中，作者以豐富的才情，展開大膽的藝術想像和誇張。王國維在《屈子文學之精神》中，以比較的眼光充分贊許莊子的想像力，他說：「南人想像力之偉大豐富，勝於北人遠甚。彼等巧於比類，而善於滑稽：故言大則有若北溟之魚，語小則有若蝸角之國；語久則大椿冥靈，語短則蟪蛄朝菌；至於襄城之野，七聖皆迷；汾水之陽，四子獨往。此種想像，決不能於北方

〔註13〕班固：《漢書‧藝文志》，中華書局，1962 年 6 月版，第 6 冊，第 1754 頁。
〔註14〕李澤厚、劉剛紀：《中國美學史》，/安徽文藝出版社，1999 年版，第 260 頁。

文學中發見之。」〔註 15〕想像神奇瑰麗，誇張獨具個性，這使得「三言」故事乃至整部《莊子》都充滿了浪漫主義的濃鬱詩情。聞一多說：「莊子的著述，與其說是哲學，毋寧說是客中思家的哀呼；他運用思想，與其說是尋求眞理，毋寧說是眺望故鄉，咀嚼舊夢。他說：『卮言日出，和以天倪，因以曼衍，所以窮年。』一種客中百無聊賴的情緒完全流露了出來。他思念故鄉的病意，根本是一種浪漫的態度，詩的情趣。並且因爲他鍾情之處，『大有徑庭，不近人情』，太超忽，太神秘，廣大無邊，幾乎令人捉摸不住，所以浪漫的態度中又充滿了不可逼視的莊嚴。」〔註 16〕葉朗稱莊子論著「充滿了詩的味道」，「是哲學與詩的統一，智慧與深情的統一。」〔註 17〕

事實上，莊子「三言」故事不僅因爲廣泛運用了浪漫主義的想像和誇張，使作品富於詩情；在語言表達上，也富於詩的節奏和韻律，受到人們的普遍關注。在《莊子》內、外、雜篇中，許多文字都富於詩的神韻和情致。如《大宗師》闡釋所謂「古之眞人」，用四個段落談忘物、忘情、忘生死和天與人合一，句式整齊，韻律優美，洋溢著濃鬱的詩情。蒙培元說：「中國哲學不是講概念分析，以指向最高實體，而是講情感體驗與直覺，徑指向人本身的心靈境界。因此，從根本上說，中國哲學不是概念論、實體論，而是情感論或詩學的。」〔註 18〕《莊子》「三言」的的確確富於感情與詩的魅力。明人吳世尙評：「《易》之妙妙於象，《詩》之妙妙於情；《老》之妙得於《易》，《莊子》妙得於《詩》。」聞一多十分認同吳氏這一觀點，並申說：「這裡果然是一首絕妙的詩──外形同本質都是詩。」〔註 19〕

正是著眼於詩的特質，人們又往往把《莊子》同《離騷》進行對比。「莊子最是深情，人第知三閭之哀怨，而不知漆園之哀怨有甚於三閭也。蓋三閭之哀怨在一國，而漆園之哀怨在萬世。（胡文英《莊子獨見·論略》）「古來談哲學以老莊並稱，談文學以莊屈稱。南華的文辭是千眞萬眞的文學，人人都承認。可是《莊子》文學價值還不只是在文辭上。實在連他的哲學都不像尋

〔註15〕 轉引孫明君：《〈莊子〉與中國詩史之源》，清華大學學報哲學社會科學版，1996年第 4 期，第 56 頁。
〔註16〕 聞一多：《周易與莊子研究》（聞一多學術文鈔），巴蜀書社，2003 年 1 月第 1版，第 79 頁。
〔註17〕 葉朗：《胸中之竹》，安徽教育出版社，1998 年版，第 96 頁。
〔註18〕 蒙培元著：《心靈超越與境界》，人民文學出版社 1998 年，第 74 頁。
〔註19〕 《周易與莊子研究》，同注〔1〕，第 84 頁。

常那種矜嚴的、峻刻的、料峭的一味皺眉頭、絞腦子的東西；他的思想本身便是一首詩。」（聞一多《莊子》）但同樣是彰顯詩情，風貌卻很不相同。屈原「這種激情的傾訴，表現了一個自我生命存在的歷煉與爭扎；因此，自我性的突顯，可以說是《楚辭》文學的特徵。」〔註20〕「《三百篇》是勞人思婦的情；屈、宋是仁人志士的情；莊子的情可難說了，只超人才載得住他那種神聖的客愁。所以莊子是開天闢地以來最古怪最偉大的一個情種；若講莊子是詩人，還不僅是泛泛的一個詩人。」（聞一多《莊子》）莊子詩性特徵影響是十分深遠的。徐復觀說：「在莊子以後的文學家，其思想、情調，能不沾漑於莊子的，可以說是少之又少，尤其是在屬於陶淵明這一系統的詩人中，更為明顯。」〔註21〕「三言」故事中很突出地反映了虛靜恬談寂寞無為的思想，陶淵明的詩則明顯地受到道家這種思想的薰淘和浸染。《歸去來辭》寫詩人棄官歸田時的情景：「舟遙遙以輕颺，風飄飄而吹衣。問征夫以行路，恨晨光之熹微。乃瞻衡宇，載欣載奔。童僕歡迎，稚子侯門。」這是一種「久在樊籠中，復得返自然」（《歸園田居》）的輕鬆和喜悅，是莊子「寧曳尾於塗」式的對自由和純樸的高度崇尚和熱情嚮往。唐宋以降，受「三言」影響詩人、作品更是顯而易見的。方東樹說：「大約太白詩與莊子文同妙，意接而詞不接，發想無端，如天上白雲，卷舒滅現，無有定型。」（《昭昧詹言》卷十二）劉熙載說：「詩以出於《騷》者為正，以出於《莊》者為變，少陵純乎《騷》，太白在《莊》、《騷》間，東坡則出於《莊》者十之八九。（藝概‧詩概）特別是大家名作，這種得益於「三言」滋養的情形給人留下的印象更深。

〔註20〕劉岱主編：《中國文化新論‧文學篇》，三聯書店，1992年版，第33頁。
〔註21〕徐復觀：《中國藝術精神》，春風文藝出版社，1987年，第116頁。

參考文獻

一、《莊子》注譯類著作

1. 〔戰國〕莊周著，〔晉〕郭象注，莊子〔M〕，上海：上海古籍出版社，1989。

2. 諸子集成（全八冊）〔M〕，上海：上海書店影印出版，1986.7。

3. 〔清〕郭慶藩撰、王孝魚點校，莊子集釋（全三冊）（新編諸子集成）〔M〕，北京：中華書局，1961。

4. 〔清〕王先謙撰，莊子集解/劉武撰，莊子集解內篇補正（新編諸子集成）〔M〕，北京：中華書局，1987.10。

5. 〔唐〕陸德明撰，黃華珍編校，日藏宋本莊子音義〔M〕，上海：上海古籍出版社，1996。

6. 〔宋〕林希逸著，周啓成校注，莊子鬳齋口義〔M〕，北京：中華書局，1997。

7. 〔清〕焦竑，莊子翼〔M〕，臺北：廣文書局初版，1963。

8. 〔清〕林雲銘，莊子因〔M〕，臺北：蘭臺書局初版，1969。

9. 〔清〕王夫之，莊子通/莊子解〔M〕，臺北：里仁書局，1984。

10. 〔清〕馬其昶撰，馬茂元編次，定本莊子故〔M〕，合肥：黃山書社，1989。

11. 胡遠濬撰，吳光龍點校，莊子詮詁〔M〕，合肥：黃山書社，1996。

12. 蔣錫昌編著，莊子哲學（影印本）〔M〕，成都：成都古籍書店，1988。

13. 馬敍倫，莊子義證〔M〕，臺北：弘道文化公司，1970。

14. 劉文典撰，趙鋒、諸偉奇點校，莊子補正〔M〕，合肥：安徽大學出版社/昆明：雲南大學出版社，1999.4。

15. 〔清〕王先謙撰，莊子集解〔M〕/劉武撰，莊子集解內篇補正〔M〕，北

京：中華書局，1987.10。

16. 陳鼓應，莊子今注今譯（全三冊）〔M〕，北京：中華書局，1983.4。

17. 王叔岷，莊子校詮（全二冊）〔M〕，北京：中華書局，2007.6。

18. 鍾泰著、駱駝標點，莊子發微〔M〕，上海：上海古籍出版社，2002.4。

19. 張默生，莊子內篇新釋〔M〕，成都：成都古籍書店，1990.8。

20. 王孝魚，莊子內篇新解・莊子通疏證〔M〕，長沙：嶽麓書社，1983.10。

21. 楊柳橋，莊子譯注〔M〕，上海：上海古籍出版社，2006.11。

22. 曹礎基，莊子淺注〔M〕，北京：中華書局，2000.6。

23. 支偉成編，莊子校釋〔M〕，北京：中國書店，1988.10。

24. 方勇、陸永品著，莊子詮評（全本莊子彙注彙評）〔M〕，成都：巴蜀書社，1998.9。

二、《莊子》研究類著作

1. 錢穆，老莊通辨〔M〕，北京：三聯書店，2005.2。

2. 錢穆，先秦諸子繫年〔M〕，北京：商務印書館，2001.8。

3. （香港）鄭樹良，諸子著作年代考〔M〕，北京：北京圖書館出版社，2001.9。

4. 聞一多，周易與莊子研究（聞一多學術文鈔）〔M〕，成都：巴蜀書社，2003.1。

5. 陳鼓應，莊子淺說〔M〕，北京：三聯書店，1998。

6. 嚴靈峰，老莊研究〔M〕，臺北：中華書局初版，1966 年。

7. 郎擎霄，莊子學案〔M〕，天津：天津市古籍書店，1990.7。

8. 曹慕樊，莊子新義〔M〕，重慶：重慶出版社，2005.4。

9. 劉笑敢，莊子哲學及其演變〔M〕，北京：中國社會科學出版社，1993.3。

10. 崔大華，莊學研究〔M〕，北京：人民出版社，1992.7。

11. 張恒壽，莊子新探〔M〕，武漢：湖北人民出版社，1983.9。

12. 朱季海，莊子故言〔M〕，北京：中華書局 1987.4。

13. 張松輝，莊子考辨〔M〕，長沙：嶽麓書社，1997。

14. 張京華，莊子哲學辨析〔M〕，瀋陽：遼寧教育出版社，1999.4。

15. 方勇，卮言錄〔M〕，北京：中國社會科學出版社，2004.8。

16. 《復旦學報》編輯部編，莊子研究〔M〕，上海：復旦大學出版社，1986。

17. 劉紹瑾，莊子與中國美學〔M〕，長沙：嶽麓書社，2007.2。

18. 葉舒憲，莊子的文化解釋〔M〕，武漢：湖北人民出版社，1997.8。

19. 黃華珍，莊子音義研究〔M〕，北京：中華書局，1999.4。

20. 朱任飛，莊子神話的破譯與解析〔M〕，長春：東北師範大學出版社，1999.4。

21. 崔宜明，生存與智慧：莊子哲學的現代闡釋〔M〕，上海人民出版社，1996。

22. 陶東風，從超邁到隨俗——莊子與中國美學〔M〕，北京：首都師範大學出版社，1995。

23. 陸永品，莊子通釋〔M〕，北京：中國社會科學出版社，2006.5。

24. 良生良，鵬翔無疆——莊子文學研究〔M〕，北京：人民出版社，2005.5。

25. 阮忠，莊子創作論〔M〕，北京：中國地質大學出版社，1993.10。

26. 楊國榮，莊子的思想世界〔M〕，北京：北京大學出版社，2006.10。

27. 謝祥皓、李思樂輯校，莊子序跋論評輯要〔M〕，武漢：湖北教育出版社，2001。

28. 涂光社，莊子範疇心解〔M〕，北京：中國社會科學出版社，2003.12。

29. 周乾榮，莊子探驪〔M〕，天津：天津古籍出版社，2004.2。

30. 馬恒君，莊子正宗〔M〕，北京：華夏出版社，2005.1。

31. 陳引馳，莊子精讀〔M〕，上海：復旦大學出版社，2005.9。

32. 王守義，莊子故里在東明〔M〕，武漢： 湖北人民出版社，1999。

33. 顏世安，莊子評傳〔M〕，南京：南京大學出版社，1999。

34. 陳蒲清，中國古代寓言史〔M〕，長沙：湖南教育出版社，1983.11。

35. 郭丹、黃培坤，寓言智慧〔M〕，上海古籍出版社，1998.12。

36. 馬達，莊子寓言選〔M〕，重慶：重慶出版社，1984.10。

37. 馬亞中、吳小平主編，中國寓言全集〔M〕，北京：新世界出版社，2007.12。

38. 〔唐〕李鼎祚，周易集解〔M〕，上海：上海古籍出版社，1989.11。

39. 楊伯峻，論語譯注〔M〕，北京：中華書局，1980.12。

40. 楊伯峻，孟子譯注（全 2 冊）〔M〕，北京：中華局書，1960.1。

41. 陳鼓應，老子今注今譯〔M〕，北京：商務印書館，2003.12。

42. 李夢生，左傳譯注（全 2 冊）〔M〕，上海：上海古籍出版社，2004.7。

43. 胡道靜主編，十家論莊〔M〕，上海：上海人民出版社，2004.4。

44. 張松輝，莊子疑義考辨〔M〕，北京：中華書局，2007.4。

45. 吳秋林，中國寓言史〔M〕，福州：福建教育出版社，1999。

46. 熊鐵基、劉固盛、劉韶軍，中國莊學史〔M〕，長沙：湖南人民出版社，2003.10。

三、文學史研究類著作

1. 黃壽祺、張善文，周易譯注（全二冊）〔M〕，上海：上海古籍出版社，

2001。

2. 張善文，周易學説〔M〕，廣州：花城出版社，2002.1。

3. 張善文，周易辭典〔M〕，北京：中國大百科全書出版社，2005.6。

4. 郭丹，春秋左傳直解〔M〕，南昌：江西人民出版社，1996.7。

5. 郭丹主編，先秦兩漢文論全編〔M〕，南京：江蘇教育出版社，2001.3。

6. 穆克宏、郭丹　，魏晉南北朝文論全編〔M〕，南京：江蘇教育出版社，
   2004.6。

7. 陳慶元，賦──時代投影與體制演變〔M〕，南寧：廣西師範大學出版社，
   1999。

8. 林繼中，文化建構文學史綱（魏晉、北宋）〔M〕，北京：北京大學出版
   社，2005.4。

9. 林繼中，文學史新視野〔M〕，北京：北京大學出版社，2006.10。

10. 熊鐵基，秦漢新道家〔M〕，上海：上海人民出版社，2001.3。

11. 中國科學院文學研究所、中國文學史編寫組編寫〔M〕，中國文學史，北
    京：人民文學出版社，1980。

12. 游國恩等主編，中國文學史〔M〕，北京：人民文學出版社，1963.7。

13. 傅璇琮、蔣寅總主編，趙敏俐、譚家健主編，中國古代文學通論（先秦
    兩漢卷）〔M〕，吉林：遼寧人民出版社，2005.5。

14. 陸侃如、馮沅君，中國詩史（共 3 冊）〔M〕，北京：人民文學出版社，
    1956.9。

15. 羅根澤，中國文學批評史〔M〕，上海：上海古籍出版社，1984.3。

16. 董乃斌、陳伯海、劉揚忠主編，中國文學史學史〔M〕，石家莊：河北人
    民版社，2003.1。

17. 袁行霈主編，中國文學史（第 1 卷）〔M〕，北京：高等教育出版社，2005.7。

18. 劉勰著，周振甫注，文心雕龍注釋〔M〕，北京：人民文學出版社，1981.11。

19. 袁珂，山海經校注〔M〕，上海：上海古籍出版社，1980.7。

20. 〔清〕章學誠撰，葉瑛校注，文史通義校注（共二冊）〔M〕，北京：中
    華書局，1985.5。

四、其他相關類著作

1. 〔漢〕司馬遷，史記〔M〕，北京：中華書局，1982.10。

2. 范文瀾，中國通史〔M〕，北京：人民出版社，1978.6。

3. 張岱年，中國哲學大綱〔M〕，南京：江蘇教育出版社 2005.4。

4. 任繼愈，中國哲學史〔M〕，北京：人民出版社，1995.10。

5. 侯外廬、趙紀彬、杜國庠，中國思想通史〔M〕，北京：人民出版社，1957.3。

6. 馮友蘭，中國哲學簡史〔M〕，北京：北京大學出版社，1985.2。

7. 胡適，中國古代哲學史〔M〕，合肥：安徽教育出版社，2006.8。

8. 王叔岷，先秦道法家思想講稿〔M〕，北京：中華書局，2007.7。

9. 韋政通，中國思想史〔M〕，上海：上海書店出版社，2003.12。

10. 胡道靜主編，十家論老〔M〕，上海：上海人民出版社，2006.6。

11. 顧頡剛，秦漢方士與儒生〔M〕，上海：上海古籍出版社，2005.4。

12. 牟宗三，中國哲學十九講〔M〕，上海：上海古籍出版社，2005.4。

13. 徐復觀，中國藝術精神〔M〕，上海：華東師範大學出版社，2001.12。

14. 〔清〕皮錫瑞著/周子同注釋，經學歷史〔M〕，北京：中華書局，2004.7。

15. 〔清〕皮錫瑞，經學通論〔M〕，北京：中華書局，1954.10。

16. 張濤，經學與漢代社會〔M〕，石家莊：河北人民出版社，2001.12。

17. 童慶炳，文體與文體的創造〔M〕，昆明：雲南人民出版社，1999.7。

18. 陶東風，文體演變及其文化意味〔M〕，昆明：雲南人民出版社，1994.5。

19. 郭德英，中國古代文體論稿〔M〕，北京：北京大學出版社，2005.9。

20. 賈奮然，六朝文體批評研究〔M〕，北京：北京大學出版社，2005，10。

21. 周裕鍇，中國古代闡釋學研究〔M〕，上海：上海人民出版社，2003.11。

22. 羅鋼，敘事學導論〔M〕，昆明：雲南人民出版社，1994。

23. 浦安迪，中國述事學〔M〕，北京：北京大學出版社，1996.3。

24. 周振甫，中國文章學史〔M〕，南京：江蘇教育出版社，2006.4。

五、參考論文

1. 郭丹，《莊子》——抒寫心靈、表現自我的文學傑作〔J〕，江西師大學報，1987.1。

2. 郭丹，先秦史傳文學中文體的萌芽與雛形〔J〕，福建師範大學學報（哲學社會科學版），2003.4。

3. 曹礎基，莊子活動年表〔J〕，華南師範大學學報（社會科學版），1989.3。

4. 孫以鍇，莊子楚人考〔J〕，安微史學，1996，1

5. 工守義‧李濟仁等，關於莊了故里的考察與論證〔J〕，齊魯學刊，1996，5。

6. 包兆會，二十世紀《莊子》研究的回顧與反思〔J〕，文藝理論研究，2003.2。

7. 尚永亮，莊子研究三十年〔J〕，社會科學輯刊，2001.1。

8. 張京華，八十年代臺港老莊研究概述〔J〕，江南學院學報，2000.1。

9. 李霞，莊子研究四十五年〔J〕，哲學動態，1995.6。

10. 轟永華，20 世紀先秦諸子散文研究之回顧與思考〔J〕，南都學壇（人文社會科學版），2004.4。

11. 劉松來，莊子意象試論〔J〕，江西師範大學學報（哲學社會科學版），1989.1。

12. 蔣榮昌，關於莊子後學的流派問題〔J〕，四川師範大學學報，1989.6。

13. 阮忠，戰國文化的多元與散文風格的初建〔J〕，華中師範大學學報（人文社會科學版），2000.7。

14. 章滄授，論先秦諸子散文的誇張藝術〔J〕，安慶師範學院學報，1989.3。

15. 張京華，莊子研究的新途徑——略論近十餘年出版的四部研究莊子的博士論文〔J〕，河南科技大學學報 2003.3。

16. 湯一介，論郭象注《莊子》的方法〔J〕，中國文化研究，1998，春之卷。

17. 崔宜明，論莊子的言說方式——重釋「卮言、寓言、重言」〔J〕，江蘇社會科學，1994。

18. 熊良智，《莊子》「三言」考辯〔J〕，四川師範大學學報，1998.4。

19. 劉宣如 劉飛，莊子三言新論〔J〕，南昌航空工業學院學報，2002.4。

20. 劉成紀，莊子畸人四論〔J〕，鄭州大學學報（哲學社會科學版），1993.6。

21. 袁珂，莊子的神話與寓言〔J〕，中華文化論壇，1995.3。

22. 袁伯誠，莊子寓言與道〔J〕，安徽大學學報（哲學社會科學版），1994.2。

23. 陳蒲清，中國古代寓言的範疇、起源、分期新探〔J〕，求索，1999.4。

24. 賀仁智，春秋典籍不載寓言臆測〔J〕，江西社會科學，1994.8。

25. 趙如亮，試論中國早期寓言的特點及影響〔J〕，天中學刊，1999.8。

26. 干天全，中國古代寓言述論〔J〕，四川大學學報（哲學社會科學版），1996.4。

27. 阮忠，意出塵外 怪生筆端——莊子寓言藝術表現〔J〕，咸寧師專學報，1990.3。

28. 高玉海，試析諸子散文中的寓言群落結構〔J〕，瀋陽師範學院學報，1996.2。

29. 張海，《莊子》「重言」初探〔J〕，成都師專學報，2000.3。

30. 朱廣祁 孫明，《莊子》「重言」試釋〔J〕，青海民族學院學報（社會科學版），1986.4。

31. 江友合，《莊子》「卮言」新釋〔J〕，船山學刊，2003.4。

32. 邊家珍，《莊子》「卮言」考論〔J〕，文史哲，2002.3。

33. 陸永品，莊子是中國小說之祖〔J〕，河北大學學報，1993.3。

34. 王恒展，論先秦諸子散文的小說因素〔J〕，管子學刊，1995.1。

35. 孫敏強，試論《莊子》對我國古代小說發展的重要貢獻〔J〕，浙江大學學報（人文社會科學版），2002.7。

36. 孫明君,《莊子》與中國詩史之源〔J〕,清華大學學報(哲學社會科學版),1996.4。

37. 孫麗,通往精神家園的體悟之路——莊子詩性解讀〔J〕,東方論壇,2004.2。

38. 梁恒,莊子的自由觀——二論莊子的人生哲學〔J〕,甘肅理論學刊,2005.2。

39. 周熾成,外國莊學研究管窺〔J〕,學術研究,2001.7。

40. 李仁群,關於老子與莊子的結構與成書〔J〕,安徽大學學報,1993.1。

41. 霍松林、霍建波,論孟子、莊子中的孔子形象〔J〕,蘭州大學學報(社會科學版),2004.7。

42. 馬麗婭,試論孔子在莊子中的形象〔J〕,浙江師範大學學報,2003.4。

43. 張瑞君,莊子思想與陶淵明的人生境界〔J〕,西南師範大學學報(哲學社會科學版),1997.1。

44. 賀秀明,莊子李白異同論〔J〕,廈門大學學報(哲社版)1995.2。

45. 蔣力餘,論老莊對李白的影響〔J〕,求索,1998.6。

46. 蕭錦龍,文學敘事與語言交流——試論西方的修辭敘事學理論和思想範式〔J〕,文學理論研究,2005.6。

47. 邵子華,論文學闡釋的超越性〔J〕,安徽師範大學學報(人文社會科學版),2006.1。

48. 李清良,一位西方學者的中西闡釋學比較〔J〕,北京大學學報(哲學社會科學版),2006.4。

後　記

　　2008 年做完博士論文，通過答辯，轉眼又過了六年。回想當時按規定時間，完成課業，做成論文，一路是緊趕慢趕。之後每每想對原博士論文進行充實修訂，但卻始終未能落實。即使這樣，諸師友還是鼓勵將原論文付梓。我以為這也不失是一種好的選擇。一者近年來莊子研究領域持續熱門，屢有新作問世，拙作之付梓，可公諸同好，就教於方家。二來也想謹以此書表達對師友的由衷感激和無任謝忱。

　　從本科、碩士到博士，我先後三度求學於福建師大，對母校、對老師的感恩和念想，深銘肺腑，時刻難忘。上世紀八十年代初讀中文系本科四年，使找對中國古典文學產生深厚興趣。九十年代初重回師大讀碩三年，師從陳祥耀教授學習唐宋文學，打下了較好基礎。讀博三年，重新聆聽師大文學院陳慶元教授、齊裕焜教授、張善文教授，以及蔣松源、林繼中教授的課程，又一次體會到如飲醍醐、如沐春風的享受。導師郭丹教授，更是不厭其煩地講授了多門學位課程，並在博士論文選題、提綱敲定、文稿修改等許多具體工作中，予以啟發、指導和幫助，確保了論文撰寫的如期完成。曾記得當時論文初稿由師大研究生院投送專家「盲檢」，得 4 個 A、1 個 B 的評級，後順利通過答辯，並獲當年師大博士優秀論文二等獎。而論文中的「卮言」部分壓縮後在師大學報刊發，竟也被中國人民大學書報資料中心《文學研究文摘》（2009 年第 4 期）摘登。

　　但當時「趕工期」，為文難免粗糙，不少章節論述沒有充分展開，多有理未深意未盡者，是以為憾。